Toi, moi, Paris
et tout le reste

Adeline Ferrigno

Toi, moi, Paris
et tout le reste

hachette
ROMANS

Couverture : Hachette Romans Studio
Visuel : © isaxar/Shutterstock
© Hachette Livre, 2018, pour la présente édition.
Hachette Livre, 58 rue Jean Bleuzen, 92170 Vanves

À mes parents et ma sœur

Une pensée toute particulière pour la Ville lumière qui occupe une place de choix dans ce roman et dans ma vie.

Appendix.

CHAPITRE 1

Amanda

J'ai l'impression d'avoir été frappée par la foudre. Mon cerveau s'est comme déconnecté du monde extérieur. Ma fourchette reste en suspension dans l'air pendant quelques secondes avant de glisser de ma main et de heurter mon assiette avec un tintement métallique. Les pâtes, fumantes, tombent lentement sur la table avec une sorte de bruit humide, comme dans un film au ralenti.

— Non.

Mes parents échangent un regard surpris.

— Comment ça, *non* ? demande mon père.

Une vague de colère s'agite dans mon ventre et envahit tout mon corps. À côté de moi, mon frère est immobile et silencieux. Le visage baissé, il accuse le coup et abandonne son regard à son assiette. Mon cœur bat à cent à l'heure tandis que je pose mes mains à plat sur la table.

— Non, je répète en secouant la tête, comme pour essayer d'oublier ce que je viens d'entendre. Vous ne pouvez pas faire ça, vous ne pouvez pas vous séparer !

Ils détruisent notre famille. Ils la brisent en mille morceaux !

— Je suis désolée, les enfants, chuchote ma mère, la tristesse assombrissant ses traits.

Sans nous laisser le temps d'encaisser la nouvelle, elle annonce avoir accepté un poste au Japon et y partir seule. Ça me fait l'effet d'un coup de poing en plein ventre. Je n'ai plus assez d'oxygène, ma respiration se fait laborieuse.

— Qu-quoi ? je balbutie en me sentant pâlir.

— Ce travail, c'est une opportunité en or. Je ne peux pas la laisser passer.

Elle tend les bras à travers la table pour prendre mon visage entre ses mains fines. Je recule et jette un œil vers mon frère qui reste figé, stupéfait. Quand notre mère lui caresse l'épaule, il sursaute comme s'il avait reçu une décharge électrique et sa mâchoire se contracte. Il braque les yeux sur nos parents.

— Et nous, qu'est-ce qu'on devient ?

— Nous allons déménager, lâche simplement mon père, comme si ce n'était qu'une information de plus à nous communiquer.

Le monde s'écroule autour de moi et un gouffre s'ouvre soudain sous mes pieds, menaçant de m'engloutir.

— Jamais ! je hurle en me levant d'un bond, des trémolos dans la voix.

Les pieds de ma chaise raclent bruyamment le carrelage. Je tourne le dos pour que personne ne voie poindre mes larmes et, dans un élan de colère, je m'élance hors de la cuisine et file droit vers l'entrée.

Alors que ma mère ne cesse de m'appeler, mon père lui répète de me laisser partir, que je dois digérer ces nouvelles. *Digérer*, sérieusement ?! Comment je pourrais *digérer* tout ça ? Mon estomac est aussi noué que les spaghettis que j'avais sous mon nez. J'ai même la nausée.

J'enfile ma doudoune et claque la porte d'un coup violent qui fait trembler les murs. Je grimpe l'escalier à toute vitesse jusqu'au dernier étage et, le souffle court, je sors par la fenêtre. Je me hisse sur le toit, me réfugiant dans le seul endroit au monde où j'ai toujours pu être tranquille.

Dehors, il fait nuit noire. Prudemment, je m'aventure de quelques pas et m'assieds sur les tuiles grises. J'adore venir ici regarder les toits de Paris et observer les alentours car je peux voir à des kilomètres. J'aime l'idée d'embrasser des milliers de personnes d'un simple regard. Mais ce soir je ne profite pas de la vue, je fixe l'horizon d'un air vide. Devant moi, les lumières des immeubles scintillent et la surface gelée du canal Saint-Martin brille dans l'obscurité. Les branches nues des marronniers et des platanes centenaires qui bordent la voie d'eau se balancent au gré du vent.

Le froid glacial de janvier pénètre mes os. Je replie mes jambes contre moi et pose mon menton sur mes genoux, me blottissant dans mon manteau. Je plonge les mains dans mes poches et en extirpe un briquet et un paquet de cigarettes froissé. Je tapote dessus jusqu'à ce qu'une s'en échappe. Je la porte à mes lèvres et l'allume d'un coup de flamme. Les doigts tremblants, j'aspire plusieurs bouffées nerveusement.

J'entends les sirènes et les coups de klaxon qui résonnent, les éclats de voix, les rires et bruits joyeux de fêtards qui s'élèvent de la rue. L'animation habituelle qui règne dans mon quartier et me plaît tant d'ordinaire m'irrite subitement. Je soulève les fesses pour fouiller dans la poche arrière de mon jean. J'en sors mon téléphone et mes écouteurs, enroulés autour. Je les branche et les glisse dans mes oreilles. Je monte le volume jusqu'à ne plus rien entendre d'autre que le morceau de Mos Def qui me martèle les tympans.

Je tire frénétiquement sur ma cigarette, mon corps est tendu, crispé.

Divorce. Déménagement. La musique hurlante n'assourdit en rien mes pensées, ces mots bourdonnent dans mes oreilles et tout se bouscule dans ma tête ; les moments heureux avec mes parents, les vacances en famille et… cette séparation. Je sais ce qu'elle implique. La fin. La fin de mes repères. La fin du bonheur.

Des larmes se mettent à couler sur mes joues sans que je puisse les maîtriser. Je presse mes manches contre mon visage pour étouffer les bruits de sanglots. J'ai des palpitations tellement mon cœur bat vite. Jamais je n'ai éprouvé de douleur aussi forte dans ma poitrine. Jamais je ne me suis sentie aussi impuissante. Je ne veux pas croire à ce qui arrive. Mon monde est en train de tomber en ruine.

Je me remémore ces dernières semaines. À la maison, ce n'était plus comme avant. Ma mère ne riait plus et restait dans son bureau. Mon père n'était quasiment jamais là et son traditionnel sens de l'humour avait disparu. Mes parents ne s'embrassaient plus devant mon petit frère et moi comme ils avaient l'habitude de le faire pour nous taquiner.

Je me redresse en pensant à Alexis. Je pianote sur le clavier de mon téléphone.

Moi – *Alex. Ça va ?*

Quelques secondes plus tard, la réponse de mon frère apparaît.

Alexis – *Sais pas.*

J'ai envie de le protéger, de lui dire que tout va bien se passer mais je ne peux pas. Je ne sais pas ce qui nous attend et je n'ai jamais su lui mentir. Je voudrais entendre sa voix et le rassurer mais je n'ai pas la force de l'appeler. Je m'effondrerais en pleurs au premier mot.

Moi – *Je suis là pour toi.*
Alexis – *Je sais. Je serai là aussi.*

Je regarde ma cigarette rougir dans la nuit tandis que je tire une longue bouffée.

Alexis – *Suis fatigué. Vais me coucher.*

C'est du Alexis tout craché. Quand ça ne va pas, il se ferme comme une huître. Moi, c'est exactement l'inverse, j'explose.

Moi – *Bonne nuit Alex.*
Alexis – *Bonne nuit Amy.*

Je serre le téléphone dans ma main. Puis j'écris, un petit sourire aux lèvres.

Moi – *Je t'aime ma petite boule.*
Alexis – *Moi aussi ma grande perche !*

J'ai toujours taquiné Alexis sur son poids, et lui, c'est de ma taille qu'il se moque ; je suis sa girafe de 1,78 m. Nous n'avons que deux ans d'écart et nous nous disputons peu. Rarement, même. Nous sommes très proches l'un de l'autre.

Ma cigarette se consume lentement au bord de mes lèvres et la fumée se met à me piquer les yeux. Je creuse les joues en aspirant profondément une dernière bouffée qui me fait aussitôt tousser. J'écrase mon mégot. Abattue, je pose mon front contre mes genoux et laisse le temps filer.

Plusieurs heures plus tard, mon corps est transi de froid et mon visage anesthésié par le gel. Mon paquet de clopes est vide et mes poumons sont proches de l'incendie. Les messages se sont succédé sur l'écran de mon téléphone. Ma mère, ma mère et encore ma mère. À croire que mon père se fiche que je disparaisse.

Je quitte le toit et regagne l'escalier, les pieds tout engourdis. Je parviens avec peine à ouvrir la porte d'entrée avec mes doigts gelés et soupire en retrouvant la chaleur de l'appartement. Ma mère, en chemise de nuit sur le canapé du salon, se lève précipitamment à mon arrivée. Je l'ignore et accélère le pas dans le couloir.

En passant devant la chambre de mes parents, je la découvre vide. Va savoir où est passé mon père. Quant à Alexis, il s'est carrément enfermé dans la sienne. Je repousse violemment la porte de ma chambre derrière moi. Après seulement quelques secondes, je l'entends se rouvrir. Ma mère m'a suivie et se tient dans l'encadrement, se triturant nerveusement les mains. Elle s'éclaircit la gorge.

— Je t'aime, ma chérie.

Je lui adresse un regard noir en jetant ma doudoune sur le sol. Elle hésite à avancer vers moi et, finalement, fait demi-tour.

— On reparlera de tout ça, murmure-t-elle avant de s'en aller, tête basse, légèrement voûtée.

Je me renverse sur mon lit et laisse retomber ma tête sur l'oreiller. Je serre un coussin contre ma poitrine et ferme les yeux aussi fort que possible pour empêcher mes larmes de couler.

Faites que tout cela ne soit qu'un mauvais rêve qui s'évapore à mon réveil. Je donnerais n'importe quoi pour retrouver ma famille heureuse comme avant.

CHAPITRE 2

Julian

Mon pied bat la mesure au rythme de la musique qui résonne. La playlist est particulièrement bonne ce soir. Je me balance de droite à gauche pour tenter de voir qui officie derrière les platines. Une DJ ? Voilà qui est intéressant. J'ai aperçu cette fille lors de différentes soirées mais je ne crois pas l'avoir déjà vue mixer. Ce dont je me souviens très bien, par contre, c'est qu'elle me bouffait littéralement des yeux.

Je reçois un coup dans l'épaule. Ethan ébauche un sourire en sirotant son verre.

— Prochaine cible ?

Je me penche en avant, mes coudes reposant sur mes genoux.

— Pourquoi pas ?

— Profites-en, mec, elle n'est là que ce soir. Il paraît qu'elle part demain pour Montpellier.

— Parfait. Elle aura envie de finir sa soirée en beauté alors…

Il ne faut pas bien longtemps avant que la DJ ne remarque ma présence. Elle lève de plus en plus souvent la tête de sa table de mixage et me reluque franchement. C'est flagrant, elle crève d'envie que je vienne l'accoster.

Elle me fait un sourire aguicheur, je lui réponds par un clin d'œil avant de quitter la pièce. Rien de mieux que de disparaître quelques instants pour susciter encore plus l'intérêt.

À mon retour, c'est elle qui n'est plus là. Je balaye l'espace des yeux et ne l'aperçois pas parmi la trentaine de personnes qui se trémousse sur la piste de danse improvisée. Dans l'immense séjour, tous les canapés design sont occupés ; les gens y sont littéralement avachis. Tout le monde galère à se remettre de l'énorme fiesta du nouvel an.

Je me dirige vers mes potes et m'installe avec eux. Un peu plus tard, alors que je pars me resservir un verre, je sens un corps se coller contre mon dos.

— J'aime beaucoup cette soirée, et toi ? susurre une voix féminine.

En me retournant, je me retrouve à quelques centimètres d'une belle brune. La DJ. Elle me regarde en souriant tout en remuant les hanches en rythme. Je lui décoche mon sourire le plus charmeur, celui qui fonctionne à chaque fois.

— Je l'aime encore plus maintenant que j'ai une beauté face à moi.

Ses joues rosissent un peu. J'adore quand mes réponses déstabilisent les filles. Généralement c'est bon signe, la soirée sera excellente.

Je la prends par la taille et commence à bouger contre elle. Mes yeux se posent sur son décolleté plongeant avant de parcourir tout son corps. Je plonge ma tête dans son cou et respire son parfum. Je la sens se cambrer légèrement. On a clairement tous les deux envie de la même chose.

— On peut trouver un endroit plus intime ? murmure-t-elle d'un ton sensuel.

Je hoche la tête en souriant. Je connais cette immense baraque comme ma poche. Depuis plusieurs mois, j'y passe tout mon temps libre. Certains de mes potes y sont même tellement souvent qu'ils y laissent carrément des affaires. Il faut dire que le père de Dan, richissime industriel italien et propriétaire des lieux, a tout un tas de résidences à travers le monde et n'est jamais à Paris. Comme Dan n'est pas un solitaire, il fait profiter tous ses potes de son hôtel particulier. La plupart viennent de mon lycée – privé et huppé – et sont des fils de bonne famille qui apprécient de rester entre eux. Après avoir obtenu le bac, certains poursuivent leurs études dans de grandes écoles parisiennes, d'autres sont en année sabbatique le temps de trouver leur voie. Entendez par là qu'ils ne foutent rien et sont bien entretenus par papa maman. Je suis le seul ici à avoir redoublé et à devoir continuer de poser mon cul sur les bancs du lycée. À bientôt dix-neuf ans, je suis le plus vieux de ma classe de terminale mais je n'en ai strictement rien à foutre. M'impliquer dans les études, ce n'est pas à l'ordre du jour. En ce moment, j'ai autre chose en tête : les soirées, l'alcool et le sexe. Ça m'aide à rester détaché de tout, et surtout de mes émotions. Ça m'empêche de penser à mon père. Il me manque plus que je ne saurais le dire.

— Avec grand plaisir, je réponds à la brunette en désignant l'étage d'un mouvement de tête.

Elle attrape ma main et s'engage dans l'escalier. J'ai pleine vue sur ses fesses rebondies moulées dans sa jupe courte. Je la laisse me mener jusqu'au premier palier où je prends les choses en main. Je l'entraîne au fond du couloir et la fais entrer dans une chambre d'amis. Je referme la porte derrière nous et attire la brunette contre moi. J'effleure sa peau douce avant de la faire basculer sur le lit. Je me presse contre elle et mes doigts glissent lentement sur sa taille pour soulever sa jupe. Sa langue brûlante me lèche le creux du cou. Bon sang, je suis sûr qu'elle peut faire des merveilles sur d'autres parties de mon corps !

Alors que sa bouche cherche la mienne, je l'évite et plaque mon visage contre son sein pour le mordiller. Je n'embrasse pas. Enfin, seulement quand il le faut vraiment pour que j'arrive à mes fins et là, clairement, je n'en ai pas besoin. Elle se cambre de plus belle et un gémissement lui échappe. Elle est mûre à souhait. Je n'ai plus qu'à passer aux choses sérieuses.

Dès la fin de nos ébats, alors que je me débarasse à peine de la capote, la DJ se lève et se rhabille. Je suis agréablement surpris, j'aime quand c'est aussi simple. D'habitude les filles sont de vrais pots de colle, écœurantes avec leur besoin de câlin. Si seulement elles pouvaient toutes réagir comme elle…

Brunette m'adresse un sourire en ajustant son soutien-gorge et se tortille pour remettre sa jupe en place.

— À plus, lâche-t-elle.

Je m'assieds au bord du lit et remonte ma braguette. Je lui fais un rapide clin d'œil en attachant ma ceinture.

— À plus, beauté.

Elle fait la moue.

— Moi c'est Manon, Julian.

Avec un geste de la main, elle détale de la pièce en exagérant son déhanché.

Je me fous de savoir son nom, ça n'a aucune espèce d'importance. Tout comme celles qui l'ont précédée, cette fille n'est rien de plus à mes yeux qu'un corps que j'utilise pour satisfaire mes besoins égoïstes.

Je rejoins le rez-de-chaussée où la soirée semble toucher à sa fin. L'immense espace de réception s'est vidé et seuls quelques rares danseurs occupent encore la piste, semblant prêts à y passer la nuit. Plus personne ne gère le son, un simple vinyle tourne sur l'une des platines.

Fidèles au poste, plusieurs de mes potes sont là où je les ai laissés ; sur des canapés. Ils ont toujours la forme et rient à gorge déployée. Tristan secoue un jeu de cartes en l'air.

— Oh le tombeur, je ne pensais pas qu'on te reverrait de sitôt.

Je me jette dans le canapé à ses côtés.

— C'était un bon coup mais pas au point d'y passer la nuit.

— Tu es là juste à temps pour le poker, enchaîne-t-il.

Je lui frotte énergiquement la tête.

— Tu vas te faire plumer, ma poule !

— Comme d'hab, ajoute Ethan en souriant.

Éclat de rire général.

Je tape dans les mains de Maxime et Eliott. Tristan nous foudroie du regard en commençant à distribuer les cartes. Ce mec s'obstine à vouloir jouer alors qu'il est super mauvais. Mais comme il est bon perdant et blindé aux as, ce n'est pas dérangeant.

— C'est parti ! s'écrie Tristan.

Nous voilà lancés pour des heures de parties endiablées. Comme bien souvent dernièrement, je ne quitte la maison qu'au moment où la moitié de mes potes va se coucher et l'autre en cours. Moi, c'est la philosophie qui m'attend dès 9 heures. Programme enthousiasmant. Enfin, ce sera surtout l'occasion de faire acte de présence au lycée et de commencer ma nuit.

Je grimpe dans ma caisse et roule à travers les rues de Neuilly. Je traverse le périphérique et pénètre dans Paris. Les premières lueurs de l'aube commencent à éclairer la capitale et annoncent une belle journée d'hiver, claire et froide. Quelques joggeurs suivent le cours de la Seine, essayant courageusement de garder l'équilibre sur le sol gelé.

Alors que je ralentis dans ma rue, je vois un homme en costard-cravate et petite sacoche à la main franchir la porte piétonne qui jouxte mon portail. Il avance rapidement sur le trottoir et ajuste sa veste. Il s'engouffre dans un monospace noir garé un peu plus loin et démarre aussitôt. En quelques secondes, il a disparu au coin de la rue.

Mon estomac se noue en un éclair et une boule se forme dans ma gorge. Mon pouls s'accélère. Que foutait ce gars chez moi ? Ma mère ne peut quand même pas voir quelqu'un et le faire venir chez nous ! Sous notre toit. Elle ne ferait pas une chose pareille.

Figé sur mon siège, je reste immobile, mes mains moites crispées sur le volant. Je finis par actionner le portail électrique qui se referme après mon passage. Je viens me garer derrière la Mercedes de ma mère. Je sors de la voiture et claque la portière avec force. Mes veines sont tellement gorgées d'adrénaline que je ne sens pas le froid mordre ma peau. Je pousse la porte d'entrée sans aucune délicatesse malgré l'heure matinale.

L'air est imprégné de l'odeur du café et des tartines grillées. En temps normal, je me ruerais dans la cuisine mais là, j'ai juste envie de vomir. J'entends les talons hauts de ma mère claquer sur le sol en marbre et elle apparaît subitement dans le vestibule. Son sourire se mue en un air surpris.

— Ah Julian, c'est toi.

— C'était qui, ce mec ? je demande, d'un ton cinglant.

Je vois les traits de ma mère se durcir. Elle croise les bras sur sa poitrine et me fixe, le regard furibond.

— *Good morning to you too.* Vu l'heure à laquelle tu rentres, à ta place je me ferais petit ! Si tu avais été présent au dîner hier soir, tu aurais su que *ce mec*, comme tu l'appelles, c'est Étienne, un collègue de travail que nous hébergeons quelques jours, le temps qu'il récupère les clés de son nouveau logement.

Je n'y crois pas un seul instant. Je lève les yeux au ciel.

— C'est une blague ? *Un collègue ?*

Ma mère souffle d'exaspération, écartant ma réflexion d'un geste agacé.

— Ne me parle pas sur ce ton, Julian. Et garde tes commentaires pour toi.

Elle pose une main sur sa hanche en me regardant de la tête aux pieds avant de faire volte-face et de me lancer en s'éloignant :

— Va prendre une douche avant d'aller en cours, tu as une mine à faire peur.

J'agrippe fermement la rampe de l'escalier et je monte les marches à vive allure. Mon petit frère Owen paraît dans l'embrasure de sa porte, bâillant et le visage ensommeillé.

— Tu ne veux pas faire plus de bruit, sérieux ? Il est tôt, tu fais chier.

— Je t'emmerde.

Mon regard est aussi froid que de la glace. Je referme la porte de ma chambre avec toute la force et l'énergie dont je suis capable. J'entends mon prénom hurlé de toutes parts tandis que je me jette sur mon lit. Pas de lycée aujourd'hui. Qu'ils aillent tous se faire foutre.

CHAPITRE 3

Amanda

— C'est exactement ce qu'il te faut. C'est la distraction parfaite, s'exclame Elsa.

Affalée sur mon lit, je lui adresse un petit sourire mais le cœur n'y est pas.

Mon amie me fixe de ses grands yeux bleus en attachant grossièrement ses longs cheveux bruns au sommet de son crâne. À ses côtés, Natalie acquiesce avant d'ôter ses lunettes, ses yeux verts bridés, rapetissés derrière l'épaisse monture, paraissent subitement bien plus grands.

— Oui, rien de mieux qu'une fête pour oublier le départ de ta mère !

Natalie nettoie ses verres avec sa manche et rechausse ses lunettes. Elle pivote sur elle-même, faisant voleter son carré noir balayé de mèches roses fluo, et s'immobilise devant mon placard pour en détailler le contenu. Elsa dépouille un cintre d'une veste courte noire et me regarde du coin de l'œil.

— On ne va quand même pas te laisser rester cloîtrée dans cette chambre jusqu'à la fin de ta vie ! déclare-t-elle.

— Ça, ça ne risque pas...

À la lisière de mon champ de vision, les cartons vides s'entassent en piles hautes à l'équilibre précaire. Même si la date fatidique approche, je n'ai pas encore eu la force de les remplir. Malgré mes cris et mes larmes, mon père n'en a pas démordu : nous déménageons le week-end prochain. Le préavis de départ a été déposé il y a un moment, bien avant qu'Alexis et moi apprenions la séparation de nos parents. Nous ne quittons pas Paris, *nous nous déplaçons juste d'un arrondissement à un autre*, m'a asséné mon père. À ses yeux, rien ne change ; je reste dans le même lycée et je garde mes amies, il n'y a donc pas de quoi en faire tout un plat. J'ai cru m'étrangler avec ma salive en l'écoutant. Mes parents divorcent, je vais quitter l'appartement que j'ai toujours connu, où j'ai passé chacune de mes seize années d'existence, et ma mère se trouve maintenant à l'autre bout de la planète. Comment peut-il dire que rien ne change ?

Depuis l'annonce de leur séparation, mon père a déserté l'appartement. Je ne sais pas où il vit – à l'hôtel peut-être ? –, mais je peux déjà prévoir son retour ici dès ce soir, ma mère ayant pris l'avion aujourd'hui pour Tokyo. Mes parents ont tout fait pour s'éviter jusqu'au dernier moment. Vingt ans d'amour et voilà comment ça se termine. Déprimant.

Ces maudits cartons qui s'offrent tous les jours à ma vue et qui grimpent jusqu'au plafond semblent me narguer constamment. S'ils pouvaient parler, je les imaginerais bien décompter les jours jusqu'au moment où je n'aurais plus d'autre choix que de m'occuper d'eux. Mon Dieu, qu'est-ce que j'aimerais les déchiqueter en milliers de minuscules morceaux et les jeter du haut du toit comme des poignées de confettis ! Dire que je ne suis pas enthousiaste à l'idée de déménager est un euphémisme. Je tuerais pour ne pas bouger d'ici.

— Oui, enfin, tu ne vas pas t'emmurer dans cette pièce jusqu'à ton déménagement, corrige Elsa, me tirant de mes pensées et m'empêchant par la même occasion d'imaginer quels autres sorts je pourrais réserver à ces insolents cartons.

— Il est grand temps que tu fasses autre chose que de te morfondre et te passer en boucle ton entière collection de musique, intervient Natalie en désignant de la tête mon meuble rempli de CD.

— D'ailleurs, ça ne vous dit pas qu'on en change ? demande Elsa en se plantant devant ma chaîne hi-fi.

Je bondis de mon lit et me précipite sur mon amie, l'empêchant de justesse de tripoter tous les boutons. Elsa est la reine pour détraquer chaque appareil qu'elle touche, surtout quand ce n'est pas du matériel high-tech. Ma bonne vieille chaîne hi-fi a bien failli plusieurs fois vivre ses dernières heures entre ses mains.

Je m'interpose entre mon étagère et Elsa afin de ne laisser aucune possibilité d'action à mon amie.

— Je m'en charge.

Elsa secoue la tête.

— Je ne comprendrai jamais pourquoi tu es autant attachée à cet engin ringard. Il ne lit même pas les MP3 !

J'appuie sur le bouton « stop », le mythique morceau des M.O.P. qui s'échappait des deux baffles s'arrête aussitôt.

— Tu radotes, mamie, je lui rétorque en souriant.

Effectivement, cet *engin ringard* ne lit pas les formats récents : que des cassettes audio et des CD, ce qui me convient parfaitement car je suis folle des CD. J'en fais la collection depuis que mon cousin m'a offert pour mon neuvième anniversaire une compilation de tubes de l'été. Pour l'écouter, mon père avait remonté de la cave sa vieille chaîne hi-fi, bien plus âgée que moi, et que j'ai depuis réquisitionnée. Mes parents ont été les premiers surpris que je m'entiche de cette « antiquité », comme ils l'appellent, mais ravis de pouvoir la recycler. Les premières semaines où je me suis mise à l'utiliser, mon père affichait un sourire béat, répétant que je lui rappelais sa jeunesse. Mon frère en profitait pour se moquer de lui en s'étonnant qu'un objet puisse durer mille ans. Cette pensée me provoque un douloureux pincement au cœur.

La voix de Natalie s'élève soudain, me ramenant au présent :

— Sois mignonne. Épargne-nous tes vieux morceaux, c'est pas supportable plus de cinq minutes.

Il n'y a pas que mon choix d'appareils électroniques que mes amies trouvent vieillot, il y a aussi mes goûts musicaux. J'ai une affection particulière pour le rap des années 90. Ce qui n'est absolument pas leur cas.

— Pour éviter toute polémique, je vais mettre Radio Classique.

Les filles éclatent de rire. J'allume la radio et tourne lentement le bouton de station en station jusqu'à ce qu'un air d'opéra s'échappe des enceintes.

— Voilà, je dis avec un sourire satisfait.

Et je retourne m'installer sur mon lit. Je m'y assieds en tailleur tandis que mes deux meilleures amies se mettent à faire les zouaves. Elles sautent et tournoient maladroitement, tentant d'imiter des danseuses de ballet. Je pouffe en les observant.

Natalie n'a clairement pas le sens du rythme. Quant à sa coordination, n'en parlons pas. Elle est bien plus douée en dessin, sa plus grande passion, que dans une quelconque activité sportive. Et c'est elle-même qui le dit.

Même si elle joue l'imbécile en dansant avec une de mes vestes comme si c'était son partenaire, Elsa est particulièrement gracieuse. Son port de tête altier et sa démarche élégante ne sont pas dus au hasard mais à des années de pratique de danse et de gymnastique.

Elles enchaînent les sauts et Natalie finit par s'étaler de tout son long sur le parquet. Les quatre fers en l'air, elle est secouée d'un grand fou rire tandis qu'Elsa se tient les côtes, pliée en deux.

Je ne sais pas ce que je ferais sans ces deux filles. Elles m'offrent un soutien sans faille depuis qu'elles sont au courant de l'état désastreux de ma vie familiale et cherchent à m'occuper par tous les moyens. C'est à leur initiative que l'on sort ce soir. Grâce à Camille – une copine d'Elsa –, direction une fête d'étudiants privée dans une immense maison en banlieue. C'est une première, aucune de nous n'y a jamais mis les pieds et l'excitation est palpable chez mes amies.

Une fois son fou rire calmé, Elsa s'intéresse à la veste qu'elle tient depuis un moment entre ses doigts et la lève pour l'examiner. Elle la plaque contre son corps et se regarde de profil dans le miroir.

— Je peux t'emprunter celle-là, Amy ?

— Bien sûr.

Elle l'enfile par-dessus sa robe à fines bretelles en un rien de temps et retrousse les manches trop longues. Elle exécute un tour complet sur elle-même avant de défiler à travers ma chambre en bombant le torse et battant des cils.

— Personne ne me résistera ce soir ! claironne-t-elle d'une voix aiguë.

Dans cette tenue, il est clair qu'elle fera des ravages. Elsa a un charme impressionnant et un corps svelte. Elle rêve d'être mannequin et de faire des défilés mais du haut de son mètre soixante, elle est trop petite. Elle envie ma taille alors que moi, je donnerais tout pour quelques centimètres de moins. On n'est jamais satisfait de ce que l'on a. Excepté Natalie avec son mètre soixante-dix.

— Il faut que tu te décides, me presse cette dernière en me faisant signe de regarder dans ma penderie et en tapotant sur une montre invisible à son poignet.

Je me lève en écoutant d'une oreille distraite les bavardages de mes amies. Je m'immobilise devant mes habits qui se balancent sur les cintres. Je fais courir ma main sur la barre en aluminium, hésitant devant toutes les tenues qui s'offrent à moi.

Quand j'ai accepté cette sortie, c'était pour faire plaisir à Elsa et Natalie, mais maintenant, je suis d'accord avec elles ; j'ai besoin de m'aérer. Et de changer de décor.

Natalie m'observe du coin de l'œil et s'attaque à ma commode dont elle ouvre tous les tiroirs. Elle s'empare d'un jean, me le tend en souriant et referme le tiroir d'un coup de hanche.

— Pour mettre en valeur tes longues gambettes.

Et maigres, quel que soit le tissu qui les moule.

— Et il te fait un petit cul d'enfer, ajoute Elsa en mimant de me claquer les fesses.

Je l'esquive en lui faisant les gros yeux avant de troquer mon bas de jogging pour ce pantalon. Je me décide pour un top en soie et des bottines plates noires. Les talons ne sont pas majoritaires dans ma garde robe ; je dépasse naturellement la plupart des gens qui m'entourent, je ne vais pas en rajouter.

Je laisse mes cheveux pendre librement sur mes épaules et m'attelle à mon maquillage. Ma trousse contient peu de produits ; un principalement, et en plusieurs exemplaires pour n'être jamais à court : le fond de teint. Il dissimule les nombreux grains de beauté que j'ai sur le visage. Comme sur la majeure partie de mon corps. Mes amies disent qu'ils font partie de mon charme. Personnellement, j'ai un peu de mal à voir toutes ces taches comme un atout séduction.

Une fois prête, je promène mon regard autour de moi et l'arrête sur le cadre le plus imposant et brillant posé parmi tant d'autres sur l'étagère. Il contient une photo d'Alexis, mes parents et moi prise il y a cinq ans lors de nos vacances sur la Riviera italienne. Cette parfaite photo de famille nous montre tous rayonnants, enlacés, debout les pieds dans l'eau au bord de la plage. Je m'approche et caresse l'image avec délicatesse. Il n'y aura plus de clichés comme celui-ci. Cette famille heureuse n'existe plus. La nostalgie cède la place à l'amertume. Je me saisis du cadre et le retourne violemment. Il atterrit côté imprimé contre la tablette en bois.

Natalie s'approche de moi, ondulant au rythme de la musique.

— On zappe les soucis, allez !

Elsa danse aussi, improvisant une chorégraphie des plus ridicules. Mes amies m'attrapent les mains et m'invitent à bouger avec elles. Je me laisse faire et pique un fou rire.

— On peut y aller, maintenant ! s'écrie Natalie en me tirant vers la porte de ma chambre.

CHAPITRE 4

Julian

Ma mère est en couple. J'en suis certain. Même si elle s'emploie à nous faire croire que le gars qui vit, mange, dort sous notre toit, n'est qu'un collègue ayant un *souci momentané de logement*. Les regards, les attitudes ne trompent pas. Ma mère a donc réellement tourné la page ; mon père fait partie du passé. Alors que pour moi, la douleur de son décès est encore vive et insupportable.

Je ne sais pas ce qui m'excède le plus : savoir que ma mère est avec quelqu'un ou qu'elle ne prenne même pas la peine d'être honnête avec Owen et moi ? Bordel, il faut que j'arrête d'y penser, ça ne fait qu'accroître la boule de rancœur qui s'est logée dans ma poitrine, aussi douloureuse qu'un corps étranger. J'ai hâte que cet intrus ait enfin ses putains de clés et dégage de ma maison.

Comme le croiser tous les jours me vrille les nerfs, j'évite d'être chez moi. Depuis petit, rien ne me calme plus que la course alors, pour échapper à cette réalité, je passe des heures dehors à battre le pavé. Ce soir, j'arrive chez moi les jambes courbaturées par l'effort et le corps en sueur après avoir couru un long moment le long de la Seine. Le seuil de la maison franchi, je suis happé par l'odeur de la cuisine et l'écho d'une discussion entrecoupée de rires. Je me dirige vers le salon et y découvre ma mère, Owen et Étienne, tranquillement attablés et tous pliés en deux par une crise de fou rire.

— On vient de commencer, m'annonce Owen, la bouche pleine, des larmes au bord des yeux.

Je n'arrive pas à comprendre mon frère. Il n'est pas bête, il doit se douter comme moi de ce qui se trame entre ce gars et notre mère, comment peut-il l'accepter ?

Ma mère pivote le poignet pour vérifier l'heure.

— Tu nous rejoins ?

Je n'ai aucunement l'intention de venir m'installer avec eux.

— Je ne reste pas.

La fourchette de ma mère se fige en pleine course entre son assiette et sa bouche.

— Si, car j'ai quelque chose d'important à vous annoncer.

— J'ai autre chose à foutre, je persiste.

Je vois les doigts de ma mère se crisper un peu plus sur ses couverts. Elle me fixe, le regard noir.

— Julian, *listen to me*. Je t'invite à aller prendre une douche, bien froide pour l'occasion. Cela te mettra les idées en ordre avant de nous rejoindre. Et avec un peu de chance, cela te rendra peut-être aimable. *Go, now. I won't repeat it twice.*

Quand ma mère utilise sa langue maternelle et que ce ton sec l'accompagne, c'est que je suis sur le point d'avoir des soucis et je n'ai pas d'autre choix que d'obéir.

Je souffle et me rends d'un pas vif à l'étage. Après une longue douche qui ne parvient pas à me calmer, je fouille nerveusement dans mes affaires et m'habille rapidement. Je passe ma montre au poignet et l'effleure du bout des doigts comme un bijou précieux. J'y tiens comme à la prunelle de mes yeux. Elle appartenait à mon père et, tout comme il le faisait, je la porte chaque jour.

J'enfile mon manteau quand ma porte s'ouvre brusquement et ma mère entre. Elle fronce les sourcils.

— Julian, que fais-tu ?

Je n'ai qu'une envie : qu'elle s'en aille.

— J'ai une soirée, je marmonne.

Elle referme la porte et s'y adosse, campant sur ses talons, comme pour me barrer le passage.

— *I don't think so* ! Julian, j'accepte beaucoup de choses ces derniers mois car je sais que tu ne vas pas bien mais ça n'excuse pas tout. Tu as une attitude particulièrement désagréable vis-à-vis d'Étienne, à la limite de l'irrespect, et ça me dérange vraiment. Dois-je te rappeler que c'est notre invité ?

Je m'apprête à lui répondre quand mon corps se met à trembler. Je suis pris de vertiges. Les jambes flageolantes, je m'appuie contre le mur et ferme les yeux. Inquiète, ma mère se rapproche et pose sa main sur mon épaule, la caressant avec empathie.

— *Jul, are you OK ?*

Je hoche la tête. Je m'impose un rythme sportif de plus en plus intense dernièrement et les étourdissements s'amplifient. Ça passera. Il faut le temps que mon corps s'habitue, c'est tout. Mais les montées d'énervement et de stress n'aident sûrement pas.

Ma mère m'attire vers le bord du lit et me fait asseoir à ses côtés.

— Je ne sais pas ce qui se passe dans ta tête et je ne vais pas prétendre pouvoir le deviner. Je veux juste que tu ailles bien, que toute cette famille aille bien. Tu as changé depuis la disparition de ton père, je peux le comprendre et je sais que chacun réagit au deuil à sa manière mais il faut que tu arrives à remonter la pente.

Ma mère connaît mon addiction pour les nuits blanches et les soirées ainsi que mon peu d'implication actuelle dans les études. Le lycée privé qu'elle paye une fortune ne manque pas de la tenir au courant de mes moindres faits et gestes. Et surtout de mes absences.

La dernière chose dont j'ai envie – et besoin – là, tout de suite, maintenant, c'est d'une pseudo-analyse cachée sous une discussion mère-fils au sujet de mon père. Depuis son décès, ma mère s'est transformée en psychologue. Elle veut parler, toujours et encore parler. Je mettrais ma main à couper que c'est à cause des foutus conseils de son propre thérapeute.

— Allez, rejoins-nous pour manger, m'enjoint-elle.

La partie raisonnable de mon cerveau m'envoie un message : *Fais un effort*. Mais je ne peux pas. Je n'ai pas envie d'entendre ce qu'elle a à nous dire, surtout que je le sais déjà. Vous êtes en couple, Étienne et toi ? Pour une nouvelle, c'est une nouvelle !

Je me passe négligemment la main dans les cheveux.

— Je suis pressé. Je dois y aller.

Je me lève et m'apprête à quitter la pièce quand ma mère m'annonce.

— Julian, Étienne a un souci avec son nouveau logement. Il va rester ici plus longtemps que prévu. Et ses enfants vont emménager aussi. Je voulais vous en informer, Owen et toi, lors du dîner.

Le choc initial passé, je sens la colère m'envahir. C'est comme un torrent de feu qui monte en moi.

— C'est une putain de blague ! On est un refuge maintenant ?

Ma mère reste muette sous le coup de la surprise. Je fais volte-face et quitte ma chambre en vitesse. Je manque de heurter mon frère au bas de l'escalier. À deux pas de la porte d'entrée, il me retient par le bras.

— Qu'est-ce que tu fais ?

Je me dégage rageusement de son contact.

— Je me casse ! J'en ai marre des plans foireux de cette famille. On devrait accueillir tous les sans-abri du coin, maman se sentirait peut-être mieux dans sa peau.

— Tu n'es pas croyable, lance mon frangin sans dissimuler son mépris. Papa serait déçu de te voir agir ainsi.

Mon frère a décidé de me faire sortir de mes gonds. C'est fou comme ça m'énerve d'entendre ça. Tout le monde pense savoir ce que le défunt voudrait ou aurait voulu. Mais on n'en sait foutrement rien. Personne n'en sait rien ! On ne peut être certain que d'une chose : mon père voulait nous quitter. Les dernières semaines avant sa mort, il disparaissait souvent, il semblait préoccupé mais aucun de nous n'y a prêté attention. Alors que j'aurais dû ! Voilà ce qui me tue, ce qui me ronge de l'intérieur. J'aurais dû être plus attentif, j'aurais dû anticiper ce qui allait arriver. J'aurais dû l'aider. Je ne peux m'empêcher de penser que ce qui s'est passé est en partie de ma faute. Tout comme ma mère ou Owen, j'ai une part de responsabilité dans la décision que mon père a prise. Ce choix irréversible de mettre fin à ses jours.

Je me penche vers Owen d'un air menaçant et me rapproche si près de son visage qu'il en louche.

— Ah, parce que môssieur Owen sait ce que notre père veut ? J'ignorais que tu communiquais avec l'au-delà. Et de toute façon ce que papa aurait voulu n'a aucune importance. Il est mort et c'est lui qui l'a décidé !

— Justement ! hurle Owen en écumant de rage. Il nous a suffisamment bousillé la vie ! Je veux être heureux et maman aussi, tu comprends ça ? Si faire une bonne action lui fait du bien alors tant mieux. Je ne te laisserai pas tout gâcher !

La tension entre nous est palpable. Son expression est glaciale, son regard déterminé. Il est loin, le petit garçon peu sûr de lui, béat d'admiration devant son grand frère.

Owen et moi avions nos différends, comme tous les frères, je suppose, mais nous nous sommes toujours bien entendus. C'est après la mort de mon père que nous nous sommes éloignés. Owen s'est réfugié dans les cours, s'investissant dans les études et tentant de noyer son malheur dans les livres. Désormais en classe de troisième, il est premier dans toutes les matières. Il me reproche de ne pas faire de même et de ne pas *honorer notre père*. J'ai l'impression qu'il récite une prière à chaque fois qu'il me dit ça. Et s'il y a bien une chose que je ne suis pas, c'est croyant.

Quand j'ai appris le suicide de mon père, la situation m'a paru irréelle, plongeant ma vie dans le chaos. Celui que j'admirais tant, qui était mon modèle et dont j'étais si proche avait tout simplement cessé d'être là, à mes côtés. Je vivais un vrai cauchemar. J'ai fini mon année de terminale au fond du gouffre, submergé par les manifestations de sympathie des uns et des autres qui, en plus de ne m'apporter aucun réconfort, me faisaient sombrer chaque jour davantage. On me répétait que vivre un deuil rendait plus fort. Je ne crois pas à ce genre de conneries et je pense que la perte d'un être aimé ne peut que détruire ses proches. J'ai ressenti tristesse et culpabilité, comme un poids m'écrasant la poitrine. Chaque jour, en me levant le matin, je me demandais comment tenir le coup. À mes yeux, ce genre de douleur ne pouvait être soulagée par tout ce qu'on m'offrait : de la compassion, des cadeaux, des médicaments ou du repos. Alors j'ai arrêté de penser avec mon cerveau, j'ai laissé mon corps le faire à la place et j'ai commencé à me soigner avec l'alcool et la gent féminine. Ils ont tous les deux le pouvoir de m'extraire du présent.

Les éclats de voix ont alerté ma mère qui fait son apparition dans l'entrée, silencieuse et le visage teinté d'inquiétude. Elle se place à côté de mon frère. Je tourne les talons et claque la porte derrière moi sans un mot. Il n'y a rien à ajouter.

CHAPITRE 5

Amanda

Pendant tout le trajet, la musique résonne à fond dans nos écouteurs. Elsa chante tellement fort que sa voix vient se mêler aux morceaux funky d'Alliance Ethnik que j'écoute. Le mélange, aussi drôle que désagréable, annihile toutes mes mauvaises pensées et m'empêche de me remettre à déprimer. Un seul objectif ce soir : m'a-mu-ser.

Les quelques passagers de la rame de métro semblent peu gênés par l'ambiance musicale offerte par mon amie et affichent même pour certains de légers sourires. Il faut dire qu'Elsa est un vrai clown et que sa prestation est de bien meilleure qualité que certains pseudo-musiciens qui sévissent dans notre cher métropolitain.

Quand nous quittons les couloirs souterrains et rejoignons enfin la surface, Elsa s'exclame :

— Les filles, bienvenue chez les bourges !

J'éclate de rire et Natalie lui fait les gros yeux.

— Pas si fort !

La ville de Neuilly-sur-Seine a beau être limitrophe de Paris, je n'y ai jamais mis les pieds, mais comme tout le monde, je sais qu'elle est *la* banlieue chic par excellence.

Après une dizaine de minutes passée à emprunter des rues résidentielles, nous nous arrêtons devant un portail noir et Elsa vérifie l'adresse sur son téléphone.

— C'est bien là.

Elle passe un coup de fil à Camille. Une poignée de secondes plus tard, le portail s'ouvre et nous nous engageons dans une voie privée. Au bout de l'allée, au milieu d'un large terrain, un élégant hôtel particulier de trois étages nous fait face.

— Oh merde, ça ne rigole pas ! siffle Natalie avec des yeux ronds.

La porte d'entrée est grande ouverte et, malgré le froid, des bandes de garçons et de filles dispersés sur la pelouse discutent joyeusement.

— Ça a l'air génial ! jubile Elsa.

Elle frotte ses mains l'une contre l'autre, trépignant d'excitation. Un cri strident nous fait sursauter. Camille se rue sur nous, un immense sourire aux lèvres. Ses longs cheveux auburn cascadent sur ses épaules encadrant son visage rond et pâle, semblable à celui d'une poupée de porcelaine. Je ne connaissais pas Camille jusqu'à ce qu'elle se rapproche d'Elsa et j'ai découvert qu'elle est la définition même de la fille que tout le monde apprécie. Le genre de personne qui inspire spontanément la sympathie.

— Je suis contente que vous soyez venues !

— Nous aussi, répond Elsa en lui sautant au cou.

Camille lui rend son étreinte.

— Amusez-vous bien ! Si vous avez besoin de moi, je serai de ce côté-là.

Elle pointe discrètement du doigt un blond bodybuildé, un peu trop bruyant à mon goût. Et, sur un clin d'œil et un petit salut de la main, elle trottine jusqu'à l'étudiant en question.

Collées les unes aux autres, nous passons le seuil de la porte et entrons dans un somptueux hall où le plafond culmine à plusieurs mètres de hauteur. Un majestueux escalier, orné d'une balustrade sculptée, part vers les étages. Cet endroit est sublime et respire le luxe. Je ne serais pas franchement surprise d'y trouver un ascenseur, une salle de cinéma et – pourquoi pas ? – une piste d'atterrissage sur le toit ! Démesure et extravagance sont les maîtres mots de nombre de gens super riches, non ?

Dans un salon grand comme j'en ai rarement vu, la foule se trémousse au rythme de la musique poussée à plein volume. Je jette un regard circulaire. Il y a du monde partout.

Elsa disparaît au milieu de la cohue et revient quelques instants plus tard, les mains chargées de trois petits gobelets. Elle m'en donne un et en offre un autre à Natalie.

— À notre première soirée étudiante !

— Qu'elle soit suivie de beaucoup d'autres ! j'ajoute.

Nous levons nos verres, comme pour trinquer, avant de les boire cul sec. Nous nous dandinons jusqu'à la piste de danse. Les morceaux se succèdent et Elsa s'éclipse de temps en temps pour remplir nos verres. Elle veut à tout prix s'en charger. Ça ne m'étonnerait pas qu'un gars mignon traîne autour des bouteilles.

L'alcool me monte à la tête et, étourdie, je dois me concentrer pour garder l'équilibre. Je ferme les yeux un instant, puis les rouvre et savoure la sensation de chaleur qui se répand dans ma poitrine. Sans m'arrêter de danser, j'observe les gens autour de moi jusqu'à ce que mon regard s'arrête sur un garçon installé dans un canapé. Brun ténébreux avec des épaules carrées, il a les yeux sombres, des cheveux coupés très court et une barbe de trois jours. Il semble absorbé dans ses pensées et affiche une expression sérieuse, presque vulnérable.

Je n'arrive pas à détacher mon regard de lui. J'entends vaguement la voix d'Elsa, je sais qu'elle s'adresse à moi, mais ses paroles se noient dans le vacarme général. Elle me fait sortir de ma transe en me criant dans l'oreille :

— Oh merde, regardez-moi ça !

Je sursaute et découvre son expression choquée. D'un coup de menton, elle désigne l'objet de mon admiration en sifflant tandis que Natalie lâche un simple « pas mal ».

Une fille s'accroupit devant lui. Il lui sourit, deux petites fossettes se dessinent dans le creux de ses joues. Et là, je fonds. Comme neige au soleil. J'ai l'impression de me transformer en une énorme flaque et faire corps avec le sol. Ces adorables fossettes sont les deux choses les plus craquantes que j'aie jamais vues.

— Dommage qu'il soit pris, commente Elsa avec une moue boudeuse avant de pivoter pour me faire face.

Natalie a déjà porté son attention sur autre chose. Moi, je ne peux pas. Je continue discrètement à l'observer. De toute façon, même si je me forçais, je n'arriverais pas à regarder ailleurs.

Un garçon s'approche du canapé et tend la main à la fille pour l'aider à se relever. Une fois debout, il lui enlace la taille et la serre contre lui. Le magnifique spécimen n'est peut-être pas pris finalement ? En tout cas, pas avec cette fille-là.

Elsa fait mine de sortir.

— J'ai envie de fumer.

Chose qu'elle n'apprécie de faire qu'en soirée, contrairement à moi qui carbure du matin au soir depuis la séparation de mes parents. Avant, c'était très sporadique, surtout pour passer le temps. Maintenant, c'est quotidien et j'ai l'impression que je ne peux plus m'en passer. Le stress et l'angoisse que me suscite tout ce que je vis en ce moment ne se calment que quand je fume. Donc, conséquence logique, j'enchaîne les cigarettes. Et à l'heure actuelle, je me fous royalement que mes parents l'apprennent. Pour l'attention qu'ils me portent…

— Moi, je vais me resservir un verre, prévient Natalie.

Je ne veux pas rester seule ici, au milieu de cette foule d'inconnus, et il me faut de l'air frais, mon corps est bouillant et mon esprit perturbé.

— El, attends-moi ! J'ai besoin d'une clope aussi.

Elsa me sourit et hurle à l'intention de Natalie :

— Vas-y mollo sur la boisson, Nat ! Je ne te porte pas pour rentrer !

Puis elle pose ses mains sur mes épaules et me pilote vers la sortie. Dans le hall, nous fouillons dans une montagne de manteaux pour trouver les nôtres. Dehors, je prends une grande inspiration. L'air est si froid qu'il me brûle la gorge mais je le savoure : les odeurs de transpiration mêlées à celles de parfum et d'alcool ont disparu. Je resserre les pans de ma doudoune autour de moi en fouillant dans mes poches. Je sors une cigarette de mon paquet et la cale dans le coin de ma bouche. Elsa se met à me faire les yeux doux. Je comprends tout de suite ce qu'elle veut vu qu'elle s'achète des clopes tous les six mois. Je lui présente mon paquet pour qu'elle se serve. Elle fait un tour sur elle-même et la révérence pour me remercier. Je pouffe. Cette fille est mon clown préféré.

Je fume lentement, aspirant profondément chacune des bouffées, tandis qu'Elsa tient sa cigarette entre le pouce et l'index et tire fort sur le filtre, comme si c'était un joint. Elle ne fait que parler d'herbe et je n'arrive pas à rester concentrée sur ses paroles, trop obnubilée par le canon brun. Je n'ai jamais ressenti une attirance pareille. Ce mec m'a donné tellement chaud que j'ai l'impression que tout mon circuit interne a grillé.

Elsa jette sa clope à peine entamée avec une mimique dégoûtée et regagne l'intérieur.

— Je veux trouver de quoi me rouler un joint, m'annonce-t-elle.

Sans me laisser le temps de réagir, elle disparaît parmi les étudiants. Me retrouvant seule, je finis ma cigarette en écoutant la discussion d'un groupe de filles.

— Il est encore plus beau que d'habitude, soupire une grande brune vêtue d'un mini-short.

Vu la température, je me demande comment elle fait pour ne pas geler sur place.

— Les Américains sont vraiment trop sexy, déclare une de ses amies tout aussi peu habillée.

— Il est *à moitié* américain ! Et il faut avoir envie de passer après toutes les autres et d'être jetée comme une vieille chaussette. Il use et abuse de son charme, tempère une blonde, emmitouflée dans son manteau, le menton enfoncé dans le col.

La seule, semble-t-il, dans une tenue appropriée pour la saison.

— Julian est beau comme un dieu mais c'est un tombeur. Une soirée égale une fille.

— Personnellement, c'est ce que j'appelle un beau salaud, reprend la blonde. Vas-y que je te séduis et que je te mets dans mon lit. Vous connaissez Lucile, la rouquine de Polytechnique ?

Ses copines hochent la tête, attendant qu'elle poursuive.

— Elle a passé la nuit avec lui il y a quelques semaines et, quand elle l'a recroisé deux jours après, non seulement il se rappelait pas son nom mais il ne l'a même pas reconnue !

— Aïe ça fait mal, grimace une petite brune, avant de tirer sur sa cigarette.

— Alors, les filles, réfléchissez-y avant de passer sous la couette avec M. Dumont.

— Hum, je ne sais pas si ça m'arrêterait.

Je ne peux pas entendre la suite de leur conversation car elles s'éloignent. J'écrase mon mégot et pénètre dans la maison. Je m'immobilise sur le seuil du salon, balayant l'espace du regard. Je me demande où ont bien pu passer Natalie et Elsa. Je ne les vois nulle part. Par contre, le beau gosse est toujours dans le canapé.

Une main se pose sur mon épaule et me surprend. Je pivote sur moi-même, Camille me sourit.

— Ça va, la soirée te plaît ?

J'opine du chef.

— Je cherche les filles. Tu ne les aurais pas croisées par hasard ?

Elle secoue négativement la tête.

— Désolée. Mais profites-en pour t'amuser avec ces magnifiques étudiants.

Elle accompagne ses mots d'un grand geste pour désigner l'ensemble des hôtes présents. Mon regard n'a pas besoin de dévier vers l'occupant du canapé pour que mon esprit, lui, le fasse. Je me dis alors que, comme Camille semble connaître du monde ici, si je veux des infos, c'est la personne parfaite.

— Justement… Est-ce que tu sais qui c'est, lui ?

Ses lèvres esquissent un petit rictus.

— Qui ça, *lui* ?

Je tente un discret signe vers le canapé.

— Le brun en tee-shirt bleu.

— Tiens donc, c'est Julian Dumont, un bourreau des cœurs. Je dirais même un sacré queutard ! Et très bon coup à ce qu'il paraît. Je ne m'en approche pas, il connaît mon frangin Gabriel qui passe son temps à jouer au grand frère protecteur.

Mon sang ne fait qu'un tour. *Julian Dumont ?* C'est de lui que parlaient les filles dehors ! OK. Génial. Il a fallu que j'aie le premier coup de cœur de ma vie sur le connard de service.

— Merci, Camille, je marmonne.

— De rien et protège-toi. Ce serait bête d'attraper une saloperie pour un coup d'un soir. Qui sait quel type de microbe il trimballe !

Tout mon visage se contracte. Je n'ai pas l'intention de passer à la casserole. Être utilisée et jetée comme un vulgaire essuie-tout, non merci !

Je remercie une nouvelle fois Camille et m'éloigne pour partir à la recherche de mes amies. Et puis, non. Pas tout de suite. Je vais faire un détour par le bar. Cette énorme déception mérite bien d'être compensée par un verre ou deux. Ou trois. Je n'ai pas franchement envie de me limiter, là.

CHAPITRE 6

Julian

Je reste immobile dans le canapé où je suis avachi depuis que je suis arrivé. Je dois en être à mon troisième verre. Quatrième peut-être ? J'aime tellement la tequila que je ne compte pas le nombre de shots que j'ingurgite. Mais là, je ne savoure pas. J'attends simplement que l'alcool fasse effet et embrume mon esprit au point que je ne pense plus à rien. Les vapeurs de l'alcool ont le pouvoir de brouiller mes pensées les plus noires et celles de ce soir sont tenaces. L'annonce de ma mère résonne encore dans mes oreilles et les reproches de mon frère tournent en boucle dans mon esprit.

La baraque de Dan est noire de monde, les gens se succèdent sans interruption à mes côtés. Je ne rentre dans aucune conversation et évite tous les regards. Je n'ai pas envie qu'on vienne me taper la tchatche. Il y a bien Solène qui a tenté de me parler de l'un de ses projets de classe mais, heureusement, Eliott a vite débarqué et disparu de ma vue avec sa copine.

Malgré l'agitation autour de moi, je me sens seul. Plus seul que jamais. Le regard perdu au fond de mon verre, je n'entends pas

Ethan m'appeler. Il claque plusieurs fois des doigts devant mon visage et me ramène à la réalité.

— Julian !

Je fronce les sourcils, la mine soucieuse.

— Quoi ?

Il s'assied sur l'accoudoir.

— Ton verre est vide, mec.

Sans réfléchir, je le lui tends. Il s'en empare et le remplit aussitôt à ras bord. La musique résonne et fait trembler le sol. Je relève la tête et constate que les filles sont venues nombreuses. La pièce est bondée, remplie de corps peu vêtus qui s'agitent en rythme. Tous les gars en chaleur peuvent se rincer l'œil et baver allégrement. Tristan s'installe à côté de nous, passant un bras derrière le dossier de son siège et les yeux fixés droit devant lui.

— Regardez-moi ce superbe lot.

Deux filles quelconques complètement ivres dansent devant nous. Leurs tenues légères ne laissent guère de place à l'imagination.

— Non merci, je réponds spontanément.

— Eh bien, Dumont ! Tu fais ton difficile ?

— Non, je grommelle. Il n'y a tout bonnement rien d'appétissant chez ces deux-là.

Une douleur commence à naître dans mon crâne et le mélange tequila-vodka me pèse sur l'estomac. Il va falloir que je mange un truc. Ça fait un moment que, hormis l'alcool, je n'ai rien avalé. En fait, je ne me souviens même pas de mon dernier repas.

— Il faut que j'éponge, je lâche.

— Moi aussi, renchérit Tristan en se levant d'un bond. Je vais chercher à bouffer !

— Tout va bien ? me demande alors Ethan tout bas.

Ethan est mon meilleur ami depuis le collège. À l'époque, nous étions tous les deux d'excellents élèves et, chaque année, nous nous motivions l'un l'autre pour être les meilleurs de notre niveau. Je rendais mes parents fiers, surtout mon père. Je travaillais dur car il me répétait que c'était la condition pour réussir. Comme lui l'avait fait.

Parti de rien, mon père avait monté son empire : son bac en poche, il avait quitté la France pour New York et fait des études de commerce pendant lesquelles il avait rencontré ma mère. Puis il avait fondé sa propre société d'import-export qui était rapidement devenue une entreprise florissante. Alors que ma mère était enceinte de moi, ils avaient décidé de venir habiter à Paris et de développer la filiale française. Après la naissance d'Owen, ils avaient fait le choix de s'installer définitivement dans le seizième arrondissement, dans la maison où nous vivons toujours.

« Deviens celui que tu ambitionnes d'être », me répétait mon père. Pour lui, il n'y avait pas de mystère, tout se méritait. Il était arrivé là où il avait toujours rêvé d'être parce qu'il s'en était donné les moyens. Enfin, tout ça pour choisir d'en finir, il faudra m'expliquer l'intérêt. Surtout que lui ne l'a pas fait. Il n'a laissé aucun mot, aucune explication. Pas de lettre d'adieu. Rien.

Maintenant, Ethan et moi partageons des soirées, des beuveries et nos problèmes. C'est toujours un élève doué et moi non. Il a déjà tenté d'évoquer le décès de mon père mais il s'est retrouvé confronté à un mur de silence. Avec lui, c'est comme avec les autres, je suis incapable d'en parler.

— J'ai juste un peu forcé sur la boisson et j'ai la dalle.

Je lui assène une claque amicale dans le dos, histoire de clore le sujet. Après un court silence, il désigne de la tête le duo de mauvaises danseuses en souriant.

— J'imagine que tu as déjà trouvé ton bonheur si elles ne t'intéressent pas ?

— Non, pas encore, je réponds en balayant l'espace du regard. Mais celles-là sont bien trop torchées pour être excitantes. Je ne fais pas dans le pré-coma éthylique.

Tristan est de retour avec des pizzas et des bouteilles de soda. Ma tête me fait si mal que, quand il remplit mon verre de coca, je ne cherche même pas à savoir où se trouve la tequila.

Je mange avidement et laisse mon regard errer sur la foule jusqu'à ce qu'il se fixe sur un visage. Je redresse les épaules et m'arrête net, la bouche pleine. Les fêtardes qui fréquentent assidûment les soirées sont souvent les mêmes et les nouvelles se remarquent facilement. Surtout ce genre de nouvelle. Cette fille a un charme fou avec ses yeux noisette en amande, sa bouche charnue et ses cheveux dorés. Elle est grande, j'adore ça. Les petits gabarits, c'est moyennement mon truc, même si en position horizontale, on ne voit pas franchement la différence. Ses longues jambes sont maigrichonnes mais j'y emmêlerais les miennes sans hésiter.

Elle regarde autour d'elle et disparaît. Je reste figé, comme hypnotisé. Ma part de pizza me glisse des doigts et s'écrase mollement sur le sol. Je mets bien une dizaine de secondes à m'en apercevoir. Je la ramasse et la jette sur la table basse. Je scrute les têtes qui m'encerclent dans l'espoir de tomber de nouveau sur la fille. En vain.

Mais voilà exactement ce dont j'ai besoin. Rien à voir avec les deux thons qui se trémoussaient devant moi tout à l'heure.

Quand le canon réapparaît à l'autre bout de la pièce, un verre à la main, je me lève en chancelant légèrement. L'alcool coule à flots dans mes veines.

Une grappe de nanas choisit cet exact moment pour débarquer et s'agglutiner autour de moi. Je sais pertinemment que la plupart d'entre elles n'attendent que de se retrouver dans mon lit mais je m'en fous. À cet instant précis, je n'ai envie de m'intéresser à aucune d'elles. En fait, elles me dérangent plus qu'autre chose. Je me tourne vers mes potes.

— Je vous laisse en charmante compagnie.

J'ai autant besoin d'air frais que de parler à la beauté blonde.

— Tu vas où ? me questionne Ethan.

— Dehors, besoin d'oxygène.

— Tu as raison, ça sent le fauve ici, commente Tristan en mâchant bruyamment.

Les filles ricanent bêtement. Je lève les yeux au ciel.

Je me fraye un passage dans la foule et repère la fille à quelques mètres de la sortie. En la suivant, je contemple sa silhouette. Mon regard s'attarde sur son jean slim qui moule ses jambes fluettes interminables.

À l'extérieur, elle se dirige d'un pas déterminé vers deux filles confortablement installées sur la pelouse et enveloppées dans leurs épais manteaux. L'une d'elles sourit en tirant une grosse bouffée sur le joint qu'elle pince entre ses doigts.

Je m'approche suffisamment pour les entendre se parler.

— J'ai trouvé mon bonheur ! s'écrie la fumeuse en brandissant son bedo. Toi aussi apparemment vu que le beau mâle de tout à l'heure est…

— *Bonheur ?* Tu plaisantes ! l'interrompt la beauté. « Enfoiré de première » serait plus juste. Le genre qui se tape le plus de nanas possible et qui ne se rappelle même pas qui elles sont.

Son amie lui intime de la fermer mais elle poursuit :

— Sérieusement, ces mecs sont pitoyables. Ils sont fiers de se taper tout ce qui bouge et sont les premiers à te transmettre un tas de cochonneries. Ce Julian Dumont est en tête dans la catégorie des salauds de la pire espèce. Il faut être conne pour se laisser avoir par quelqu'un d'aussi pathétique que lui. Il peut toujours crever pour m'avoir, moi !

Elle se tait, à bout de souffle, et ses deux copines me regardent les yeux écarquillés, les joues écarlates, une expression choquée plaquée sur leurs visages.

Je me glace de l'intérieur et un mélange d'indignation et de déception se met à parcourir mon corps. Comment cette fille peut-elle m'insulter de cette façon ? Elle ne me connaît même pas ! Quelle garce !

La rage monte en moi et déferle dans mes veines. Je m'aperçois que je suis en sueur et que mes mains tremblent comme des feuilles. Je m'immobilise si proche d'elle qu'elle peut presque sentir le souffle de ma respiration au creux de sa nuque.

— Pourquoi tant de haine ? je questionne sèchement, en me forçant pour ne pas hurler.

Elle tressaille et fait volte-face. Sa bouche pulpeuse forme un « oh » de surprise et elle me considère de ses grands yeux étonnés. Mon visage se tord dans une sorte de grimace.

— Tu fais une enquête sur les gens avant de leur adresser la parole ? Sache que je n'abuse de personne, les filles que je me tape savent dans quoi elles mettent les pieds ! Mais peut-être qu'il faut toutes vous considérer comme inconscientes, incapables d'être consentantes et influençables par les mauvais garçons ? La gent féminine serait sans cervelle et sans libre arbitre ?

Elle ne bronche pas. Seul son teint qui s'est coloré sous le coup de l'émotion traduit sa gêne. Mes yeux se plissent, ma voix monte crescendo :

— On ne t'a pas appris que c'était irrespectueux d'insulter les gens, surtout quand on ne les connaît pas ? Putain, elle est belle l'éducation que tu as reçue !

J'ai quasiment hurlé les derniers mots. Elle reste muette et baisse la tête comme une petite fille prise en faute. Elle plante ses dents dans sa lèvre inférieure, lui imprimant une marque blanche et ses yeux se mouillent de larmes.

Je ne m'attendais tellement pas à ça en partant la rejoindre, je suis dégoûté. La rancœur et l'alcool me déchirent le crâne. Je veux me taire mais mon corps ne m'écoute pas. Mes lèvres continuent à remuer comme si je ne les maîtrisais plus :

— Les connasses comme toi me filent la gerbe !

La pelouse se met à tournoyer dangereusement. Je laisse la fille plantée là et m'éloigne en titubant. Je n'ai plus qu'une envie maintenant : trouver cette foutue bouteille de tequila et boire jusqu'à ne plus savoir mon nom.

CHAPITRE 7

Amanda

Un souffle nauséabond imprègne mes narines. J'entrouvre un œil et tombe nez à nez avec Elsa, son haleine chaude me frôlant le visage. Le mélange de joint et d'alcool est vraiment infect. Je grimace et lui tourne le dos. Je déglutis et réalise que ma propre haleine ne doit pas sentir meilleur. J'ai la bouche pâteuse, pleine d'un arrière-goût atroce. Il faut que je boive quelque chose.

J'ouvre complètement les yeux et une migraine monstre me déchire le crâne. Fantastique, j'ai la gueule de bois. Je scrute la pénombre de la chambre d'Elsa, un faible rayon de soleil pénètre par la fente entre les rideaux opaques. J'étais tellement bourrée cette nuit que mon amie a refusé de me laisser rentrer chez moi et a envoyé un texto à mon père de mon portable pour le prévenir que je restais chez elle. Vu l'état dans lequel je me trouvais, risquer un face-à-face avec lui n'aurait pas été l'idée du siècle.

Je repousse lentement les draps et m'assieds avec peine sur le bord du lit. La soirée me revient en mémoire. Tout avait bien commencé, je passais un très bon moment. Je me remémore mes danses effrénées avec les filles. Je me revois enchaîner les verres et les fous rires. Je me souviens du canon phénoménal. Je me rappelle avoir été complètement sous son charme et être passée de l'euphorie à la déception intense. L'image de ce mec fou de rage s'impose à mon esprit. Je me lève brusquement, tentant de chasser les détails de cet épisode humiliant qui déferlent dans ma tête.

Je fais un crochet par la salle de bains pour me débarrasser de mon haleine fétide et, en revenant dans la chambre, la puanteur ambiante me saisit. Il n'y a pas que nos haleines qui craignent !

Je tire les rideaux et m'empresse d'ouvrir la fenêtre. Immédiatement la pièce se remplit de lumière. Le visage enfoncé dans son oreiller, Elsa gît en travers du lit, les jambes entortillées dans les draps.

— Pitié, bougonne-t-elle, en soulevant une paupière.

Éblouie, elle la referme aussitôt et se tourne sur un côté.

— Il est bien trop tôt.

— Tu rigoles ?

Je jette un coup d'œil sur ma montre.

— Il est quasiment midi, j'ajoute avant d'attraper un coussin pour lui taper dessus.

Elsa sent la matière molle s'abattre sur ses fesses et sursaute. Elle émet un grognement contrarié et plisse les yeux, tentant de s'habituer à la luminosité trop importante pour ses pupilles.

— Dis donc, Mlle Gauthier, tu as une sacrée énergie après la cuite que tu t'es prise hier soir.

Je m'assieds à califourchon sur la chaise de bureau et me penche en avant. Je m'appuie sur mes bras croisés et pince durement les lèvres.

— Interdiction d'en parler, je grommelle.

— Pourquoi ça ? s'étonne mon amie en bâillant.

Je reste silencieuse, les yeux dans le vague. Elsa s'étire longuement et s'écrie :

— Putain, je pue le bouc, c'est ignoble !

Je pouffe alors qu'elle se lève d'un bond. Les yeux mi-clos, elle se dirige vers la porte de sa chambre et se déshabille en route. Avant de sortir, elle hausse un sourcil moqueur.

— *Amanda !*

Elle chantonne sur l'air d'« Amanda » du groupe Boston. Mes parents sont d'immenses fans de cette chanson, c'est la raison pour laquelle ils ont choisi de me nommer ainsi. Depuis notre plus jeune âge, Elsa s'amuse à reprendre la mélodie pour m'appeler.

— Même si tu ne le veux pas, nous parlerons de la soirée, poursuit-elle, toujours en chantant.

Je lui lance un regard irrité.

— Pourquoi est-ce qu'on ne respecte jamais ce que je demande ?

— Je te rappelle que je t'ai empêchée de faire face à ton père complètement déchirée, tu m'en dois une ! lance-t-elle avant de pénétrer dans la salle de bains et d'ouvrir le robinet.

J'entends la sonnerie familière de mon téléphone. Je le sors de mon sac et y découvre des textos de mon père. Quand on parle du loup.

Je soupire en les lisant. Il a besoin de me parler. Je dois le rappeler au plus vite.

Non. Pas envie. Je flanque mon portable dans le fond de mon sac à main, m'affale sur le lit et reste à fixer le plafond en songeant à hier. J'ai vraiment abusé. Autant en termes de litres d'alcool ingérés qu'au niveau des propos que j'ai tenus. Je frémis de honte et enfouis ma tête sous un amas de coussins. Le bruit de la douche s'arrête et la voix d'Elsa me parvient avec un léger écho.

— Quoi ? je marmonne du fond de l'ouate.

— Qu'est-ce qui t'a pris de balancer tous ces potins sur ce mec ? On déteste les commérages.

Je chasse mes cheveux devant mes yeux et vois Elsa revenir drapée dans une serviette.

Elle a raison, nous sommes les premières à détester les ragots et ceux qui en colportent et je me suis comportée de la même façon. L'ébriété m'a délié la langue et, compte tenu du niveau critique d'alcoolémie que j'avais atteint, il était clair que je n'avais plus aucun filtre. Ce que je pensais, je le disais.

— Le pire c'est que je suis incapable de me souvenir exactement de ce que j'ai dit. J'étais bourrée et complètement à l'ouest.

— Ah bon ? Bourrée ? Vraiment ? lance Elsa avec une ironie manifeste en ondulant comme un ver de terre pour se glisser dans son pantalon.

Ma meilleure amie a une façon très saugrenue et personnelle d'entrer dans des jeans un peu trop serrés pour elle.

— Il faut dire que je ne t'ai jamais vue boire autant, commente-t-elle en fermant le bouton. Je sais que tout ce qui t'arrive te chagrine, Amy, mais je voudrais pas te voir noyer tes malheurs dans la boisson.

— Rassure-toi, l'expérience d'hier ne m'encourage pas à devenir trop intime avec l'alcool fort.

Elsa se penche et me tapote le genou du plat de la main.

— Tant mieux. La prochaine fois, tu bois avec modération et tu évites les insultes. C'est tellement dommage de se mettre à dos un beau gosse pareil.

— Vu le caractère du personnage, ce n'est pas une grande perte.

Elsa sourit et attrape un tee-shirt ample dans un tiroir de sa commode pour l'enfiler.

— Ça m'étonne que tu ne lui aies rien répondu, il n'a pas été tendre avec toi, dit-elle en fronçant les sourcils. D'un autre côté, tu ne l'as pas tellement volé.

Je me frotte nerveusement le cou. C'est vrai qu'en temps normal, face à n'importe qui, j'aurais riposté. J'ai la répartie facile et je ne me gêne pas pour dire ce que je pense, pourtant, face à lui, j'ai perdu mes moyens. Quand il s'est mis à parler de mon éducation, j'aurais voulu lui hurler dessus et lui dire de s'occuper de ses fesses mais ma gorge était nouée. J'ai retenu mes larmes avec difficulté.

— Il m'a jaugée si froidement que ça m'a littéralement paralysée. Et tout ce monde qui nous écoutait ! J'aurais voulu disparaître au fond d'un trou.

Elsa fait un aller-retour dans la salle de bains et me tend un cachet d'aspirine avec un verre d'eau.

— Prends ça, tu dois en avoir besoin.

J'esquisse un sourire et hoche la tête avant de m'empresser de l'avaler.

On toque doucement à la porte et la mère d'Elsa passe la tête dans l'embrasure.

— Bonjour, les filles ! s'exclame-t-elle avec son accent chantant du Midi. Amanda, je viens d'avoir ton père au téléphone. Il voudrait que tu ne tardes pas trop à rentrer.

Bon, je capitule. Mon père a l'air bien décidé à me parler.

— OK, je vais y aller.

Après un rapide repas et une douche, je quitte l'appartement. En sortant de l'immeuble, je fixe le ciel bleu quelques secondes avant de tourner sur la rue et de prendre la direction de chez moi. Je pourrais faire le trajet les yeux fermés, je l'ai parcouru un nombre incalculable de fois. Elsa est comme une sœur pour moi, nous sommes meilleures amies depuis la crèche. *Depuis que nous avons partagé nos premiers hochets*, aiment nous répéter nos parents. Nous avons grandi, fumé nos premières cigarettes, fait nos premières conneries et colonies de vacances ensemble. Nous avons toujours été dans les mêmes établissements scolaires et habité le même quartier. Enfin, pour peu de temps encore.

J'avance lentement sur le trottoir, m'adonnant à mon activité favorite : l'écoute à plein tube d'un de mes albums préférés. Le vent froid a vite fait de me dégriser.

Je pénètre dans le hall de mon immeuble et entre dans l'ascenseur. La montée semble prendre une éternité.

Je glisse la clé dans la serrure et, une fois à l'intérieur de l'appartement, un profond et morne silence me fait penser qu'il est vide. En gagnant le salon, je perçois le faible bruit d'une musique et tends l'oreille. Je piste le bruit jusqu'à la chambre d'Alexis et trouve porte close.

— Alex ? j'appelle à travers le battant.

Aucune réponse. Je toque jusqu'à ce que mon frère vienne m'ouvrir. C'est une règle à laquelle je ne déroge jamais : ne pas entrer sans y être expressément invitée. Ainsi, j'anticipe toute situation gênante.

— Ça va, Amy ? me demande-t-il en repartant aussitôt se vautrer devant son ordinateur sur son lit.

Je referme la porte derrière moi et viens m'installer sur le bord du matelas.

— Oui, et toi, tout va bien ?

Il hoche la tête, concentré sur son jeu vidéo.

La télé est branchée sur une chaîne qui diffuse des clips musicaux. Je constate que sa chambre est presque vide et les murs sont nus. Tous ses posters, photos grandeur nature de mannequins de Victoria's Secret ou affiches de *Star Wars*, ont disparu. Il est bien plus appliqué que moi dans la préparation de notre déménagement.

— Tu es efficace, je souffle en désignant du menton ses cartons pleins.

Il se gratte la tête, ébouriffant ses cheveux châtains.

— Il faut bien !

— Où est papa ? Il voulait que je rentre et il n'est pas à la maison ?

— Il arrive, il fait un aller-retour chez sa collègue.

— Quelle collègue ?

— Celle chez qui on emménage.

Je me raidis, l'inquiétude me gagne. Je crois que j'ai loupé une étape.

— De quoi tu parles ? je m'écrie d'une voix subitement super aiguë.

Alexis me regarde du coin de l'œil et se mordille nerveusement les lèvres. Il y a un moment de flottement.

— Papa ne te l'a pas encore dit ? On n'a plus l'appartement. On va squatter chez une de ses collègues pendant quelques jours, le temps de trouver autre chose. Elle habite dans le seizième et sa maison est dingue, tu verras. Papa m'y a emmené hier.

Franchement, ils doivent être blindés de tunes pour avoir une villa pareille !

Bon, c'est confirmé, je suis abonnée aux mauvaises nouvelles. Je quitte un quartier vivant et cosmopolite que j'adore, un appartement que j'aime où je laisse nombre de souvenirs et de moments joyeux pour vivre chez de purs étrangers. Et dans le *seizième* ? Arrondissement le plus mort de la capitale et qui rivalise sérieusement avec Neuilly pour le nombre de vieux pleins aux as au kilomètre carré ! Pitié, dites-moi que je cauchemarde et que tout ça n'est pas réel !

— Alex, pince-moi, je murmure. Je t'en supplie, pince-moi.

Il fourmille d'excitation et me rétorque, enthousiaste :

— Non, non, tu ne rêves pas. On va bien s'installer dans une baraque de folie !

CHAPITRE 8

Julian

Je suis plongé dans un sommeil agité, hanté de cauchemars où mon père meurt et revit sans cesse quand des bruits d'explosion et des cris me réveillent. J'ouvre et je ferme les yeux jusqu'à ce que je saisisse complètement la situation. Il fait jour et je ne suis pas dans ma chambre. Je me trouve dans le salon de Dan, allongé dans un canapé.

Mon cœur cogne à toute volée et je sue comme un bœuf. Mon cerveau est engourdi et tous les muscles de mon corps sont courbaturés par l'excès d'alcool. Je presse mes paumes sur mes paupières closes en espérant que cela fasse disparaître les images de mon rêve. Je me sens mal, j'ai une boule à l'estomac.

Cela faisait plusieurs semaines que mon père ne hantait plus mon sommeil. Pendant un moment, après sa mort, je le voyais chaque nuit. De mes rêves à mes cauchemars, il était là. Souriant ou le visage fermé, il apparaissait sans jamais me dire un mot, avec ce regard, toujours le même, intense, chargé de désespoir, qui me perçait jusqu'au fond de l'âme. Après mon réveil, l'image restait imprimée dans mon esprit toute la journée. Puis je me suis mis à rêver de scènes que j'avais vécues avec lui : mes premières vacances au ski dans les Pyrénées quand j'avais six ans et qu'il tentait de contrôler ses fous rires alors que je me rétamais dans la neige ; mon premier match de base-ball à New York pour fêter mes dix ans : il avait essayé de m'expliquer les règles avant la fin de la dernière manche et j'avais fait semblant de tout comprendre pour voir son visage satisfait. Dernièrement, je ne rêvais plus. Du moins, je n'en gardais aucun souvenir. Jusqu'à cette nuit. Je me rends compte que le choc d'hier a fait remonter à la surface tout le chagrin et l'angoisse que je tentais tant bien que mal de camoufler. Non, je n'ai pas fait le deuil de mon père et l'emménagement qui se profile me rappelle sa perte et ravive ma douleur.

Je m'assieds avec peine. Je me masse les tempes pour tenter de dissiper la migraine. J'ai l'impression qu'un marteau-piqueur entame des travaux sur les parois de mon crâne.

J'aperçois Ethan, Dan et son pote Benjamin qui discutent dans un coin. Gabriel et Tristan sont vautrés dans des fauteuils, les yeux rivés sur l'écran plat, et s'affrontent à un jeu de guerre. Les jurons fusent et leurs doigts martèlent les boutons de leurs manettes. Les bruitages de coups de feu résonnent dans ma boîte crânienne.

Je n'ai aucun souvenir du moment où je me suis endormi. Ce qui me revient, c'est d'avoir vidé des bouteilles à la chaîne après avoir hurlé sur une nana que j'aurais volontiers sautée, ensuite c'est le noir complet.

La table basse devant moi est encombrée d'un tas de canettes de bière vides et de cadavres de bouteilles de divers alcools forts. Ça ne m'étonnerait pas qu'une bonne partie m'appartienne.

— Putain, fait chier ! hurle Tristan en jetant violemment sa manette sur le sol.

Il se laisse lourdement tomber dans son siège, les deux mains posées sur les accoudoirs. Gabriel met le jeu en pause en riant.

— Je t'ai foutu ta raclée, mon gars. Je t'avais prévenu mais tu n'écoutes jamais rien.

La tête renversée en arrière, Tristan soupire d'exaspération. Quand il croise mon regard, il se redresse en souriant.

— Julian est de retour parmi nous.

Gabriel jette un œil dans ma direction et siffle d'admiration.

— Mec, cette descente hier soir !

Il se rapproche et saute par-dessus le dossier du canapé pour atterrir à mes côtés. Il me prend par l'épaule.

— Tu nous as offert du beau spectacle en enquillant tous ces verres. Sérieux, tu as plus de tequila que d'oxygène dans le sang à cette heure-ci. Tu fêtais quelque chose en particulier ?

Je reste silencieux. Dan se rapproche et brandit une bouteille pleine de whisky dans ma direction.

— Petit-déjeuner, les gars ? Dumont, tu continues sur la même lancée, hein ?

La plupart secouent la tête. Tristan, lui, acquiesce vigoureusement avec un grand sourire. La simple vue de la bouteille me fait gémir. Je la fixe d'un air dégoûté.

— Sans façon.

Dan hausse les épaules, se sert un verre et avale une bonne rasade. Ce mec picole comme un trou, fume des joints à la chaîne et c'est quand même un des mecs les plus doués que je connaisse. Faire la fête jusqu'au petit matin ne l'empêche pas d'être opérationnel le lendemain. Ce gars est une machine. Grandement aidé par de petites pilules magiques, précisons-le.

Nous ne sommes pas hyper proches lui et moi mais, comme nos pères ont bossé ensemble de nombreuses années, je pense que Dan me tolère ici. Peut-être même que c'est par pitié ? Peu importe la raison, je m'en branle. Et puis ce n'est pas comme si j'avais un meilleur endroit où aller. Ici, j'ai tout ce qu'il me faut : l'alcool, les potes et les filles.

Dan lance la bouteille à Tristan qui la réceptionne avec adresse. Je remarque qu'Ethan me scrute, les sourcils froncés.

— C'était quoi le problème hier soir ? finit-il par me demander.

Je fais mine de ne pas comprendre.

— Ouais, l'embrouille avec la fille dehors, renchérit Tristan avant de boire une gorgée au goulot et d'ajouter : Raconte ! D'habitude tu les baises, les nanas, tu ne leur gueules pas dessus.

Tous les yeux sont fixés sur moi. Je ne pensais pas que mes potes avaient été témoins de mon pétage de plombs. Putain, je me suis vraiment donné en spectacle.

— Juste une conne qui m'insultait et balançait des vieux ragots sur moi à ses copines.

Gabriel lève les yeux au plafond.

— Tu déconnes ! Depuis quand tu t'en soucies ? Tu la joues mec sensible ?

— La ferme, Gab.

— Tu aurais mieux fait de la sauter, s'exclame Dan. Même si elle est maigre comme un clou, elle est quand même baisable.

Dan mime l'acte sexuel pendant que tous se marrent de sa connerie. Ethan vient se poser à côté de moi dans le canapé. Il me considère avec attention.

— Tout va bien ?

— Tout va même très bien.

— Ce n'est pourtant pas l'impression que j'ai. Tu as bu comme un trou et tu n'as chopé aucune nana.

Je hausse les épaules avec un air dégagé.

— J'avais juste envie de me mettre la tête à l'envers. J'ai le droit, non ?

Mon ton est plus agressif que je ne le voulais.

— Tu aurais vraiment dû baiser un coup, tu serais plus détendu ! s'esclaffe Dan.

Je lui fais un doigt d'honneur et tourne la tête pour ne plus l'avoir dans mon champ de vision. Je vois mon reflet sur l'écran de la télévision. Mes yeux injectés de sang sont entourés de cercles violacés et encavés dans leurs orbites. Mon teint oscille entre le jaune et le vert. Le spectacle de mon visage est effrayant. Vraiment. J'ai besoin d'un café.

Je me lève et me rends dans la vaste cuisine. Tandis que j'allume la machine à expressos, les éclats de rire et les bruits du jeu vidéo remis en marche me parviennent. Je me glisse sur un tabouret, le regard dans le vide. Je me sens fragile et affaibli. Jusqu'à maintenant j'arrivais à donner l'impression que je surmontais le décès de mon père, mais là, je sens que je perds pied. Le masque que je me suis forgé se craquelle peu à peu et risque de tomber à tout moment.

Ethan apparaît sur le seuil de la cuisine, mon téléphone à la main. Il me le tend en s'appuyant contre le montant de la porte.

— Pour ton info, il n'arrête pas de sonner.

Je me lève pour le récupérer et retourne m'asseoir en le consultant. Des appels manqués et des textos de ma mère s'affichent sur l'écran. Je n'ai plus de couvre-feu depuis longtemps mais, s'il m'arrive de ne pas rentrer – ce qui est rare, je ne fais pas partie des gars qui ont élu domicile ici –, je la préviens toujours. Ce qui n'a pas été le cas cette nuit.

Son dernier message est dur. Elle ne veut plus prendre de gants avec moi car elle est fatiguée. Jusque-là, elle trouvait mes débordements pénibles et, maintenant, elle en a plus qu'assez.

Nous y voilà, au point de non-retour : ma mère est finalement arrivée à saturation. Les limites de sa compréhension et de sa patience ont été atteintes, et elle a finalement compris qu'on ne pouvait pas aider quelqu'un contre son gré. Ce n'est pas faute d'avoir essayé. Après la mort de mon père, elle m'a prêté une oreille attentive, envoyé voir un psy, payé des vacances au soleil sur une plage paradisiaque et offert le bolide dont j'avais toujours rêvé. J'ai aussi eu droit à des antidépresseurs pour combattre mon angoisse mais rien n'a pu empêcher que je me referme sur moi-même un peu plus chaque jour.

Elle me laisse le choix : quitter la maison vu que je suis majeur ou changer de comportement et accueillir la famille qui a besoin de notre aide.

Je repose lentement mon téléphone à côté de ma tasse fumante et soupire sous l'œil inquiet d'Ethan.

— Je vais prendre le verre de whisky finalement.

CHAPITRE 9

Amanda

Je jette un œil distrait par la fenêtre. Le temps est venteux, froid et pluvieux. Ce n'est pas une journée à mettre un pied dehors, plutôt un samedi à rester à traîner en pyjama et à regarder la télé, mais aujourd'hui nous déménageons officiellement. J'ai le moral dans les chaussettes.

C'est incroyable à quelle vitesse les choses peuvent changer. Je n'aurais jamais imaginé voir ma famille s'effriter aussi rapidement sous mes yeux. La séparation de mes parents, le départ de ma mère pour le Japon, notre déménagement, l'accueil de cette famille que je ne connais ni d'Ève ni d'Adam, les nouvelles se sont enchaînées et c'est franchement difficile à vivre.

Il règne autour de moi un véritable chaos avec des cartons de tous les côtés. Pleins à craquer. J'ai fini par les remplir en les maudissant tous autant qu'ils sont. À mon plus grand regret, la pluie de confettis du haut de mon toit bien-aimé n'aura pas lieu.

Une petite partie de mes affaires, réunie dans deux énormes valises, va me suivre et tout le reste va finir au garde-meuble en attendant notre futur chez-nous. Me séparer de ma chaîne hi-fi me déchire le cœur. Je l'ai précautionneusement enveloppée dans une vingtaine de mètres de papier bulle mais j'ai quand même peur que ce ne soit pas suffisant. *Pourvu qu'elle tienne le coup*, je psalmodie dans ma tête.

Je promène un lent regard circulaire sur ma chambre, réalisant à quel point ma vie a été chamboulée. Je voudrais remonter le temps, retourner à l'époque où je vivais des bons moments en famille et pouvoir me dire que j'ai de la chance d'avoir des parents unis. Mais c'est impossible, je sais. Et ça fait mal. J'en veux à mon père. Et j'en veux à ma mère. Elle nous a lâchement abandonnés en partant sur un autre continent. Avant de prendre l'avion, le visage bouffi de larmes, elle nous a promis à mon frère et moi de nous accueillir dès que possible. Mais je n'ai aucune envie d'aller à Tokyo. Et je n'irai pas. Elle a décidé de s'y installer, pas moi.

Je me laisse tomber sur le sol et m'adosse à une pile de cartons en soupirant. Je joue avec un rouleau de gros scotch brun. Il ne me reste plus que quelques boîtes à fermer, les plus précieuses ; celles contenant ma collection de CD.

La voix de mon frère s'élève derrière moi :

— Quel foutoir !

— Le foutoir qui renferme toute ma vie, je réponds d'une voix atone.

Je l'entends rigoler.

— Tu es d'humeur mélodramatique ?

Je hausse les épaules, avant de réaliser qu'il ne peut pas me voir.

— Allez, debout, moussaillon ! J'ai quelque chose pour toi.

Je me penche sur le côté et le cherche du regard. Accoté au chambranle de la porte, mon frère tient quelque chose dans sa main droite, emballé sommairement dans un sachet plastique de supermarché.

— Désolé pour le papier cadeau, j'ai fait avec les moyens du bord.

Je me lève, intriguée.

— J'ai perdu la notion du temps ou mon anniversaire a changé de date ?

— Je me suis dit que tu aurais besoin de ça, se contente-t-il de me répondre en souriant.

Je me rapproche et il me tend son paquet.

— Tu ne peux pas emporter toute ta collection de disques avec toi, mais au moins quelques-uns.

Curieuse, je l'ouvre rapidement pour découvrir un Discman. Il a l'air vieux et usé, mais son geste me touche profondément. Je détaille l'objet des yeux avec excitation avant de me jeter au cou de mon frère et de le serrer contre moi de toutes mes forces.

— Tu es le meilleur !

— Oh ! Tu sais, je l'ai trouvé à cinq euros sur Leboncoin…

— Tais-toi donc ! je le coupe en resserrant mes bras autour de lui tandis qu'il enroule les siens autour de ma taille. Je t'aime super fort, tu le sais, hein ?

— Moi aussi, ma grande perche.

Je penche la tête en avant et colle mon front contre le sien. Mon petit frère que j'aime tant.

Alexis me regarde dans les yeux et chuchote :

— Prends les disques que tu veux et donne-moi ce scotch, je vais fermer les dernières boîtes.

Je l'embrasse sur le haut du crâne et, après avoir enjambé le bazar par terre, je me mets à fouiller dans un carton. J'attrape un morceau de papier bulle et emballe une dizaine de CD que je fourre tant bien que mal dans mon sac à main.

La voix de mon père résonne soudain depuis le couloir :

— Les jeunes, on y va.

Il fait cliqueter ses clés, prêt à partir. Mon frère ferme le dernier carton et tapote dessus avant de venir me rejoindre. Sa main se cramponne à la mienne. Je sens les larmes monter, je les chasse d'un clignement de paupières. J'attrape mon sac à main devenu lourd à porter et, sans un regard en arrière, nous sortons de l'appartement, silencieusement.

Nous gagnons ensemble l'ascenseur, les portes s'ouvrent avec un petit tintement. Je m'adosse à la paroi de la cabine et, tandis qu'elle glisse vers le rez-de-chaussée, je rive mon regard droit devant moi. Le reflet dans le miroir me renvoie l'image d'une fille maigre à la mine défaite, le teint blafard et le regard vide. Au top de ma forme.

Je sors de l'immeuble, la tête rentrée dans les épaules pour éviter au maximum les fines gouttelettes qui tombent et le contact de l'air glacé avec ma peau. La portière du monospace est ouverte, je monte à l'arrière, suivie de près par Alexis, et m'affale dans mon siège. Mon père s'installe au volant et démarre. Il appuie sur l'accélérateur et traverse les rues de notre quartier.

L'atmosphère est lourde dans l'habitacle tandis que les rangées d'immeubles et les passants défilent derrière la vitre. Habituellement, mon père met la radio. Mais pas aujourd'hui. Si au moins c'était pour discuter, mais non…

Je n'ai aucune envie de supporter ce silence pesant. Alexis lit dans mes pensées – ou ressent la même gêne que moi – car, avant que j'aie le temps de lever le bras, il s'empare de mon sac posé entre nous, en sort mon tout nouveau Discman, farfouille rapidement parmi mes CD et jette son dévolu sur les Dilated Peoples. Excellent choix. Alexis est plutôt branché « rock indé », comme il dit, mais certains de mes albums trouvent grâce à ses yeux.

Chacun un écouteur dans l'oreille, Alexis tape du pied en cadence, et moi, je tourne la tête vers la vitre embuée. Très vite, je me perds dans la contemplation des monuments qui se succèdent sur notre route ; le Palais Garnier, l'église de la Madeleine, la place de la Concorde, le Grand Palais. Bon sang, que j'aime cette ville ! Je suis soulagée de ne pas la quitter.

En dépassant les jardins du Trocadéro, je prends conscience que nous arrivons dans le seizième arrondissement. Bientôt, nous roulons au pas dans une rue bordée de murs de quatre mètres de haut. Je les imagine bien cacher des maisons super luxueuses.

Quand mon père passe un imposant portail et gare la voiture dans l'allée d'une bâtisse excessivement large entourée d'épaisses haies qui empêchent presque de voir à quoi elle ressemble, je reste sans voix. Je regarde Alexis qui hoche la tête, me signifiant qu'on est au bon endroit. Je me suis catégoriquement refusé à venir ici avant le jour J, n'ayant pas l'intention de rencontrer ces gens avant d'y être contrainte et forcée. J'espérais toujours que mon père nous annonce avoir trouvé une autre solution, voire que l'on pourrait rester dans notre bon vieil appartement que j'adore. Évidemment, ça ne s'est pas produit.

Discman et écouteurs rejoignent mon sac à main que je hisse sur mon épaule. Dehors, je bataille avec le vent qui s'insinue sous ma robe, puis replace derrière mes oreilles des mèches qui s'échappent de ma queue-de-cheval à moitié défaite. Je relève les yeux sur la demeure en pierre de taille blanche à trois niveaux qui se dresse devant moi et nous domine de sa masse obscène. Le jardin est remarquablement entretenu, soigneusement paysagé et arboré, digne de figurer en couverture d'un magazine de décoration.

Une fine pluie tombe toujours. Je m'engage derrière mon père sur l'allée pavée et la remonte jusqu'au perron. Le porche est soudain inondé de lumière et la porte d'entrée s'ouvre sur une magnifique femme brune à chignon. Mince, la quarantaine, vêtue d'un pantalon cigarette et d'un chemisier de flanelle. Son sourire est si grand qu'elle doit en avoir mal aux joues.

— Venez vous mettre au chaud ! s'écrie-t-elle en s'effaçant pour nous laisser entrer.

Son français est parfait mais sa voix est teintée d'un fort accent américain.

Je gravis les marches et m'arrête sur le paillasson pour frotter mes bottes. Ce n'est pas tant par politesse ou par respect des lieux que pour gagner du temps. Je n'ai aucune envie de franchir cette porte. Mon père s'impatiente et me fait les gros yeux.

Nous pénétrons dans un vestibule aux murs blancs immaculés comme ceux d'une galerie d'art. Les plafonds sont super hauts. Je fronce le nez, assaillie par une puissante odeur citronnée de produit ménager. Mes narines viennent de vivre une réelle agression. Je bloque ma respiration. C'est à se demander comment les habitants de cette baraque font pour vivre ici sans tourner de l'œil !

Nous entrons directement dans un majestueux salon avec cheminée. Le style contemporain de l'intérieur offre un vrai contraste avec la façade qui date d'au moins un siècle. Tout est impeccable, propre et me semble affreusement cher. Il y a des tableaux aux murs, des sculptures posées à même le sol et des plantes dispersées à se croire dans une réserve naturelle. Un sublime piano trône près d'une immense baie vitrée. Une télé à écran plat géant est fixée au mur en face de deux sofas couleur crème. Un tapis artisanal couvre le plancher. Il est moche et kitsch mais il doit valoir un paquet d'argent. Avoir du fric ne rime pas avec avoir du goût, visiblement.

Alexis examine les lieux avec des yeux gourmands.

— Arrête de baver, je lui lance en accompagnant mes mots d'un coup de coude.

— Amanda, je suis ravie de faire ta connaissance, s'exclame la maîtresse de maison en me prenant dans ses bras. Je suis Eveline mais tu peux m'appeler Evy. On a de l'espace à revendre ici, je suis contente de vous en faire profiter. Soyez les bienvenus !

Ses bracelets tintent à son poignet alors qu'elle resserre son étreinte autour de moi. Je me force à ne pas grimacer. Et à ne montrer aucune hostilité. *Je ne suis qu'amour, calme et sérénité,* je me répète en boucle comme un mantra.

La scène a quelque chose de surréaliste. Moi, dans cette magnifique maison, rencontrant l'hôtesse bien trop séduisante à mon goût, et ma mère sur un autre continent.

Eveline se tourne ensuite vers mon frère et le salue. Puis elle souffle, l'air franchement agacé :

— Qu'est-ce qu'ils fabriquent ? Les garçons !

Super, génial, on va avoir le comité d'accueil ! Manquerait que les serpentins et cotillons. Je m'abstiendrai de mentionner les confettis.

Un jeune arrive en dévalant l'escalier. Mince et plutôt petit, il ne doit pas être loin de l'âge de mon frère. Il se plante devant nous et je remarque que je le dépasse d'une bonne tête.

Eveline le prend par les épaules.

— Owen, mon chéri, tu connais Alexis et je te présente Amanda.

Il me fait un petit coucou de la main. Il a l'air plutôt sympa. Je vois Eveline sourire quand je sens une présence dans mon dos.

— Ah, Julian !

Je sursaute en entendant ce prénom. Je me retourne lentement et sens le sol se dérober sous mes pieds. Le magnifique spécimen qui me fait face ne m'est malheureusement pas inconnu. Il porte un polo noir qui met en valeur sa carrure et un jean gris foncé qui épouse parfaitement ses hanches sculptées. Je me sens idiote, ne sachant pas quoi faire ni quoi dire. Une sensation de malaise me tord subitement l'estomac. C'était quoi déjà mon mantra ?! *Je ne suis qu'amour, calme et...* et puis merde !

Il faut croire que pour lui aussi c'est une surprise car, les bras croisés sur sa large poitrine, il me fixe d'un regard noir, furieux, comme si j'étais la dernière personne sur terre qu'il avait envie de voir.

— Jul, voici Amanda et Alexis.

Il serre la main de mon frère puis se penche lentement vers moi. Nos visages sont si proches que son souffle chaud chatouille le bout de mon nez. Je rêve ou ce mec pue la bière ?

— Ravi de te revoir, la fêtarde, chuchote-t-il. Ne te mets pas trop à ton aise.

Sympa. Il n'a clairement pas oublié notre rencontre. Je me fais un plaisir de l'ignorer.

Et non, je ne suis pas folle, son haleine empeste bien l'alcool. Bon sang, qu'est-ce que je fiche ici ? Laissez-moi partir loin de ce mec et de son haleine pestilentielle !

Julian se redresse de toute sa taille, ses lèvres parfaites s'étendent en un petit sourire insolent. *Oh mon Dieu, alerte fossettes ! Je répète, alerte fossettes ! Tous aux abris !* Mon regard affolé erre dans l'espace, se pose partout sauf sur lui.

Un silence s'installe qu'Owen rompt le premier :

— Je vous fais visiter ?

— C'est adorable, s'empresse de lui répondre sa mère, d'un ton enjoué. *Great !* Fais donc le guide.

Elle attrape mon père par le bras et l'entraîne avec elle hors du salon. Julian passe devant moi, laissant dans son sillage de charmants effluves d'alcool. Ce n'est pas encore l'heure du dîner et il est déjà bourré ? OK, donc en plus d'être un coureur de jupons, ce mec est un alcoolique.

Tout comme Alexis, j'emboîte le pas à Owen. En le suivant, je prends encore plus conscience de l'immensité des lieux. Nous passons en revue chacune des pièces du rez-de-chaussée : la cuisine ultra moderne, un petit salon en plus du grand, un bureau, une salle de jeux avec un billard, et une pièce sans réelle fonction. C'est bien un truc de riches d'avoir des pièces qui ne servent à rien. Si c'était chez moi, je l'utiliserais dans la seconde pour créer un espace dédié à la musique. J'y entreposerais mes disques et en profiterais pour en acquérir des milliers d'autres !

Nous prenons l'escalier et, en arrivant à l'étage, Owen pointe du doigt une porte.

— Tu occuperas cette chambre, m'informe-t-il.

Je le remercie en m'immobilisant. Owen et Alexis continuent à avancer dans le couloir en bavardant. Je les entends éclater de rire. J'ai comme l'impression que ces deux-là vont bien s'entendre. Tant mieux pour Alexis, Owen m'a l'air bien plus équilibré que l'autre abruti.

Je serre les doigts sur la poignée et pousse doucement le battant. La pièce est grande, vraiment grande. Comme deux fois ma chambre – enfin, mon ancienne chambre.

Elle est meublée d'un énorme lit, d'un canapé près de la fenêtre et de grandes armoires. Les murs peints en douces nuances de vert clair et de brun dégagent une atmosphère apaisante. J'aperçois une porte et découvre qu'elle donne sur une spacieuse salle de bains moderne avec un large miroir plaqué sur tout un pan du mur, juste au-dessus d'un meuble à double vasque. Il y a une douche, une baignoire et des toilettes. Tout est blanc étincelant.

J'avais imaginé beaucoup de choses concernant ce déménagement mais m'installer dans une maison pareille, pas le moins du monde ! Cette collègue gagne sacrément bien sa vie, beaucoup mieux que mon père ! Et son mari ? Ex-mari ? Mon père m'a fait comprendre qu'il n'était plus ici et que le sujet était à éviter sans me donner plus de détails, mais il paye sûrement aussi pour tout ça.

Je retourne dans la chambre et m'assieds sur le lit, laissant mon regard errer dans la pièce. Malgré la beauté des lieux, je n'ai pas envie d'être là. Et encore moins d'habiter avec ce crétin de Julian. Pourquoi faut-il que les mauvaises nouvelles s'accumulent ? Ma mère me manque. Et mon ancien appartement aussi. Je veux ma vie d'avant.

Je secoue la tête avec tristesse. Ma lèvre inférieure se met à trembler faiblement. Je sens les larmes poindre au coin de mes yeux et glisser le long de mes joues. Rapidement, elles inondent mon visage. L'épuisement me tombe dessus comme une chape de plomb. Je m'allonge sur les draps à l'odeur de citron et j'enfouis la tête dans un oreiller qui sent fort le citron. Définitivement, je hais le citron.

CHAPITRE 10

Julian

Mon calme apparent est trompeur. À l'intérieur, c'est la tempête. En plus de me farcir des inconnus chez moi, il faut qu'*Amanda, la gentille fille d'Étienne* – dixit ma mère – soit la nana qui m'a fasciné et fait sortir de mes gonds dans la même soirée. Franchement, j'ai la poisse.

Ma tête a failli exploser en la découvrant dans mon hall. Je ne veux pas d'elle chez moi. Elle et son air suffisant, elle et sa grande bouche insolente, elle et son corps que je dénuderais volontiers. Une bouffée de chaleur me traverse en repensant à ses courbes. Adossé à l'évier, je termine cul sec le fond de la bouteille de rhum et la balance dans la poubelle de la cuisine. Je m'essuie la bouche du revers de la main, contourne l'îlot central et me rends dans le salon. Une odeur alléchante monte de la table bien garnie. Tout le monde est là et un silence de mort plane.

Ma mère a vraiment mis les petits plats dans les grands : couverts en argent, vaisselle des grandes occasions et livraison du traiteur italien chez qui elle commande pour les fêtes. Putain, c'est quoi ce simulacre de réunion de famille ? C'est n'importe quoi ! J'ai l'impression d'avoir atterri dans un monde parallèle.

L'alcool que j'ai ingurgité n'aide en rien, mes pensées ne sont pas claires. En plus des canettes de bière que je vide quotidiennement depuis l'ultimatum de ma mère, j'ai attaqué le rhum qui restait dans un des placards de la cuisine. Bonus salvateur qui me permet de ne pas partir totalement en vrille.

Je ravale tant bien que mal la rage qui me ronge le ventre et pose mes fesses sur mon siège, pile en face d'Amanda. Elle évite mon regard et rive ses yeux sur sa fourchette, jouant avec un morceau de poivron dans son assiette. Ses longs cheveux blonds sont ramenés sur une épaule, son décolleté dévoile une peau très claire parsemée de grains de beauté. Mon regard bloque sur ses seins bombés. Putain, il faut que j'arrête de la mater comme ça.

Ma mère se donne du mal pour lancer la conversation mais le repas est tendu, surtout troublé par le bruit des mastications et des couverts. Owen se met finalement à discuter avec Alexis. Ils ont l'air de bien accrocher.

Et ma mère parle avec Étienne tandis que je reste à fixer Amanda. Elle lève un sourcil, perplexe, et se penche vers moi en posant ses avant-bras à plat sur la table.

— Tu as besoin de quelque chose ?

Je n'aime pas son ton tranchant. J'approche mon visage du sien.

— Que tu te casses de chez moi.

Elle sourit et écarte les mains, désinvolte.

— C'est bien dommage, ce n'est pas prévu. D'habitude les filles font tout ce que tu leur demandes, c'est ça ? Je te préviens tout de suite, ce ne sera pas le cas avec moi. Je ne suis pas une de tes pouffes.

Cette fille n'est qu'une connasse prétentieuse.

— Tu ne sais rien de ce que les gens font pour moi, alors ferme-la, je maugrée.

Elle feint d'être choquée.

— Mais c'est qu'on est susceptible !

Plus condescendante, tu meurs.

Je bois une gorgée d'eau et resserre ma prise sur mon verre, redoublant mes efforts pour ne pas le lui envoyer à la figure.

— Non, c'est juste que faire du social, ce n'est pas mon truc, je lui réplique sèchement. Chez moi, ce n'est pas le refuge. Chacun sa merde.

Elle me dévisage avec dégoût.

— Être ici n'est pas un plaisir, tu es vraiment loin du compte, mon pauvre !

— C'est vrai que vivre dans une baraque pareille, c'est le cauchemar. Ma mère est trop gentille, elle ne vous accueille que par charité, je réplique, chaque mot empreint d'arrogance.

L'air écœuré, Amanda repose sa fourchette et tourne la tête vers son père.

— Je ne me sens pas bien. Je peux sortir de table ?

— Bien entendu, répond ma mère avant même que son père n'ait eu le temps d'ouvrir la bouche.

Amanda se lève sans un regard dans ma direction et disparaît dans l'entrée.

— Tout va bien ? me demande ma mère, les sourcils froncés.

— Oui.

— Tu es sûr ?

Ça m'énerve qu'elle insiste. Je veux me barrer de cette putain de pièce, j'étouffe.

— Oui ! Je peux y aller, moi aussi ?

Ma mère est sur le point de refuser mais Étienne pose sa main sur son bras et opine. Et ils veulent nous faire croire qu'ils ne sont que collègues ? Arrêtez de nous prendre pour des cons.

Je repousse vivement ma chaise et me dirige vers l'entrée. J'enfile une veste et noue une écharpe à mon cou. J'ouvre la porte, l'air froid et pur de la nuit s'engouffre à l'intérieur et me gifle le visage. La lumière du hall éclaire Amanda, assise sur la plus basse marche du perron. Elle tient une cigarette entre ses doigts rougis. En me voyant, elle essuie ses joues avec ses manches et soupire lourdement.

Je claque la porte derrière moi et le noir nous engloutit. Seule la lueur orangée de sa cigarette brille dans la pénombre avant que j'allume la lumière extérieure. Amanda est repliée sur elle-même et, avec le vent, ses cheveux lui balayent le visage. Elle crache un nuage de fumée et regarde s'envoler les volutes. Comme je reste à l'observer, elle me jette un regard vide.

— Y a un problème, crétin ?

Elle me saoule. Ce ton qu'elle prend pour me parler… Ça me hérisse les poils.

— Ton agressivité, tu te la gardes !
— Parle pour toi, crétin.

Elle se lève brusquement et lisse le bas de sa robe. Elle allume une autre cigarette avec le mégot brûlant de celle qu'elle fume déjà.

— Quelqu'un t'a permis de fumer ici ?

Elle demeure silencieuse.

— Je n'ai pas bien entendu ta réponse.

Elle balance la tête en arrière et avale une grosse bouffée qu'elle recrache bruyamment.

— Ton père sait ce que tu es partie faire dehors ?

Elle souffle d'agacement et triture nerveusement le filtre de sa cigarette avec l'ongle de son pouce.

— Tu ne voudrais pas la mettre en veilleuse et te mêler de tes fesses ? Ça me ferait des vacances.

— Tu es chez moi, je me mêle de ce que je veux. Et j'ai suffisamment de filles qui s'intéressent à mon postérieur pour ne pas m'en charger moi-même.

J'ai droit à un magnifique sourire forcé.

— Mon Dieu, quelle répartie.

Je fixe la clope entre ses doigts.

— Tu ne jettes pas tes merdes dans le jardin.

Elle lève les yeux au ciel.

— Oui, crétin, minaude-t-elle.

Je respire un grand coup. Si elle répète ce mot encore une fois, je vais hurler. Si je ne me retenais pas, je lui ferais bouffer ses saloperies de cigarettes. Je sens que cette nana va me rendre dingue.

Je descends les marches du perron et lui tourne le dos. Je palpe ma poche à la recherche de mes clés. Elles sont bien là. J'avance sur l'allée jusqu'à rejoindre ma berline. Je grimpe à l'intérieur et fais vrombir le moteur. J'ouvre le portail à distance et démarre en trombe, les pneus crissant sur l'asphalte. J'accélère de plus en plus et erre sans but à travers la capitale.

J'ai accepté de faire des efforts pour ma mère mais je n'avais pas envisagé que la situation puisse se compliquer davantage. Je n'avais pas prévu la présence de cette fille chez moi. Je n'avais pas prévu d'être aussi troublé en la revoyant. Non, clairement, je n'avais pas prévu l'état dans lequel elle me met.

CHAPITRE 11

Amanda

Je suis réveillée par les rayons du soleil qui tombent sur mon visage. Je me redresse brusquement et me couvre les yeux d'une main, pour éviter que la lumière ne m'aveugle. Une petite minute. Je plisse les paupières et promène un regard à la ronde. La clarté du jour inonde la pièce à travers la large fenêtre. Ce décor somptueux, cette chambre… Oui, pas de doute, le déménagement a bien eu lieu. Et je déteste l'admettre mais, cette nuit, j'ai dormi comme un bébé.

Je bâille en me dirigeant vers la fenêtre. Personne n'a tiré les rideaux hier soir. Je reste figée à regarder le jardin qui s'étend à l'arrière de la maison. La vue est superbe. Bon Dieu, je vois la tour Eiffel en gros plan ! Juste en face de moi !

Mon regard dérive sur l'immense terrain recouvert de gazon gelé. Il y a une grande terrasse et un salon de jardin en partie couvert. Cet endroit est magnifique ! Mais il y a ce détail qui vient tout gâcher : le garçon qui vit sous ce toit.

Je soupire et tourne le dos à la fenêtre en m'y adossant. Je lis l'heure à l'horloge au-dessus du lit. Il faut que je me prépare, j'ai rendez-vous avec les filles dans moins d'une heure.

J'ouvre la porte de la salle de bains attenante et sursaute en tombant nez à nez avec Julian. Il est vêtu en tout et pour tout d'un boxer noir, porté bas sur les hanches. Chaque centimètre carré de son corps s'offre à ma vue, de la courbe de ses biceps jusqu'au muscle en V qui plonge sous son boxer. Je ne peux pas m'empêcher de loucher sur la tablette de chocolat qui lui sert d'abdos. Je mangerais bien un petit carré ou deux.

Julian se racle la gorge, je lève aussitôt les yeux et croise son regard amusé. Mon visage s'enflamme et je me mords l'intérieur de la joue. Il demeure immobile tout en m'observant finement. Une lueur d'amusement brille dans ses yeux.

— Le spectacle te plaît, hein ? Tu n'as jamais vu ça, avoue !

Voilà, il lui a suffi d'ouvrir la bouche pour briser toute la magie de l'instant.

— Ne prends pas tes rêves pour la réalité, je rétorque un peu trop vite pour être crédible.

Il parcourt mon corps des yeux sans vergogne.

— Sympa, ton pyjama.

Je réalise dans quelle tenue je suis : un tee-shirt blanc et un short en coton. Gênée, je croise les bras sur ma poitrine tandis qu'il esquisse un sourire narquois en fixant ostensiblement mes seins. Partie objectivement la plus fournie de mon anatomie.

— Qu'est-ce que tu fais ici ? je demande en m'efforçant de prendre un ton neutre.

Il lève un sourcil perplexe puis éclate de rire.

— Tu ne croyais quand même pas que c'était ta propre salle de bains ?

Il se plie en deux et se tient le ventre, un rire bruyant s'échappant de ses lèvres.

— Oh merde, lâche-t-il entre deux hoquets. Tu es vraiment sans gêne, toi !

Il rit toujours, comme si j'avais dit la chose la plus drôle qui soit. Je remarque une porte laissée entrouverte dans le fond de la salle de bains. Elle communique avec la chambre de Julian ? OK, encore une fois, la malchance me poursuit. J'ai déjà dit que j'étais maudite ? Je. Suis. Maudite.

Et si mes joues rougissaient avant, là elles doivent être en feu.

Son fou rire cesse et il essuie quelques larmes au coin de ses yeux. Il me tourne le dos et je vois ses muscles saillir quand il passe ses deux mains dans ses cheveux. Ma respiration se bloque et un frisson me parcourt. *Amanda, reprends-toi !*

— Un petit saut sous notre douche commune ?

Julian baisse son boxer sans prévenir. En découvrant ce fessier tout rond, mes nerfs s'agitent et je bafouille avec difficulté :

— Tu es trop con !

Je pivote sur mes talons alors qu'il s'exclame :

— *Come on*, je pourrais te faire profiter de mes plus grands talents, tu en as bien entendu parler, n'est-ce pas, *babe* ?

— Je te conseille plutôt de garder tes bijoux de famille bien rangés si tu ne veux pas que je t'en prive !

Je claque la porte et mets fin à ce charmant tête-à-tête. Je vais m'asseoir sur le rebord du lit, mon cœur cognant violemment contre ma cage thoracique. Cet accent quand il parle en anglais !

En écoutant le bruit de l'eau qui coule, je visualise mentalement Julian en train de se savonner et mon imagination s'emballe. *Stop !*

Mais qu'est-ce que je fais, là ? Ce mec a peut-être le corps d'un Apollon mais c'est un abruti fini.

La douche s'arrête au bout de quelques minutes et Crétin claironne à travers la porte :

— C'est libre !

J'attends un peu, ne voulant pas prendre le risque qu'il soit là à m'attendre, aussi nu qu'un ver. Quand j'y retourne, je pousse prudemment la porte et jette un coup d'œil avant d'entrer. Des serviettes mouillées jonchent le sol et le boxer noir est abandonné dans un coin. La pièce est vide et la seconde porte est fermée. Je vais m'assurer que le verrou est bien tiré et, sans demander mon reste, je file dans la cabine me placer sous l'énorme pommeau. Je n'ai aucune envie de le voir faire irruption quand je serai en tenue d'Ève. Lui est peut-être exhibitionniste, pas moi !

La file du Starbucks progresse rapidement. Elsa passe notre commande et je m'adosse au comptoir pendant que la serveuse prépare nos boissons. Mes deux amies me fixent, l'air franchement impatient.

— Alors, quelle est cette nouvelle si importante qu'elle ne pouvait être annoncée par texto ? demande Natalie.

— J'ai mis sur pause le nouvel épisode de *The Walking Dead* pour venir ici. Tu vois ce que je suis prête à faire pour toi, dit Elsa.

— Moi, j'ai échappé à un réveil *Just Dance* donc je pense que je peux te remercier.

Je ne connais personne de plus accro à ce jeu que Naomi et Clara, les deux petites sœurs de Natalie. Les imaginer se trémoussant et hurlant à pleins poumons devant leur télé à 8 heures un dimanche matin me fait aussitôt sourire.

— Comment vont les deux monstres ?

— Toujours aussi dynamiques, soupire Natalie. Mais tu ne nous as pas donné rendez-vous pour parler de mes sœurs, si ?

Mon regard passe de l'une à l'autre de mes amies. C'était dur de ne leur donner aucun détail par téléphone, mais je voulais voir leurs têtes en leur annonçant avec qui je cohabite.

— Ce déménagement est assez incroyable.

Elles froncent les sourcils.

— Comment ça, *incroyable* ?

— On ne qualifie pas un déménagement d'*incroyable* !

— Ben si, je leur rétorque. C'est le mot qui le résume le mieux.

Les filles se regardent du coin de l'œil. Elsa fait tourner son index sur sa tempe, me signifiant que je suis devenue folle. Nous prenons nos gobelets et nous dirigeons vers une table libre.

— Allez, maintenant, tu nous dis tout, me presse Natalie tandis que nous nous asseyons.

— Je suppose que vous vous souvenez de Julian ? Le gars furax de la soirée étudiante ?

Elles s'en souviennent très bien à en juger par le regard qu'elles s'échangent ainsi que par les langoureux soupirs d'Elsa.

— J'habite chez lui.

Elsa manque de s'étrangler avec son café. Natalie lui tape dans le dos en me regardant avec des yeux ronds, incrédule.

— Comment c'est possible ?

— Sa mère est la collègue de mon père qui fait sa bonne action en nous accueillant dans sa sublime baraque.

— Le hasard fait sacrément bien les choses, commente Elsa en tentant de maîtriser sa quinte de toux.

— Quelles étaient les probabilités que cela arrive ? je murmure pour moi-même.

Apparemment, la chance est avec moi dernièrement.

Natalie se rapproche de moi et pose sa main sur la mienne.

— T'inquiète, je pense que, d'ici peu, vous aurez votre appartement...

— Nat, la coupe Elsa. Allô ? Tu as capté l'info principale ? Elle vit avec un vrai canon !

— J'ai entendu, je ne suis pas sourde. Je veux juste rassurer Amanda. Dès que son père n'aura plus de soucis financiers, ils pourront louer leur propre logement.

Je plisse le front.

— Nat, il y a eu un problème au dernier moment avec le propriétaire, ce n'est pas une histoire d'argent.

Natalie rentre le menton et esquisse une petite moue, visiblement peu convaincue.

— OK. Et toute la petite famille qui t'accueille, elle est comment ? embraye-t-elle en plongeant son regard dans le mien.

— La mère est cool, elle s'implique vachement. Julian est horrible et son frère est sympa.

Elsa incline la tête en me regardant fixement.

— Pas de mari dans le tableau ?

Je fais signe que non.

— Amy, il n'y a rien entre ton père et cette femme ? me demande Elsa sans détour.

— Mais non ! je démens énergiquement.

Quelle question ! Impossible que mon père soit avec Eveline, il me l'aurait dit. Et il n'est séparé de ma mère que depuis peu de temps, il ne pourrait pas déjà être en couple. Mon père n'est pas comme ça.

— Peut-être que c'est ta nouvelle famille, intervient Natalie. Et ça ferait de Julian ton demi-frère.

— Mais qu'est-ce que tu racontes… je commence, rapidement interrompue par Elsa.

— Même si leurs parents sont ensemble, ils ne sont pas frère et sœur. Si Amy veut coucher avec lui, elle peut.

— *Coucher avec lui ?* je répète bêtement.

Attendez, je crois que j'ai perdu le fil, à quel moment j'ai parlé de coucher avec ce mec ? De coucher tout court, d'ailleurs ! Cette conversation m'échappe totalement.

Je remue nerveusement sur mon siège et lève les bras.

— Les filles, stop ! Personne ne couche avec personne ! Et jusqu'à preuve du contraire nos parents ne sont pas en couple et mon seul frère, c'est Alex.

Les filles se taisent. Natalie sirote une gorgée de son café et Elsa croise les bras sur sa poitrine.

— OK, tu es hébergée par pure charité.

— Je t'en supplie, n'utilise pas ce mot-là, je maugrée entre mes dents. C'est ce que ce crétin de Julian m'a balancé à la figure hier, je l'aurais étripé.

Elsa se met à rire.

— Les retrouvailles ont été joyeuses apparemment.

Je cale mes mains sous mes fesses.

— Ce mec n'est qu'un imbécile arrogant à l'ego surdimensionné. J'ai frôlé la crise cardiaque en me retrouvant face à lui et, honnêtement, lui aussi.

Natalie joue avec son gobelet.

— Il faut dire que vous ne vous êtes pas laissé de merveilleux souvenirs l'un à l'autre.

Ça ne pourrait être plus juste.

— On n'est pas fait pour s'entendre, j'affirme. Ce mec est tout ce que je déteste. Et je suis sûre qu'il pense la même chose de moi.

Un silence tombe. Je ne veux pas continuer à parler de Julian. Il faut que je lance les filles sur un autre sujet.

— Leur propriété est incroyable, je révèle.

— Raconte ! s'exclament-elles en chœur, en se penchant vers moi d'un même mouvement.

Tel un agent immobilier, je fais la description de la maison devant les mines effarées de mes amies.

— Mais combien il y a de pièces dans ce château ?

— Suffisamment pour que je me sois déjà perdue.

— La chance, murmure Elsa.

— La vie de rêve, souffle Natalie.

Je vois les choses quelque peu différemment. Vivre loin de ma mère, avec un vrai crétin, exhibitionniste, alcoolique et coureur de jupons n'est pas exactement l'idée que je me fais du paradis. Et si, en plus, il s'avère que mon père est vraiment en couple avec cette Eveline et se met à roucouler sous mes yeux, je me trouverai définitivement en enfer.

CHAPITRE 12

Julian

Ça fait deux heures que je me suis enfermé au sous-sol, dans la salle de sport que mon père a fait aménager il y a quatre ans, à une période où il était obsédé par le fait de perdre du poids. Son médecin l'avait mis en garde contre les kilos en trop à la quarantaine et, un beau matin, une entreprise avait débarqué chez nous et installé du matériel dernier cri. À cette époque, j'avais 14 ans. J'étais déjà grand – du haut de mon mètre 90, je voyais mes potes m'arriver au menton – et j'étais aussi très fin. Une vraie crevette, selon les dires de certains. Me mettre au sport fut non seulement l'occasion de passer du temps avec mon père, lui qui était très accaparé par son travail, mais ausssi de transformer peu à peu ce corps dans lequel je paraissais toujours gauche.

En très peu de temps, mon paternel était d'ailleurs lui aussi devenu accro à l'activité physique. Tout ça pour quoi ? Disparaître. J'ai la même montée de rage à chaque fois que j'y pense.

Malgré ses sollicitations, ma mère et mon frère n'ont jamais mis un pied dans cette pièce. Elle se sent oppressée au sous-sol et Owen a horreur de faire de l'exercice. Son activité physique quotidienne se résume à aller en cours. Et à tourner les pages de ses bouquins. Ici personne ne viendra me déranger.

Mes écouteurs vissés dans les oreilles et le son monté à fond, je sue sur des appareils sophistiqués que je suis désormais le seul à utiliser. J'augmente l'inclinaison du tapis roulant pour courir encore plus vite. Franchement, je souffre. Mon rythme de vie actuel a un sérieux impact sur mes performances physiques. Et ce qui amoindrit le plus mes capacités, c'est l'alcool à foison.

Je transpire, je suis à bout de souffle mais je persiste. J'ai besoin d'effacer de mon esprit une image qui m'obsède : Amanda en micro-pyjama dans ma salle de bains. Ses seins qui apparaissaient sous son tee-shirt transparent et ses cuisses nues toutes fines m'ont donné sacrément chaud. Et tous ces petits grains de beauté partout sur son corps… L'effet de surprise passé, je m'aperçois que je m'amuserais bien à les compter. Avec la langue.

La sonnerie de mon portable me tire brusquement de mes pensées, juste au bon moment. Mon corps commençait à s'enflammer un peu trop.

Je décroche en apercevant le nom d'Ethan qui s'affiche sur l'écran. Il crie à l'autre bout du fil :

— Mec, je suis derrière ta porte à toquer comme un malade mais tu n'entends rien !

Sa voix me parvient aussi depuis l'extérieur de la pièce.

— J'avais de la musique dans les oreilles, détends-toi, j'arrive, je réponds avant de raccrocher et de sauter sur le sol.

J'arrête le tapis et saisis la serviette sur la barre. Je grimpe les quelques marches tout en essuyant le voile de sueur qui couvre mon visage. J'ouvre la porte et découvre mon ami qui trépigne sur le seuil. Son air d'impatience se mue en surprise quand il me découvre.

— Cette tête ! Tu viens de te taper un marathon ou quoi ?

— Qu'est-ce que tu fais là ?

Il me balance un coup dans l'épaule.

— Merci pour l'accueil ! Je passe voir mon pote, je peux, non ?

— Bien sûr mais je ne m'attendais pas à avoir de la visite.

— Ouais, ben, merci quand même.

Je fais volte-face, Ethan claque la porte derrière lui et m'emboîte le pas. Je remonte sur le tapis de course et le remets en route en passant mon doigt sur l'écran du tableau de bord. J'appuie sur la commande de vitesse pour augmenter la cadence. Ethan se laisse tomber sur le banc de musculation et étend ses jambes avant de les croiser au niveau des chevilles.

— Ta mère m'a ouvert. Il y a du peuple dans ton salon. Vous recevez du monde ?

Je garde les yeux braqués sur un point insaisissable devant moi.

— On peut dire ça.

Un silence de plomb s'abat sur nous. Seul le bourdonnement du tapis de course résonne dans la pièce.

— Putain, mec, tu n'es pas loquace dernièrement.

Je me concentre sur mon souffle et j'accélère encore mon allure. Je sens qu'Ethan ne me lâche pas des yeux.

— Tu vas finir par péter une durite à garder tout ça à l'intérieur. Tu n'as jamais évoqué, tu sais…

Il paraît subitement embarrassé, cherchant ses mots.

— … ce qui s'est passé avec ton père. Tu es mon pote, Jul, tu sais que je suis prêt à t'écouter.

La seule mention de mon père me met le cœur à vif. Ethan va devoir comprendre que je ne suis toujours pas prêt à aborder le sujet. Je regarde de côté pour enfin croiser son regard. Il m'observe, les yeux plissés.

— Je sais, mec, je lâche.

Hors d'haleine, j'essuie mon front suant avec le bas de mon tee-shirt. L'aération est mauvaise dans cette pièce, la température monte très vite. Là, il y fait une chaleur telle que la paroi vitrée qui donne sur le jardin dégouline de condensation.

Ethan se lève d'un bond et grimpe sur le vélo d'appartement. Il s'y installe sans pédaler.

— Alors, depuis le coup de pression de ta mère pour que tu te calmes sur les sorties, comment ça se passe ?

— Disons que ça pourrait être mieux.

Il me considère d'un air désapprobateur.

— Julian, putain, arrête de faire le mystérieux. Un coup tu parles, un coup tu ne parles pas, c'est chiant. Raconte, mec, qu'est-ce qui ne va pas ?

Rien ne va. Ma mère s'éloigne de moi un peu plus chaque jour, mon père me manque cruellement et c'est pire depuis que ce mec et ses enfants sont là. Amanda m'excite autant qu'elle me tape sur les nerfs et je vais devoir la croiser tous les jours jusqu'à… Jusqu'à je ne sais même pas quand.

J'ai fait part à Ethan de la situation compliquée avec ma mère et son ultimatum. Je peux bien lui parler de la famille qui s'incruste chez moi.

Je soupire et ralentis l'allure sur le tapis. Je raconte tout en détail : l'embrouille avec Amanda lors de la soirée et son arrivée chez moi avec son père et son frère. J'omets volontairement d'évoquer l'effet que cette fille a sur moi.

— Merde ! Pas de chance, grimace-t-il. Et le début de la cohabitation, c'est comment ? s'intéresse-t-il ensuite, un sourire aux lèvres.

— L'horreur. Cette fille est une vraie connasse.

Le sourire d'Ethan se transforme en rire franc.

— Mais une connasse au derrière sexy, non ?

— Pas plus que d'autres.

L'air amusé, il scrute mon visage pour juger de ma sincérité. Je détourne les yeux.

Contrairement à moi, Ethan est un gars sérieux avec les filles. Il est en couple avec Sarah depuis la classe de seconde et, bien qu'elle soit partie s'installer à Marseille pour ses études, il lui reste fidèle. Un paquet de nanas lui tournent pourtant autour, complètement sous le charme de sa peau mate, héritée du mélange des peaux noire et blanche de ses parents, et de ses yeux bleus. Mais il aime Sarah, il me l'a suffisamment répété. Franchement, les relations à distance, ça craint. Baiser par téléphone, je ne vois pas l'intérêt.

Ethan est en complet désaccord avec ma consommation excessive de parties de jambes en l'air mais il s'abstient de tout commentaire. Il a fini par s'y habituer et s'en amuse même désormais.

— Donc elle n'est pas bonne à ajouter à ta liste de conquêtes ?

— Non merci, je réponds sèchement. J'ai suffisamment d'amour-propre et de candidates pour ne pas m'attarder sur cette fille prétentieuse.

Il ricane.

— Tant mieux. Vu que vous vivez sous le même toit, ce n'est pas plus mal ! La situation serait sacrément bizarre une fois que tu l'aurais mise dans ton lit.

Pas faux. Mais aucun risque que je me la fasse. Même si, pour être honnête, le galbe de son corps a du mal à quitter mes pensées.

CHAPITRE 13

Amanda

L'alarme se déclenche. Pour la troisième fois. Je regarde mon réveil et pousse un grognement. Je suis en retard pour le lycée ! Déménager à l'autre bout de Paris a ajouté trente minutes de métro à mon trajet quotidien pour me rendre en cours. Même chose au retour. Le bonheur.

Je bondis du lit et toque à la porte de la salle de bains pour anticiper toute mauvaise rencontre. Sans réponse, je tourne la poignée et découvre que l'accès est libre. Je saute dans la douche.

Dix minutes plus tard, je suis lavée, habillée, et je traverse le palier jusqu'à l'escalier. En passant devant la chambre de Julian, je ralentis malgré moi. La porte est ouverte, je distingue un grand lit fait au carré, recouvert d'une couette rouge qui tranche sur les murs blancs, et un canapé convertible en cuir noir sur lequel sont posés un tas de bouquins et une pile de feuilles coincées sous un lourd manuel. Une télé grand écran est fixée au mur et un bureau trône dans un coin, complètement vide. Je suis surprise de découvrir cette chambre rangée. Vu le personnage, je ne m'attendais pas à ça. Je pensais que les mecs comme lui vivaient dans la pagaille.

Je descends les marches à toute vitesse. La mère de Julian m'interpelle quand elle me voit passer en courant. Je m'arrête dans mon élan, reviens sur mes pas et pénètre dans la vaste cuisine moderne et élégante, combinant marbre et acier.

Eveline est tirée à quatre épingles et arpente le carrelage en damier noir et blanc. Son chignon est parfait, tout comme son maquillage subtil, et sa tenue est impeccablement repassée, de sa jupe crayon noire à son chemisier blanc en passant par sa veste cintrée. Elle est avocate et, tout comme mon père, elle travaille dans un cabinet réputé au quartier d'affaires de La Défense.

C'est vraiment une belle femme, je me surprends à me demander si elle serait le style de mon père. Je secoue la tête pour chasser ces pensées. Non, cette femme n'est pas son type. Et c'est sa collègue, c'est tout.

Eveline tient son téléphone devant sa bouche comme un talkie-walkie et pointe de l'index le thermos de café déposé sur la table. Elle attrape un toast et le laisse tomber dans le grille-pain. Elle continue sa conversation en attendant qu'il remonte.

Je bois quelques gorgées de café et fais signe à Eveline que je m'en vais. Elle couvre le combiné de sa main et, de l'autre, elle désigne le grille-pain.

— Mange un peu, tu ne vas pas partir le ventre vide.

— Je suis super en retard !

— Julian va te déposer au lycée. C'est prévu.

Quoi ? Objection ! Je secoue vigoureusement la tête.

— Ça va aller, je vais me débrouiller.

Eveline sourit gentiment.

— Amanda, tu viens de me dire que tu es en retard. Et avec ce temps, tu ne vas pas prendre les transports en commun. Ne t'inquiète pas, ça ne dérange pas Julian.

Oh oui, j'imagine qu'il doit être enchanté !

Je jette un coup d'œil par la fenêtre sur le ciel menaçant. Le soleil ne perce pas les nuages gris et bas, le tonnerre gronde sourdement et un éclair illumine le ciel. La pluie ne va pas tarder à faire son apparition. Me retrouver en voiture avec Julian ne m'enthousiasme pas mais marcher sous l'orage encore moins.

— Où est tout le monde ? je demande.

— Ton père est au bureau, il a rendez-vous avec un client. Owen et Alexis sont partis il y a une heure.

La tranche de pain grillée saute, je l'attrape au vol et en croque un morceau. Je me dirige vers la porte.

— Merci, Eveline.

— Julian doit déjà être dehors, bonne journée !

Avec un clin d'œil, elle retourne à sa conversation téléphonique.

Emmitouflée dans mon gros manteau, j'enroule mon écharpe autour du cou et cale mon sac sur mon épaule avant de sortir de la maison. Je descends l'allée et j'attends d'être hors de vue pour allumer une cigarette. Julian est adossé à son bolide et me fixe de ses yeux brun profond. Il porte un blouson en feutrine rouge, comme ceux des sportifs américains, qui met en valeur son torse musclé. Pourquoi est-ce que ma température interne grimpe dès que je pose les yeux sur lui ? Je vais devoir travailler là-dessus.

Il fait tournoyer ses clés de voiture au bout de son index tandis que je m'approche. Avec sa main gauche, il essaye d'éloigner de son visage les boucles de fumée.

— Dégage ton poison !

Je soutiens franchement son regard en inspirant une nouvelle bouffée et en la recrachant juste sous son nez. C'est plus fort que moi, je ne peux pas m'empêcher de le provoquer.

Il lève les yeux d'agacement.

— On y va. Monte.

Le vent fort balaye mes cheveux sur mon visage, me piquant les joues.

— Je finis ma clope.

— Ne fais pas ta chieuse.

Je lui tourne le dos en haussant les épaules. Des nuages noirs obscurcissent le ciel et une pluie diluvienne se déverse subitement sur nous, mettant fin à ce début de dispute.

J'ouvre la portière et grimpe à l'arrière. Je me renfonce dans la banquette en remarquant les bouteilles et canettes de bière vides qui jonchent le sol. Ça contraste avec sa chambre. Comme quoi, j'avais raison de penser que ce gars est bordélique. Et un alcoolique de compétition.

Julian s'installe au volant et me regarde par-dessus son épaule.

— Tu me prends pour un taxi ?

Hors de question que je m'asseoie à l'avant, au milieu de l'amas de détritus qui recouvre son siège passager.

Je boucle ma ceinture et me cale contre l'appui-tête sans lui répondre. Il braque les yeux sur moi et m'observe un moment.

— Comme tu voudras, siffle-t-il entre ses dents.

Il pose son téléphone sur le socle entre les deux sièges puis enclenche une vitesse et engage la voiture sur la chaussée. Je reste muette et appuie mon nez contre la vitre glacée. Je regarde les rues défiler et la ville qui s'anime sous mes yeux. Des vitrines s'allument, des commerçants déploient les auvents de leurs boutiques, des maraîchers installent leurs étals, des riverains sortent d'immeubles aux façades en pierre de taille, brique ou béton, des passants s'activent tandis que d'autres flânent ou s'attablent à l'intérieur des cafés.

Le silence règne dans l'habitacle. On peut entendre les grosses gouttes rebondir bruyamment sur le capot. Julian écrase tout à coup l'accélérateur. Je suis plaqué dans mon siège.

— Tu es obligé d'aller si vite ?

Je hausse le ton à chaque mot. Julian ajuste son rétroviseur afin de pouvoir me regarder. Il me sourit et pétrit le volant.

— Non. Mais j'adore ça.

Mon ventre se serre, je respire à fond. Julian accélère encore et brûle un stop.

— Mais crève tout seul ! Je veux rester en vie, moi ! je hurle.

Mon cœur bat à tout rompre dans ma poitrine, je me mets à trembler de la tête aux pieds. J'ai horreur de la vitesse, ça me donne la nausée. Je sens la bile me monter à la gorge.

La pluie crépite fort sur le pare-brise. Julian fait une embardée pour éviter un vélo et s'arrête d'un coup sec à un feu rouge. Il regarde droit devant lui, une de ses mains serre fort le volant et l'autre est crispée sur le levier de vitesse. Une tension visible lui raidit les épaules.

— Je t'évite le métro, sois contente.

Quand le feu passe au vert, il démarre en faisant crisser les pneus. D'une pression sur le tableau de bord, il allume la radio, de la soupe commerciale s'élève des haut-parleurs. Julian augmente le volume encore et encore. Le son est horriblement mauvais et fort. C'est insupportable dès le matin. C'est bon, j'ai compris, à son tour de jouer avec mes nerfs. J'inspire lentement.

— Tu veux bien baisser un peu ? je quémande d'une voix tendue.

Julian arbore un sourire supérieur.

— Quoi ? Je ne t'entends pas. Tu aurais dû te mettre à l'avant si tu voulais me parler, *babe*.

— Je ne suis pas ton *bébé*, je grommelle entre mes dents.

Il me fait un clin d'œil dans le rétroviseur avant de reporter son attention sur la route. Il continue à rouler sans respecter aucune limitation de vitesse. Je croise les doigts pour que des policiers nous arrêtent mais nous n'en croisons pas un seul. À quelques rues du lycée, il freine brusquement pour s'arrêter le long du trottoir, fait taire les haut-parleurs et passe au point mort.

— Une bonne journée.

Je jette un œil à travers la vitre. Une furieuse averse s'abat à l'extérieur. Le ciel gronde et se zèbre d'éclairs impressionnants qui se succèdent à un rythme rapide.

— Tu ne vas pas me laisser là ?

Julian éteint le moteur et se retourne, me fixant par-dessus le dossier du siège.

— Qu'est-ce qui ne va pas ? demande-t-il avec une pointe d'agressivité dans la voix.

Son comportement m'agace prodigieusement.

— Au cas où tu ne l'aurais pas remarqué, on est sous l'orage et mon lycée est bien plus loin.

— La pluie n'a jamais tué personne. Tu devrais déjà me remercier de te déposer ici. Je dois aussi aller en cours, et je ne suis pas en avance, si tu veux tout savoir. J'espère que le trajet vous a quand même plu, mademoiselle, et navré de ne pas satisfaire à vos attentes.

Il me sourit en mimant le geste d'ouvrir la portière. Bon sang, même la station de métro est plus proche du lycée que là où il me laisse !

Dépitée, j'obtempère dans un parfait silence. Je déboucle rapidement ma ceinture, rabats ma capuche sur ma tête et sors de la voiture. Je pose le pied sur le bitume et tombe en plein dans une flaque. Mes bottines fourrées s'imbibent immédiatement d'eau de pluie. Je prends une profonde inspiration et claque la portière. De violentes rafales de vent glacial me cinglent le visage. Julian démarre brutalement le moteur en me laissant plantée au bord de la chaussée.

Je franchis au pas de course la distance qui me sépare du lycée. J'arrive dans le hall, haletante, trempée d'un mélange de sueur et de pluie. Je ne ressemble à rien. J'enlève un élastique de mon poignet et attache mes cheveux à la va-vite sur le haut de ma tête. Je presse le pas, mes semelles grincent sur le sol en vinyle mouillé et laissent des débris de feuilles dans le couloir. Je pénètre dans ma salle de classe en coup de vent, juste à temps pour ne pas manquer le début du cours.

Grelottante, je me laisse tomber sur une chaise. Les minutes qui suivent, je tente de me concentrer sur les paroles du professeur mais c'est impossible. Je suis bien trop occupée à énumérer mentalement toutes les raisons pour lesquelles je déteste Julian Dumont.

À l'heure du déjeuner, je fais la queue avec les filles au réfectoire. Le brouhaha des multiples conversations des lycéens bourdonne autour de nous.

— Tu as réussi à te réchauffer ? me demande gentiment Elsa.

— Avec difficulté.

— Quel connard ce type ! s'écrie Natalie. Si je le chope, tu vas voir ce que je vais lui faire !

Elle lève son poing serré et le balance dans le vide. Elle m'arrache un sourire. Nous passons le long des comptoirs, poussant nos plateaux sur le rail en fer. Elsa retrousse le nez.

— Qu'est-ce que c'est que cette odeur ?

— Du chou-fleur, lui répond Natalie.

— Beurk, comment ce fantastique aliment peut puer autant ? Comment ils cuisent ça ?!

Elle exagère une mimique dégoûtée et me fait rire. En arrivant à la caisse, nous glissons nos cartes dans le lecteur avant de marcher entre les rangées de tables. Nous nous installons et commençons à manger tandis qu'Elsa commente avec indignation la nourriture qui nous est servie. Son père est chef cuisinier, elle est habituée à manger des mets avec du goût, pas des *plats ignobles.*

— Franchement, El, je pense qu'on est quand même plutôt bien lotis.

Elsa me regarde avec un air si scandalisé que je recrache ma gorgée d'eau partout sur moi.

— Pardon ? *Bien lotis ?* J'espère que tu plaisantes !

J'essuie l'eau qui goutte de mon menton et coule dans mon cou.

— Si c'était aussi horrible que ça, tu serais externe, non ?

Elsa esquisse une petite mimique malicieuse.

— Pour vous priver de ma présence tous les midis ?

— Comment vivrait-on sans toi ? je plaisante.

Natalie est particulièrement silencieuse et picore à peine quelques bouchées. Elle doit sentir le poids de mon regard peser sur elle car elle jette un œil dans ma direction.

— Je suis barbouillée, je n'ai pas vraiment faim, se justifie-t-elle.

Elle se penche vers le sol et farfouille dans son sac de cours. Elle en sort son carnet de croquis et se met à dessiner. Je connais suffisamment mon amie pour savoir que son air est trop triste pour n'être dû qu'à un simple mal de ventre.

— Nat, est-ce que tout va bien ? je demande en mâchonnant ma part de tarte. En dehors de ton estomac.

— Oui, ça va, répond-elle avant de soupirer et d'admettre : Non, tout ne va pas bien. Mes parents me rendent folle.

La situation entre ses parents est encore plus compliquée que celle entre les miens, sauf que, pour elle, le quotidien n'est fait que de disputes qui n'en finissent pas. Ses parents ne s'entendent plus mais ils n'ont pas franchi le cap de la séparation. L'atmosphère chez elle est super hostile. Natalie m'a répété à maintes reprises qu'un divorce serait une bénédiction et je crois honnêtement qu'elle m'envie. Ça pourrait paraître bizarre de jalouser la séparation des parents de son amie, mais, en fait, je la comprends.

— Je n'ai pas franchement envie d'en parler, lâche-t-elle, le visage fermé.

Elle replonge son nez dans son cahier et griffonne énergiquement.

— Sache que je suis prête à t'accueillir en exil chez moi si besoin, propose Elsa, la bouche pleine. Ça me fera de la compagnie.

Elsa a toujours clamé haut et fort être heureuse d'être fille unique. Je ne suis pas certaine que ce soit le cas sept jours sur sept.

— Tu es mignonne mais je ne vais pas abandonner mes sœurs avec ces deux fous furieux. Elles n'en sortiraient pas vivantes.

Elsa et moi éclatons de rire. Puis Elsa esquisse une moue.

— De toute façon, je ne pourrais pas t'offrir le gîte et le couvert bien longtemps, ma mère a décidé d'accueillir Mamie So chez nous à sa sortie de l'hôpital. Je vais devoir jouer la garde-malade en sortant des cours.

Elsa fait semblant d'être ennuyée. On sait toutes qu'elle est très proche de sa famille maternelle et particulièrement de sa grand-mère. Elle nous raconte la chute de Mamie So dans l'escalier de son immeuble quand Camille débarque à notre table. Je réalise que je n'ai pas eu l'occasion de la croiser depuis la soirée étudiante.

— Je peux me joindre à vous ?

— Avec plaisir, s'exclament Natalie et Elsa à l'unisson.

Camille prend place sur le siège libre face à moi.

— Comment ça va, les filles ?

— Très bien ! je réponds d'un ton guilleret avant de croquer dans ma pomme.

Les regards de mes deux meilleures amies convergent sur moi. Mon ton était peut-être un poil surjoué. Elsa sourit tandis que Natalie se remet à griffonner.

— Alors, à la petite fête, il paraît qu'au lieu de conclure, tu t'es pris la tête avec Julian Dumont ? s'enquiert directement Camille.

Sa question me surprend tellement que j'en reste la bouche ouverte. Mon morceau de pomme s'en échappe et s'écrase sur mon plateau. Amusée, Elsa affiche un énorme sourire. Sans commentaire. Je m'empresse de croquer une nouvelle grosse bouchée, histoire d'éviter de parler et d'avoir à donner des détails.

— C'est son super nouveau coloc ! s'écrie Elsa à l'intention de Camille.

Je lui jette un œil noir, tout en essayant de lui balancer un coup de pied sous la table. Elle n'a qu'à le crier sur tous les toits aussi !

Camille se fige et m'adresse un regard incrédule.

— Tu *vis* avec Julian ? Mais je croyais que vous ne vous connaissiez pas ?

Je pousse un soupir. Même si Camille est très sympa, je n'ai aucune envie de raconter ma vie familiale compliquée à d'autres personnes que mes meilleures amies.

Elsa ignore mes avertissements et poursuit :

— C'est temporaire, le temps que son père trouve un appartement. La mère de Julian est une de ses collègues.

— Sacré hasard ! lâche Camille dans un souffle. Ça va vous rapprocher de cohabiter... enchaîne-t-elle avec un clin d'œil.

— Ou pas, je rétorque, catégorique.

— Pourquoi pas ? Il te plait, non ?

— Ouais, mais non. Beaucoup trop con.

Camille rit franchement.

— C'est sûr que le mec n'est pas une flèche. Il a redoublé sa terminale dans un lycée super coté.

— Il est au *lycée* ? je bredouille.

Je sais qu'il est plus âgé que nous, j'étais certaine qu'il était à la fac.

— Tu vis avec et tu le savais pas ? s'étonne Camille.

— C'est tout frais, explique Natalie en levant la tête de son carnet. Elle s'est installée chez lui ce week-end en fait.

Je fusille du regard Natalie qui se remet à dessiner, l'air de rien. Stop, les filles, on pourrait ne pas déballer toute ma vie, s'il vous plaît ? Ça doit bien se voir à ma tête que le sujet me saoule.

— Sinon, Camille, tu as conclu avec le blond ? je demande pour faire diversion.

Un petit sourire passe sur ses lèvres.

— Pas encore, mais pourquoi pas ce soir ? Une nouvelle fiesta est prévue.

— Un lundi ? la coupe Natalie, les sourcils levés. Ces étudiants font la java tout le temps ou quoi ?

Camille hausse les épaules.

— Très souvent. Et vous devez venir ! Vous n'êtes pas passées inaperçues la dernière fois. Surtout toi, Amanda.

— Ah bon ?

Camille penche la tête pour m'observer, mon cœur s'accélère.

— Daniele Debussi, le roi du château, veut te revoir ! finit-elle par annoncer.

— Ah, je lâche du bout des lèvres, tentant de cacher ma déception.

Je suis déçue, mais c'est stupide. À quoi je m'attendais ? Enfin surtout, à qui je m'attendais ?

— *Le roi du château ?* répète Natalie.

— L'hôtel particulier où vous êtes venues appartient à ses parents qui ne sont jamais là, du coup, Dan organise tout le temps des soirées, nous explique Camille. Dan est un mec super sympa. Des tas de filles craquent sur lui et c'est toi qu'il veut revoir ! Allez, viens ce soir !

Je tripote du bout de l'ongle la croûte du morceau de tarte froide qui traîne dans mon assiette.

— Je ne sais pas trop, on est en semaine quand même.

J'ai toujours obtenu d'excellentes notes à l'école afin d'avoir un dossier parfait en sortant du lycée. J'ai dix-sept de moyenne générale et je n'ai pas l'intention que ça change. Je ne sais pas encore ce que je veux faire de ma vie, donc je me donne toutes les chances d'être acceptée dans une prestigieuse université ou une grande école. Avec tout ce qui m'arrive dernièrement, je suis moins concentrée en cours et j'ai peur que cela se répercute sur mes résultats. Ce n'est pas maintenant, en classe de première, que je dois baisser le niveau et risquer de tout gâcher.

— Bonté divine ! s'exclame Elsa en agitant son verre d'eau, m'éclaboussant par la même occasion.

Comme si je n'avais pas été suffisamment mouillée aujourd'hui !

— Tu réalises que tu as un admirateur, Amy ? continue-t-elle.

Aller à la soirée pour rencontrer ce Daniele me stresse un peu. À seize ans, je n'ai embrassé que deux garçons dans ma vie, et avec le premier j'avais six ans. Échanger quelques chastes bisous cachés au fond de la cour de l'école, est-ce que ça compte ? Apparemment, les grandes perches comme moi effraient – ou impressionnent, je ne sais pas – les garçons plus qu'elles ne les attirent.

J'ai vécu une seule histoire qui a duré six mois. Avec Charles, qui m'a brisé le cœur. J'étais follement amoureuse de lui et un beau jour, il y a maintenant un an, j'ai appris qu'il avait quelqu'un d'autre. Honteuse d'avoir été trompée, je n'ai parlé de la raison de notre rupture à Elsa et Natalie que quand il s'est vanté auprès de tous ses amis d'avoir défloré sa nouvelle copine avant même de m'avoir larguée. Un garçon charmant.

Depuis, j'ai préféré garder mes distances avec le sexe opposé. Bon, on ne peut pas dire que les prétendants se bousculaient au portillon non plus. Mais peut-être qu'il est temps de passer à autre chose et de profiter d'une occasion inespérée ?

— Alors ? s'impatiente Elsa, me sortant de mes pensées.

Les filles ont les yeux rivés sur moi.

— OK, je finis par répondre.

Allons faire la connaissance de ce roi du château.

CHAPITRE 14

Julian

Un coup d'œil vers la grosse horloge ronde au-dessus du tableau m'apprend que mon calvaire touche bientôt à sa fin. Il ne reste que quelques minutes avant que la sonnerie tonitruante ne résonne comme le signal de ma délivrance. Le cours de littérature est le dernier de la journée et franchement le plus chiant. Seul point positif : le prof, M. Rousseau – il a le nom de l'emploi ! –, m'a pris en pitié après le décès de mon père et me laisse tranquille. Il ne me demande jamais de participer aux discussions sur les lectures en cours et ne me dit rien si je rends mes dissertations ou mes commentaires de texte avec une semaine de retard. Alors, comme pendant chacun de ses cours, je laisse mon esprit vagabonder en regardant par la fenêtre.

Amanda a parasité mes pensées depuis ce matin. Je ne suis déjà pas productif en classe, mais là, c'est pire que tout. Son attitude m'a vrillé les nerfs et je n'ai toujours pas décoléré. Me parler comme de la merde et me prendre pour son taxi, c'est trop pour moi. Je ne comprends pas cette fille. Elle agit comme si j'étais le dernier des cons alors que c'est elle qui m'a insulté sans me connaître et ne m'a jamais présenté aucune excuse. Ma famille l'héberge et elle n'est pas foutue de montrer un minimum de reconnaissance, elle est même super agressive. Honnêtement, je ne sais pas pour qui elle se prend.

Je consulte une nouvelle fois l'horloge. L'aiguille m'a l'air de prendre tout son temps pour accomplir son parcours autour du cadran.

Malgré l'énervement, j'ai fait fort. J'ai réussi à laisser mon cul posé sur les bancs du lycée toute la journée. Chose rare dernièrement. Au moins, aujourd'hui, le proviseur n'aura aucune raison de contacter ma mère et je n'aurai pas à supporter de commentaires de sa part. Ça me fera des vacances.

Nouveau coup d'œil vers la pendule qui égrène les minutes. On y est presque.

Je mordille nerveusement le bout de mon stylo. Je me demande ce que mon père penserait de tout ça. De cette famille chez moi, de l'attitude de ma mère et de la mienne. Est-ce qu'il serait déçu ? Énervé ? Est-ce qu'il me comprendrait ?

Mes pensées sont interrompues par la sonnerie. Pas trop tôt ! Entre les rires, les froissements de feuilles et les chaises crissant sur le sol, le volume sonore ambiant monte aussitôt considérablement, et alors que tout le monde rassemble ses affaires dans un vacarme assourdissant, je suis le premier à quitter la salle de classe. J'emprunte les différents couloirs et sors du lycée dans l'air glacial et piquant qui me brûle les poumons. Je m'apprête à monter dans ma caisse quand j'entends quelqu'un m'appeler :

— Julian !

Cette voix. Si aiguë et stridente, ça ne peut être que Lydia.

— Hou hou, Julian !

Qu'est-ce qu'elle est lourde ! Cette nana me colle au derche depuis que j'ai eu le malheur de me la faire. L'été dernier, tous les terminales s'étaient réunis pour faire la fête et certains élèves de première, dont Lydia, s'étaient incrustés. J'ai bu plus que de raison et je me suis tapé la meuf la plus collante de l'univers. Maintenant que j'ai redoublé et qu'on se retrouve dans la même classe, impossible de me débarrasser d'elle. Un vrai pot de glu. Super-forte.

Je me retourne en soupirant.

— Quoi ?

Elle papillote des cils en rejetant ses longs cheveux châtains derrière ses épaules.

— Attends-moi !

Elle remonte son sac bleu pailleté sur son épaule et accélère. J'appuie sur ma clé pour déverrouiller ma voiture et les phares se mettent à clignoter. J'ouvre la portière côté conducteur et m'appuie lourdement dessus, déjà lassé avant même d'entendre ce que Lydia a à me dire.

Elle vient se planter devant moi, ses lèvres rose bonbon s'étirant dans un sourire charmeur. C'est vraiment dommage qu'une personne pourvue d'autant d'atouts physiques soit aussi inintéressante et assommante.

— C'est vrai qu'il y a une fête ce soir chez Daniele ?

Il y en a tout le temps, j'ai envie de lui répondre. C'est juste que généralement les gens du lycée n'y sont pas conviés. En obtenant son bac, Dan n'a pas gardé contact avec grand monde des classes inférieures. Sauf moi. L'unique redoublant.

Je hausse négligemment les épaules.

— Je n'en sais rien. Demande-lui.

— Tu devrais le savoir, à ce qu'il paraît, tu y es tout le temps.

— Je n'y vis pas non plus, je réplique sèchement.

Lydia fait la moue.

— Pardon ! Tu y es *presque* tout le temps. À la place d'être au lycée et de lire les bouquins qu'on nous donne.

Elle me saoule, là. Non mais, sérieux, de quoi je me mêle ?

— Je ne savais pas que je devais te rendre des comptes, je maugrée.

— Oh mais il y en a un qui est de mauvaise humeur aujourd'hui !

Je n'en peux plus, elle a déjà épuisé mon stock de patience. Et il fait trop froid. On est exposés au vent glacé, je gèle. Je m'installe au volant.

— Je dois y aller.

Je claque la portière et la vois agiter la main en guise d'au revoir. Je mets le contact en levant les yeux au ciel. Vivement qu'elle mette le grappin sur quelqu'un d'autre !

Je roule jusque chez Dan. Une fois garé, j'entre et salue deux gars posés devant l'immense écran plat. Dan est dans la cuisine et donne des consignes à l'une de ses femmes de ménage qui le regarde avec des yeux de merlan frit, acquiesçant vigoureusement à chacune de ses demandes. Je dois reconnaître que ce gars a un putain de charisme ; il sait se faire apprécier et respecter de tous les employés de son père, et il y en a un paquet.

Au bout de quelques minutes, il me rejoint et me gratifie d'une accolade super rapide.

— Ça va, mec ? Le lycée, toujours aussi barbant ?

— Comme tu t'en doutes.

— Mauvaise journée ?

— C'est si flagrant ?

Il se marre.

— Sur ta tronche, ouais. On y lit comme dans un livre ouvert !

Il me tape dans le dos.

— Tu te videras la tête ce soir. La fiesta promet d'être particulièrement bonne, me lance-t-il avec un clin d'œil grossier. J'ai deux, trois nanas en vue.

Je préfère ne pas connaître ses plans.

— Ethan est là ?

— Il bosse sur une disserte je crois, il est dans une des piaules là-haut.

Il pointe le doigt vers l'étage avant de braquer le regard sur un employé.

— J'ai des trucs à gérer, à tout', clôture-t-il en tournant les talons.

Je monte au premier étage et me rends dans la chambre où squatte régulièrement Ethan. Des bouquins ouverts sont posés par terre et je trouve mon pote assis sur le canapé, les pieds relevés sur une table basse, son ordinateur calé sur ses genoux. Il dévie à peine les yeux de l'écran quand je pénètre dans la pièce. Je me laisse tomber à côté de lui.

— Jul ! Comment va ? demande-t-il.

Comme je soupire, il arrête de pianoter sur son clavier et tourne la tête vers moi.

— Les meufs me saoulent encore plus que le lycée. Tu y crois ?

Ethan me dévisage.

— OK, ça ne va pas, toi.

Il enregistre son document, ferme énergiquement le clapet de son ordinateur qu'il va poser sur son bureau. À la place il récupère deux manettes et m'en tend une.

— Massacre de zombies ?

J'accepte en souriant.

— Tu n'imagines pas à quel point j'ai besoin de dégommer quelque chose !

Il rit et va allumer la télé et la console avant de revenir sur le canapé. Mon pouce glisse sur le joystick avec impatience.

— C'est parti !

Après quelques minutes de jeu, je lui demande :

— Tu restes ce soir ?

— Non, je rentre chez moi. J'ai cours tôt demain.

Ethan est un gars studieux et ambitieux. C'est un truc que j'aime chez lui.

— Lydia m'a parlé de la fiesta de ce soir, elle veut se taper l'incruste, j'explique.

— Lydia, ton ex ?

— C'est un bien grand mot, je l'ai baisée une fois.

Ethan sourit.

— Elle ne lâche pas l'affaire. Au point de venir ici. Qui l'a invitée ?

— Aucune idée.

— Elle espère sûrement que tu te mettes la tête à l'envers pour finir au lit avec toi.

Je grimace.

— Ne parle pas de malheur ! Déjà qu'elle me colle au cul, si je me la tape encore, elle va vouloir que je la demande en mariage.

Ethan éclate de rire.

— Rentre te planquer chez toi alors, ça vaut mieux.

Chez moi ? Une fois tout le monde couché oui, mais avant, pour croiser chacun des résidents, merci bien mais non merci ! Je préfère nettement rester ici et prendre le risque de croiser le pot de glu.

Les niveaux se succèdent. Ethan veut finir sa dissertation avant de partir, il arrête de jouer. Moi, je continue à faire leur fête à un paquet de morts vivants. Après quelques parties, mes yeux me piquent à force de fixer l'écran et mon ventre crie famine. Il me faut du ravitaillement, un aller-retour dans la cuisine s'impose.

L'escalier s'est rempli de monde et le rez-de-chaussée aussi. La musique est à fond, comme d'habitude. Je me faufile pour atteindre le frigo et en route je tombe sur Maxime qui me propose un cocktail. Impossible de refuser : Max est le maître incontesté de la confection de cocktails.

Pendant qu'il le prépare, je cherche un truc à me mettre sous la dent. Quand je lève la tête, mon regard s'arrête subitement sur quelqu'un dans la foule. Amanda ? Putain, qu'est-ce qu'elle fout là ? Depuis la fois où l'on s'est embrouillés, elle ne s'est pas pointée ici.

Sa robe noire moule son corps à la perfection et ses cheveux sont rassemblés sur le côté en une longue tresse blonde. Je me crispe en la découvrant avec Dan. Ils discutent face à face, leurs visages à quelques centimètres l'un de l'autre. Amanda se penche vers lui en affichant un sourire radieux.

— Dani va se faire plaisir ce soir, lâche Maxime en tendant le pouce dans sa direction.

— Quoi ? je marmonne en tournant la tête vers mon pote.

— Il a demandé à Gab que sa petite sœur ramène cette nana ce soir, continue Maxime en agitant les sourcils. Et bam, la voilà ! Dan va être comme qui dirait occupé…

Je reporte mon attention sur Amanda et observe la scène. Dan lui adresse un sourire carnassier que je connais bien. Le même qu'il adresse à toutes ses futures conquêtes ; à toutes celles qui finiront de façon certaine dans son pieu. Il recourbe l'index pour faire signe à Amanda d'approcher encore plus et lui chuchote quelque chose à l'oreille. Elle rit. Dan veut juste la baiser illico presto. Ce mec n'a pas de bonnes intentions, il n'en a jamais. Elle devrait se rendre compte de l'arnaque au lieu de le regarder comme s'il était Dieu incarné.

Je ne suis pas foutu de comprendre ce qui se passe dans mon crâne mais quand Dan se fond dans la foule, je traverse la pièce et me rue sur Amanda.

— Qu'est-ce que tu fais là ? je l'interpelle sans préambule, en tentant de couvrir le bruit de la musique.

Elle m'ignore sciemment. Comme elle tente de me contourner, je recule et lui bloque le passage. Elle souffle et me lance un regard mauvais.

— Julian ! Tu as passé une bonne journée ? Moi plutôt fraîche. J'ai sûrement attrapé la crève grâce à toi.

— Je ne savais pas que tu venais ici, je me contente de lui répondre.

Elle a un rire amer.

— Et moi je ne savais pas que je devais t'en informer. Tu gères les invités peut-être ? demande-t-elle sur un ton défensif, en me regardant bien en face.

J'élude sa question.

— Tu viens voir quelqu'un en particulier ?

Sa mâchoire se crispe et une expression méfiante passe dans ses yeux.

— En quoi ça te concerne ? me rétorque-t-elle d'une voix sèche.

— C'est juste pour te prévenir de faire gaffe à qui tu fréquentes, *babe*.

Elle lâche un petit rire nerveux. Je sens que l'énervement monte en flèche chez elle.

— Je répète ma question : en quoi ça te concerne ?

— C'est juste pour te prévenir, je répète aussi. Ici, les mecs picolent et baisent. Mais si c'est ce que tu recherches... Tu sais, la baise...

Elle devient tellement rouge que j'ai l'impression qu'elle va se mettre à fumer par les oreilles. Elle ferme les yeux une seconde, puis les rouvre et prend une longue inspiration.

— Écoute, Julian, je vais te dire le fond de ma pensée : tu es bipolaire comme mec. Sérieusement, tu es un vrai con ce matin, et là, tu veux jouer le gars prévenant ? Tu as un sérieux problème, va te faire soigner ! Ou te bourrer la gueule et coucher à droite à gauche comme tu sais si bien le faire, mais laisse-moi tranquille !

Je reçois ses mots comme une gifle. Je voulais vraiment être sympa et voilà ce que je me prends dans la tronche. Pour elle, je suis le genre de mec dont la parole n'a aucune valeur. Le genre de type qui ne respecte rien ni personne. Le genre d'abruti qui saute tout ce qui bouge. Mon sang se met à bouillir. Je tente de ravaler les propos qui me brûlent les lèvres mais c'est impossible.

— Eh bien si tu veux te faire prendre pour une conne comme n'importe quelle nana ici présente, tu as trouvé le mec parfait. Dan s'en chargera à merveille ! Et ne viens pas pleurer quand il te jettera comme une merde après t'avoir baisée ! je lui crache au visage.

Amanda est à la limite de l'explosion, ça se voit. Elle ne réplique rien et me toise d'un regard furieux, puis elle s'en va comme un ouragan.

Bordel de merde, pourquoi j'ai sorti ça ? Et pourquoi je suis venu la voir ? Si elle a envie d'être le petit joujou de Dan, c'est son problème, pas le mien.

Putain, j'ai besoin d'un verre. Je baisse les yeux vers celui que je tiens à la main et le découvre vide. Tout son contenu s'est renversé sur le sol quand Amanda m'a bousculé en partant.

Cette fille se comporte en parfaite connasse tout le temps, même quand j'essaye de l'aider. Qu'elle aille se faire foutre et baiser qui elle veut. *I don't care !* Comme elle l'a si bien dit, je ne suis bon qu'à me défoncer la tronche et à sauter plein de petits culs. Et c'est exactement ce que je compte faire. Dès maintenant. En m'attaquant aux cocktails de Maxime qui me font de l'œil et en trouvant un joli derrière à me faire.

CHAPITRE 15

Amanda

Je suis profondément endormie quand des bruits m'arrachent en sursaut à un sommeil difficilement gagné. Bon sang, j'ai mis si longtemps à me détendre que j'ai cru que j'allais passer une nuit blanche. Julian m'a tellement énervée que je n'ai pas réussi à profiter de ma soirée et, même plusieurs heures après notre altercation, j'étais toujours aussi crispée.

Impossible pour moi de faire tranquillement connaissance avec Daniele après ce que Julian m'a balancé au visage. Il n'a sûrement été aussi virulent que pour me pourrir la soirée mais ses propos sont restés à me trotter dans la tête tandis que Daniele me lançait des sourires tous plus craquants les uns que les autres.

Je ne sais pas exactement ce que Julian me fait payer ; ma présence chez lui ? Mes insultes lors de la première soirée ? Le fait que je ne m'écrase pas devant lui comme les filles le font habituellement et que je n'accepte pas son attitude de con ? Tout à la fois ? Quelle que soit la raison, il est indéniable qu'il en a après moi.

J'ai bu un verre et j'ai ensuite cherché les filles pour les prévenir que je rentrais. J'ai eu beau essayer, je n'étais pas dedans.

J'ai prétexté un coup de froid et promis à Daniele que je resterais plus longtemps à une prochaine soirée. Il avait l'air vraiment déçu. Camille avait raison, il est sympa et drôle. En plus, c'est un beau garçon. Moins que Julian mais... *Moins que Julian ?* Qu'est-ce qui me prend ? On s'en fout qu'il soit beau et qu'il ait des fossettes à tomber à la renverse, ce mec est infect.

Le bruit continue. Je me redresse sur les coudes et, à tâtons, je cherche la lampe sur la table de chevet. Je trouve l'interrupteur et l'enclenche. Le réveil indique 3:22. Je m'assieds dos contre la tête du lit et tends l'oreille. Je distingue des pas précipités dans l'escalier et j'entends des voix étouffées. Ça m'intrigue. Je me glisse hors du lit et, pieds nus, je quitte la pièce. Je sais, la curiosité me perdra.

Le plus discrètement possible, je m'aventure dans le couloir obscur et j'avance à pas feutrés, une main appuyée contre le mur. La porte de la chambre de Julian est entrouverte, de la lumière filtre par l'interstice. Quand j'arrive sur le seuil, je pousse légèrement le battant et découvre Julian torse nu en compagnie d'une fille. Ou d'une poupée en plastique plus précisément. Il la presse contre le mur et des faux ongles rose fuchsia courent dans ses cheveux bruns.

Oh, Seigneur ! La minijupe de Barbie est remontée si haut sur sa taille que j'ai pleine vue sur un string tout aussi rose que ses ongles. Une de ses mains est glissée sous le jean de Julian et elle fait un boucan pas possible avec ses gémissements. Je suis à deux doigts de leur suggérer de prendre une chambre d'hôtel, ça me démange même très fortement, mais je m'abstiens. Après tout, Julian est chez lui. Et qu'est-ce qui me dit que ce n'est pas habituel qu'il ramène des bimbos dans sa chambre pour se faufiler entre leurs cuisses ? Ce gars est vraiment dégueu. Et cette fille particulièrement bruyante !

Ça m'étonne que personne d'autre que moi ne se soit réveillé. La porte d'Owen au bout du couloir est toujours close et aucun bruit ne me parvient en provenance de l'étage du dessus où Alexis, mon père et Eveline occupent chacun une chambre.

Je hausse une épaule. Tant pis pour Julian et sa Barbie s'ils réveillent toute la maisonnée. Au contraire, voir sa mère débouler promettrait même d'être drôle.

Je m'apprête à faire demi-tour quand mes yeux rencontrent ceux de Julian. Ils sont rouges et brillants, ses pupilles dilatées. Il me décoche un regard assassin et parle d'une voix pâteuse :

— Tu veux des jumelles ?

OK, il a bu. Et pas qu'un peu. Il est complètement déchiré. Je me demande s'il n'a pas pris autre chose, son comportement est bizarre. Il a l'air... shooté. Est-ce qu'il y a des moments où ce mec ne se défonce pas ?

Barbie tourne la tête. Ses cheveux ébouriffés encadrent un charmant visage maquillé à la perfection. Ses yeux sont magnifiés par le mascara et l'eye-liner. Son débardeur au décolleté provocant et sa micro-jupe ne cachent pas grand-chose de sa plastique avantageuse. Julian ne choisit clairement pas les nanas les plus moches. En même temps, pourquoi le ferait-il ?

— Je ne savais pas que tu as une sœur ! s'exclame-t-elle d'une voix haut perchée en me détaillant d'un air moqueur. Elle te surveille ?

J'avais l'intention de m'en aller sans faire de vagues mais, avec l'intervention de Barbie, je décide finalement que non. *Mon cher Julian, je vais te rendre la monnaie de ta pièce.*

— Oui, c'est ça, je réponds avec un rictus frondeur en imitant sa façon de parler.

Je m'appuie sur le chambranle de la porte, une main campée sur ma hanche.

— Frérot, tout va bien ?

Le visage tout entier de Julian change et il me lance un regard furax.

— Putain, qu'est-ce que tu fais ? marmonne-t-il entre ses dents, la voix pleine de venin.

Ce ton ! C'est fou comme ce mec arrive à me mettre hors de moi en deux secondes top chrono et comme moi j'ai envie de le faire sortir de ses gonds. Je vis chacune de nos confrontations comme un combat : il ne faut pas flancher et toujours en sortir vainqueur. Ce connard têtu et arrogant n'arrivera jamais à m'intimider. Ja-mais ! Il ne sait toujours pas à qui il a affaire ?

Je le toise en espérant qu'il lise dans mes yeux tout le mépris que je lui voue à cet instant.

— J'entendais du bruit, je m'inquiétais.

Je mettrais ma main à couper qu'il se contient pour ne pas hurler.

— Tu n'es pas capable de te rendre compte quand les gens prennent du bon temps ?

La fille ricane bêtement avant de se mettre à lui lécher le cou. La façon dont elle fait ça me dégoûte prodigieusement. On dirait un petit animal en chaleur.

Je pianote du bout des doigts sur mon menton avant de pointer l'index sur Barbie.

— Je me dois de faire attention à qui tu fréquentes, frérot, je lui rétorque, histoire de me la jouer garce.

Barbie ne réagit pas. Lui, il bouillonne. Mais il le mérite. Il me réveille en plein milieu de la nuit avec sa bimbo après avoir ruiné ma soirée, j'ai le droit de lui renvoyer l'ascenseur.

— *En quoi ça te concerne ?* lâche-t-il en reprenant mes mots de la soirée.

Bien envoyé. J'ai envie de le castrer mais je souris avec désinvolture.

— Je ne pensais pas que tu ramenais carrément tes conquêtes ici. C'est *maman* qui doit être contente.

Cette réplique s'est à peine échappée de mes lèvres que je la regrette déjà. Avec le *maman*, j'ai été trop loin. Mêler nos familles à nos histoires ne fera qu'empirer les choses. Preuve en est, le visage de Julian qui vient de virer au cramoisi et le doigt d'honneur qu'il me brandit.

— *Screw you*, Amanda ! Et dégage d'ici !

Je ne sais pas s'il parle juste de sa chambre ou de chez lui. Il n'imagine pas à quel point j'ai envie de quitter cet endroit.

— Merci de ta visite mais les adultes ont des choses à faire à présent, s'exclame Barbie en venant vers moi.

Son petit ton infantilisant me donne envie de la faire taire en l'étouffant avec ses faux ongles mais, avant que j'aie le temps d'esquisser le moindre mouvement, elle me ferme la porte au nez et disparaît en me laissant dans un nuage écœurant de parfum à la fraise. Je reste seule dans le couloir soudainement plongé dans le silence et la pénombre.

CHAPITRE 16

Julian

Mes yeux s'ouvrent d'un coup, à 6 heures du matin. L'heure s'affiche en clignotant sous ma télé. Bordel, mon crâne est à deux doigts de l'implosion et j'ai la gorge aussi sèche que le désert du Sahara. Je reconnais bien ma chambre mais je n'ai aucun souvenir d'être rentré chez moi. J'ai déjà pris un nombre incalculable de cuites mais, honnêtement, une comme celle-là, jamais. Je ne suis pas certain de m'être cantonné à l'alcool. Vu l'état de mon cerveau, je ne serais pas étonné d'avoir fini par accepter une des merdes qui passent à chaque soirée et que j'ai toujours refusées jusqu'ici. J'espère ne pas être tombé aussi bas.

Je bascule sur le dos. Je passe mes deux mains sur mon visage avant de fixer le plafond en me massant les tempes. L'écran de mon ordinateur en veille diffuse une légère lumière bleutée dans la pièce. Je tourne la tête et sursaute en découvrant une fille entièrement nue allongée dos à moi. Je fais un bond en arrière et tombe à la renverse sur le sol, enchevêtré dans mes draps. Le bruit du choc réveille la nana qui marmonne.

— Julian ? Ça va ?

Je me fige sur le parquet froid. Non, pas cette voix ! C'est pas possible !

J'entends le bruit d'un corps en mouvement sur le lit puis je vois apparaître la tête ensommeillée de Lydia avec ses cheveux en pétard et son maquillage qui a coulé. Sa joue porte l'empreinte de l'oreiller. Mais putain de bordel de merde, qu'est-ce qu'elle fout là ?

Sous l'effet de la surprise, je suis incapable de prononcer un mot. Lydia se redresse en s'appuyant sur un coude. Ses nichons pointent droit vers moi mais ça ne m'excite pas du tout. J'ai envie qu'elle les remballe et qu'ils dégagent de ma vue.

J'ai beau fouiller ma mémoire, je ne me rappelle pas l'avoir baisée, je ne me rappelle pas l'avoir invitée ici. C'est flippant, je ne me souviens de rien !

— Tu dois partir, je lâche.

Elle se frotte les yeux en bâillant et me regarde sans comprendre.

— Quoi ?

— Tu. Dois. Par-tir. Main-te-nant, j'articule lentement.

Elle fronce les sourcils et grommelle :

— Tu plaisantes, hein ? Il est 6 heures du matin.

Justement ! Il faut qu'elle parte avant que tout le monde se lève. Putain, qu'est-ce que j'ai foutu ?

— Je m'en branle. Il faut que tu bouges.

Mon ton est sans appel. Lydia me lance un regard qui en dit long sur son incompréhension. Elle se lève péniblement, les yeux humides. Elle ne va pas chialer quand même ? Je ne ressens aucune pitié pour elle.

Jamais une fille n'a mis les pieds chez moi et il faut que la première soit la pire relou de service ! Putain, je m'en veux à mort, j'ai envie de me gifler. J'étais trop défoncé pour réfléchir et j'ai fait n'importe quoi. Je ne pouvais pas baiser n'importe quelle autre pimbêche chez Dan, comme d'habitude ?

Lydia ramasse ses affaires en reniflant.

— Tu es vraiment un enfoiré !

Apprends-moi quelque chose que je ne sais pas.

Elle enfile ses bottines, sa jupe extra-supra-mini-format et son micro-débardeur. Sans soutif. Putain, il n'y a quasiment pas de tissu pour couvrir son corps, elle est vraiment vulgaire.

Je grimace en la regardant.

— Passe par la fenêtre.

— Pardon ? s'étrangle-t-elle.

— Passe. Par. La. Fe-nêtre.

Elle est vraiment débile ou elle fait semblant de ne jamais comprendre ce que je lui dis ?

— Julian, on est à au moins dix mètres du sol !

— Cinq.

Elle me dévisage. Je devine la colère qui agite son esprit.

— Je. Ne. Pa-sse-rai. Pas. Par. Ta. Pu-tain. De. Fe-nêtre. C'est clair ?

Je souffle d'exaspération et remonte m'allonger sur mon lit.

— Dégage de ma vue, c'est tout ce que je veux. Et tu n'as pas intérêt à faire le moindre bruit, je te préviens.

Je lui adresse un regard d'avertissement. Elle laisse échapper un hoquet choqué et attrape son sac à main et son manteau. Elle tourne les talons et, arrivée devant la porte, elle fait pivoter lentement la poignée. Elle prend une profonde inspiration et me jette un regard plein de rage par-dessus son épaule.

— Tu es quelqu'un de foncièrement mauvais. Regarde-toi, tu es juste pitoyable et pathétique.

Je serre les dents et me force à ne pas bouger, histoire de ne pas dire ou faire quelque chose que je risquerais de regretter.

Sur ces mots, Lydia sort de ma chambre. Je l'entends descendre discrètement l'escalier et fermer la porte d'entrée derrière elle. Nerveux, je reste sur le qui-vive. Tous les sens en alerte, je guette le moindre bruit de pas ou de voix. Après quelques minutes, le silence est toujours absolu. Je respire. J'ai évité un drame. En ramenant une nana à sauter chez moi, j'étais bon pour être mis à la porte. S'il y a bien une chose que ma mère n'accepterait pas, c'est que je fasse de chez elle un baisodrome.

Je m'assieds au milieu du lit et prends ma tête entre mes mains. Là, ça devient du grand n'importe quoi. Je ne me contrôle plus. Lydia, je me suis encore envoyé Lydia ! Je n'aurais jamais dû me retrouver dans cette situation ; à avoir à la jeter de la sorte.

Tout ce que mon esprit sait de façon sûre, c'est qu'hier soir Amanda m'a mis hors de moi une nouvelle fois et que je me suis jeté sur l'alcool. Encore une fois. J'ai bu au point de ne plus être conscient de mes actes et de faire l'exact contraire de ce dont j'ai besoin. Ça ne va plus. Je ne peux pas continuer sur cette pente. Je dois ignorer Amanda ; à chaque fois qu'on se parle, ça finit mal. Et je dois arrêter d'être dans l'excès avec l'alcool. Les cuites, les fins de soirées à me retrouver déchiré, les lendemains sans le moindre souvenir de la veille, c'est terminé. Les filles que je me taperai désormais, ce sera l'esprit clair. J'ai pris ma décision. La cuite de cette nuit était celle de trop.

Penser que j'ai sauté Lydia me donne la gerbe, il faut que je me lave. C'est en tanguant que je m'extrais du lit. Je traîne ma carcasse jusqu'à la salle de bains. Je fais face au large miroir et reste choqué. J'ai une vraie tête de zombie : les yeux bouffis injectés de sang, le teint livide. J'agrippe mes mains au lavabo pour m'empêcher de vaciller. J'ai les oreilles qui sifflent et mal dans tout le corps. Je n'en peux plus de ressentir ça.

Je ferme les yeux quelques secondes, puis les rouvre et me réfugie sous la douche. J'ouvre les robinets et reste debout, immobile, la tête basse sous le jet puissant du pommeau. L'eau chaude claque avec vigueur sur mes épaules et calme la tension qui les raidit. Je me savonne avec acharnement, puis je laisse la cascade tomber sur mon corps et emporter toute la saleté et mes mauvaises pensées. Je puise de l'eau dans mes mains en coupe et la fais ruisseler sur mon visage. Et je fonds en larmes.

Je tombe par terre, comme si mes jambes avaient cédé sous un poids trop lourd à porter. Je me recroqueville et me colle contre le mur carrelé. Je ferme les paupières de toutes mes forces. Je suis perdu. Complètement et irrémédiablement perdu. J'ai honte de moi, je me dégoûte tellement. Je me déteste même. Il y a un an, ma vie était parfaite. J'étais proche de mes parents et de mon frère, j'étais bien dans ma peau. Je ne me reconnais plus depuis le suicide de mon père. J'ai l'impression qu'il m'a tué en même temps qu'il a pris sa propre vie. Mon corps est toujours là mais mon esprit est aux abonnés absents. Je ne suis plus qu'une coquille vide.

Des larmes chaudes coulent sur mes joues. Je peine à calmer ma respiration saccadée. Je me force à prendre une grande inspiration et expire de toutes mes forces avant de m'essuyer rageusement le visage. Je sors de la cabine de douche et me drape dans une serviette. L'air de la salle de bains est saturé de vapeur chaude. La buée a recouvert le miroir, je l'efface d'une main et examine mon reflet.

Je n'aime pas ce que je vois. Un gars répugnant qui baise tout et n'importe quoi. Sans limites et sans respect. Sans amour-propre et sans envie. Sans projet et sans avenir. Un gars qui a baissé les bras face aux difficultés de la vie, incapable de faire quoi que ce soit de positif de sa souffrance. Je me jette un regard noir. *Toi, je ne t'aime pas. Toi, je te hais.*

Je retourne dans ma chambre et m'étends nu sur mon matelas, les yeux rivés à l'écran sombre de ma télé comme si je m'attendais à ce qu'il s'allume tout seul. Je me roule en boule sur le côté et reste longtemps avec mes pensées en vrac dans ma tête. Finalement, la fatigue a raison de moi et le sommeil m'emporte.

CHAPITRE 17

Amanda

Aujourd'hui, je n'ai pas le moral. Je broie du noir. J'ai le mal de ma mère. Depuis qu'elle est partie pour l'Asie, j'essaye d'ignorer la sensation de vide qui m'assaille mais, en venant juste de passer une heure au téléphone avec elle, je ne peux que regarder les choses en face : elle me manque cruellement.

Dès le lendemain de son arrivée au Japon, j'ai voulu lui faire payer son choix de vivre loin de nous. J'ai ignoré tous ses coups de téléphone. Chaque jour. Pendant quatorze jours. Jusqu'à aujourd'hui. Quand son nom s'est affiché sur l'écran, je n'ai pas pu rejeter l'appel une nouvelle fois. J'ai ravalé la boule coincée dans ma gorge et j'ai décroché. Durant les cinquante-sept minutes et vingt-deux secondes qui ont suivi, j'ai pleuré. Des larmes silencieuses ont coulé abondamment sur mes joues alors que ma mère m'expliquait combien elle était heureuse à Tokyo mais aussi combien Alexis et moi lui manquions, combien elle se sentait incomplète sans ses enfants et combien prendre la décision de nous quitter lui avait déchiré le cœur. Je ne sais pas si cette conversation m'a fait plus de bien ou plus de mal. J'ai pris conscience que mon père était à l'origine de cette séparation et que ma mère s'était éteinte en apprenant la nouvelle, anéantie quand elle avait compris que son rêve de finir ses jours avec lui s'était évanoui. Envolé aussi vite que s'il n'avait jamais existé. En partant loin de lui, elle voulait rendre du goût et de la saveur à la vie. Pour moi, ce n'était que de l'égoïsme mais je ne sais plus quoi penser maintenant.

J'essuie mes joues d'un revers de main et pose mon téléphone sur mon lit. Du bout des doigts, je tapote sous mes yeux pour enlever les dernières larmes. Je me poste devant la fenêtre et j'observe le jardin baigné des faibles rayons du soleil hivernal, et derrière, la tour Eiffel. Hier, la neige a commencé à tomber à gros flocons et elle n'a pas cessé de toute la nuit. Ce matin, le sol est recouvert d'un épais tapis blanc. Un vrai paysage de carte postale.

Je descends dans la cuisine, l'endroit est désert. Seul le tic-tac de l'énorme horloge résonne dans le vide. On a beau être le week-end, les adultes travaillent. Eveline tente d'être présente, ça se voit, malgré son quotidien chargé entre le cabinet et le bénévolat qu'elle fait au Secours populaire. Mon père, lui, n'a pas l'air de s'encombrer de telles considérations. Mais, bien sûr, il a de bonnes excuses ; son boulot est prenant et la recherche de notre futur appartement occupe tout son temps libre. Blablabla. Il nous évite, mon frère et moi, c'est aussi simple que ça. Qu'il assume au moins.

Comme je l'avais prédit, Alexis s'est fait un nouvel ami : quand il n'est pas au collège, il est constamment collé à Owen. Je suis contente pour lui mais je regrette notre complicité d'avant.

Quant à Julian, ce cher Julian, depuis notre dispute en pleine nuit au début de la semaine, nous ne nous sommes quasiment pas vus et, le peu de fois où il nous est arrivé de nous croiser, nous nous sommes ignorés. Royalement. Comme si, d'un accord tacite, nous étions convenus de devenir invisibles aux yeux de l'autre. C'est sûrement mieux ainsi, nous évitons les problèmes.

En attendant que le café coule, je m'installe sur un tabouret et je jette un œil par la baie vitrée. Alexis et Owen se battent en riant à coups de boules de neige. Je reste à les observer en prenant mon petit-déjeuner. Alors que je me surprends à envier leur bonne humeur, je réalise qu'il ne tient qu'à moi de profiter de l'instant présent. Cet immense jardin maculé de blanc est juste incroyable, j'aurais rêvé pouvoir y jouer étant plus jeune. Alors pourquoi ne pas le faire maintenant ? Je ne sais pas pour combien de temps encore je vais séjourner ici.

J'enfile mes bottes et mon manteau. J'enroule mon écharpe autour de mon cou et, incapable de trouver mes gants, je sors sur le perron. Une brume floconneuse m'entoure et mon souffle flotte dans l'air comme de la fumée. Mes cheveux volent au vent et je les retiens d'un côté de mon cou. Je laisse courir mon regard sur les branches dénudées des arbres où s'amasse une pellicule blanche. Je marche dans la neige qui crisse sous mes pieds et, telle une enfant, je regarde avec délice les traces laissées par mes pas. Je m'arrête pour dessiner des ronds de la pointe de ma chaussure. Je me sens si bien, je ne pense plus à rien.

Alexis agite la main pour me faire signe de le rejoindre. Il a le nez rouge à cause du vent glacé qui s'est levé, des flocons s'accumulent dans les vagues de ses cheveux et ses joues sont rose vif. Il est hilare, plongé dans la neige. Il ne fait clairement pas le poids face à un Owen déchaîné. Il est grand temps que je m'interpose.

Je me dirige d'un pas rapide vers les garçons quand je sens une main se poser sur mon épaule. Je me retourne, Julian me fait face. Un sourire étire lentement ses lèvres.

— Tu vas à la rescousse de ton frangin ?

Instinctivement, je lui répondrais bien que ce ne sont pas ses oignons mais j'opte pour le calumet de la paix. Pas la peine de lancer une énième dispute. Et intérieurement, je suis heureuse qu'il m'adresse la parole malgré l'animosité qui règne entre nous.

— Je ne vais pas le laisser se faire martyriser par le tien, je lui réponds en souriant.

— C'est le rôle de l'aînée, admet-il.

À cet instant, un projectile passe en sifflant juste au-dessus de nos têtes. Je fais volte-face fissa et fusille du regard Owen et Alexis qui se bidonnent.

— C'est l'œuvre de qui ?

Ils se pointent tous deux du doigt en riant de plus belle.

— Allez, les mecs, on est courageux, on se dénonce, je m'écrie en mettant mes poings sur les hanches, histoire de simuler colère et impatience. Owen, c'est toi, hein ?

Je m'attends à ce qu'Alexis abonde dans mon sens mais d'un coup, avant que j'aie le temps de comprendre, une avalanche de neige s'abat sur Julian et moi. Malgré ma surprise, je reprends vite mes esprits et me dépêche de tasser la neige entre mes mains pour l'envoyer sur Alexis qui la prend en pleine figure. J'éclate de rire. Julian pétrit aussitôt une boule et s'attaque à son petit frère.

Naturellement, les deux équipes s'organisent et, avec Julian, nous traquons nos cadets. Owen et Alexis s'enfuient en courant tandis que les projectiles fusent dans tous les sens. Nos rires mêlés à nos cris de joie et nos hurlements retentissent dans le jardin. La bataille fait rage.

Subitement, Julian me fait face, prêt à bondir. Une lueur s'est allumée dans son regard, ses cils sont mouchetés de poudre blanche et son visage est rougi par l'air glacé. Son sourire est franc et lumineux, ses adorables fossettes apparaissent. *Mayday!* Mon cœur va lâcher tant je le trouve magnifique à cet instant.

Il me bloque le passage. Je fais quelques pas pour lui échapper mais la neige colle à mes semelles et freine ma progression. Julian m'attrape par le manteau avant que je ne sois hors de sa portée et m'attire vers lui. J'enfonce mes poings dans son torse aux muscles d'acier et mon cœur s'emballe quand il se penche en avant et me fait basculer sur le sol glacé. Je me retrouve allongée par terre, tordue de rire. Je suis gelée jusqu'aux os mais je ne partirais de là pour rien au monde ; ce fou rire fait trop de bien !

Julian est contre moi, son haleine mentholée me caressant le visage. Je respire son odeur, il sent tellement bon… Il s'autorise un regard furtif sur ma bouche puis il remonte vers mes yeux.

Les joues en feu, je reporte mon attention sur mes jambes pour voir comment me libérer. Alors que je me tortille, Julian attrape ma main. Je ne la retire pas. Le contact de sa peau avec la mienne suffit à m'envoyer une décharge électrique dans tout le corps. Ses lèvres effleurent mon oreille et mon corps entier se couvre de chair de poule. Je me sens pleine d'émotions contradictoires. J'ai envie de le repousser et de l'embrasser en même temps. *Moi ? L'embrasser ?* Il faut que je me calme ! Une petite bataille de boules de neige et voilà que j'oublie le connard qu'est Julian. Je pense alors à toutes ces filles qui se perdent dans son regard et dans ses bras, à toutes ces filles qui, en un claquement de doigts, se jettent dans son lit. Mais moi, je ne fais pas partie de ces filles-là. Ja-mais ! Je repense aussitôt à la Barbie qu'il a ramenée dans sa chambre et repousse Julian d'un coup sec. Je me relève alors qu'il hausse un sourcil. J'essuie les larmes de mon fou rire soudain éteint. Le froid me glace les mains et me gèle les oreilles. Mon pantalon est imbibé d'humidité, j'en tremble.

— Les gars, je déclare forfait ! je crie à l'intention d'Alexis et Owen qui se sont cachés quelque part dans l'immense espace.

Je fais demi-tour et rentre dans la maison en vitesse. Julian en reste pantois, planté au milieu du jardin. Dès l'entrée, je me débarrasse de mes chaussures qui tombent sur le sol avec un bruit sourd et de mon manteau, laissant une petite flaque de neige fondue à mes pieds. Je monte l'escalier en silence, des gouttes s'échappant de mon pantalon mouillé.

En arrivant sur le palier, je me retourne et aperçois Julian en bas des marches. J'essaye d'ignorer l'augmentation soudaine de mes pulsations cardiaques. Il s'apprête à me dire quelque chose mais je suis déjà entrée dans la chambre, la porte se refermant derrière moi.

Je ne sais pas comment, ni pourquoi, Julian me rend si émotive. Son comportement m'exaspère, ses paroles me touchent, son contact m'électrise. Qu'elles soient bonnes ou mauvaises, ce mec crée tout un tas de sensations chez moi. Et c'est franchement déstabilisant.

CHAPITRE 18

Julian

Putain, être collé contre elle a fait monter un truc en moi, un truc que je n'ai jamais ressenti auparavant. J'ai la paume des mains toute moite en y repensant.

J'allais partir courir quand je l'ai vue dans le jardin. J'avais prévu de l'ignorer comme je me suis employé à le faire depuis le début de la semaine mais en quittant le porche de la maison, en la voyant radieuse avec nos frères qui s'amusaient comme deux enfants, je n'ai pas pu m'empêcher de me joindre à la fête et d'aller lui parler. Quitte à voir la discussion tourner au vinaigre comme c'est le cas depuis qu'on se connaît. À ma grande surprise, elle m'a accueilli avec un sourire qui est resté ancré en moi jusqu'à maintenant. Quand je l'ai fait chuter sur le sol enneigé et que l'on s'est retrouvés l'un contre l'autre, je n'ai pas pu détacher mon regard de son visage, captivé par tous ses petits grains de beauté. Mon cerveau était comme en arrêt sur image et je suis incapable de dire ce que j'aurais fait si elle ne s'était pas enfuie. Cette fille me met dans des états que je ne m'explique pas.

Je remonte du sous-sol où je passe toujours plus de temps à m'acharner sur chacune des machines, bien heureux de ressentir les premiers effets de mon sevrage récent d'alcool. Moins de tequila égale meilleurs résultats.

Hors d'haleine, j'essuie mon visage suant avec le bas de mon tee-shirt imbibé de transpiration. Quand j'entre dans la cuisine, Amanda est là et sacrément bien habillée. Je contemple sa robe moulante qui lui arrive à mi-cuisses et mon regard bute sur ses jambes. Ses cheveux blonds dorés cascadent librement dans son dos. Elle est au téléphone, devant le frigo ouvert. Hormis la porte tapissée d'une rangée de cornichons et autres condiments, toutes les étagères sont vides. Amanda referme le frigo d'un coup d'épaule et ouvre les placards, parcourant du regard les conserves. Je reste immobile, à savourer la vision de son corps en mouvement.

— Oui, je suis prête, dit-elle à son interlocuteur. Je vais juste manger un truc d'abord, enfin si j'arrive à trouver quelque chose… Non, ils ne sont pas là… Je n'en sais rien, au boulot peut-être ?

— Personne ne fait les courses en ce moment, il ne faut pas s'étonner qu'il n'y ait rien à bouffer, je lâche en m'appuyant contre l'encadrement de la porte.

Amanda sursaute et se retourne. Elle salue la personne au bout du fil avant de raccrocher et de pianoter sur son écran.

— Tu sors ? je demande.

Elle lève les yeux sur moi et je remarque aussitôt que tous les grains de beauté de son visage ont disparu sous une épaisse couche de maquillage. Dommage. Ça lui donne vraiment un truc en plus. Un truc très… personnel. Peu commun.

Elle pince sa jolie bouche généreuse soigneusement recouverte de gloss rosé. Hum, je prendrais bien ses lèvres entre les miennes pour les sucer comme des bonbons. *Concentre-toi sur autre chose, mec !* Je frotte ma nuque avec embarras tandis qu'elle fronce les sourcils.

— Tu es bien agréable aujourd'hui. Que me vaut cette soudaine sympathie ?

— Je peux te retourner la question. Tu me parles aussi, je lui rétorque.

Elle esquisse un petit sourire et me jauge avec curiosité.

— Je vais à une soirée chez ton ami Dan, si tu veux tout savoir.

Ami ? Je n'utiliserais pas ce terme-là.

Je me crispe et croise les bras sur mon torse.

— Vraiment ? Pourquoi ?

Elle soupire longuement en levant les yeux au plafond.

— Tu ne vas pas me faire le même numéro que lundi dernier ?

Chaque fois que je me suis retrouvé chez Dan cette semaine, j'ai guetté Amanda avec angoisse et croisé fortement les doigts pour qu'elle ne s'y pointe pas. Il faut dire que les deux soirées où je l'y ai vue se sont aussi mal terminées l'une que l'autre. Et, honnêtement, je redoutais de la voir avec le maître des lieux. Comme il ne se vantait de rien et que je l'ai vu en compagnie d'autres nanas, j'ai fini par me renseigner auprès de Tristan, la commère de la bande, toujours au fait des dernières infos. J'ai appris qu'Amanda était partie rapidement lors de la dernière soirée – bien trop rapidement pour que Dan ait pu tenter quoi que ce soit. Il s'était donc focalisé sur une autre. Faut dire que ce ne sont pas les candidates qui manquent.

— Quel numéro ? je grogne. Tu devrais me remercier de te mettre en garde contre ceux qui ne feront qu'une bouchée de ton petit fessier.

Elle me répond sur un ton sec :

— Merci pour ta sollicitude mais je n'ai pas besoin de chaperon.

Je sens qu'une nouvelle embrouille se profile à l'horizon. L'accalmie aura été de courte durée.

— Toi, tu te tapes bien des bimbos sous ce toit, est-ce que je viens te faire la morale ? ajoute-t-elle, après une légère pause.

— Ex-excuse-moi ? je bégaye.

Merde, comment elle sait ça ? Je pensais que personne ne s'était réveillé quand Lydia s'est barrée. Putain, ça craint ! J'étais vraiment arraché cette nuit-là. Encore maintenant, je n'ai aucun souvenir de mon retour chez moi. La mémoire ne me revient ni par flash ni par bribes. Rien. Cette cuite est définitivement élue « pire cuite de toute ma vie ».

Amanda se passe rapidement la main dans les cheveux.

— À moins qu'elle ne soit ta petite copine ?

L'intonation de sa voix est hésitante. Je tousse, ou plutôt je m'étouffe.

— Lydia ? Certainement pas !

— Ah, tu connais son prénom ? s'étonne-t-elle. J'avais entendu dire que tu ne connaissais pas le nom des filles dont tu retires la culotte.

Touché. Je ne peux pas nier ce fait.

Je m'efforce de garder un air sévère tandis qu'elle me dit d'un ton sarcastique :

— Dommage pour Lydia, moi qui me faisais une joie de la revoir. Elle est si charmante.

J'ouvre la bouche pour l'interroger sur les circonstances de sa rencontre avec le pot de glu mais Amanda ne me laisse pas le temps de formuler un seul mot :

— Bien que j'apprécie cette petite conversation, je dois y aller. Daniele m'attend.

Je déglutis. Difficilement. Ce bon vieux Dan. Toujours dans les parages. Elle ne va pas seulement *chez* lui, elle y va *pour* lui. Ça me fait chier qu'elle le rejoigne. Genre chier à mort.

Je me tiens toujours debout dans l'encadrement de la porte. Je me déplace légèrement, de façon à me positionner en plein milieu du passage et à l'obstruer. Je vois Amanda ronchonner. Impossible pour elle de sortir de la cuisine. Elle se dirige lentement vers moi et je fais subitement de même. Je m'arrête à quelques millimètres d'elle sans la toucher. Ce moment semble durer une éternité. Son regard à lui seul suffit à éveiller tous mes sens.

Crispée par ma proximité, elle pose sa main à plat sur mon torse et tente de me repousser.

— Julian, grommelle-t-elle. Je dois y aller.

— Bonne soirée alors, je marmonne sans bouger.

Amanda fait un pas de côté, réussit à me contourner et quitte la pièce. Je ne sais plus quoi penser ni quoi faire. Je redoute de la retrouver là où nos embrouilles prennent toujours des proportions ingérables mais il est hors de question que je fasse une croix sur ma soirée à cause d'elle. Amanda espère sûrement que je lui laisse le champ libre, lui permettant de se jeter tranquillement dans les bras de Dan, mais elle peut toujours courir.

Amanda m'exècre pour tout ce que je représente : le collectionneur de nanas, consommateur boulimique de plans baise et buveur invétéré, mais avec Dan, ce foutu Dan, qui cache si bien son jeu, elle tombe dans le panneau. Il n'y a pas à dire, ça me tord l'estomac.

CHAPITRE 19

Amanda

Cette soirée est en tout point similaire aux deux précédentes : la musique hurle, les gens boivent, des couples se pelotent dans chaque coin et des groupes jouent à des jeux d'alcool. Si je n'étais pas ici pour une raison bien précise, j'éprouverais sûrement une certaine lassitude face à ce spectacle.

Au fond de moi, je suis ravie, excitée même à l'idée de revoir Daniele. Je ressens un mélange d'euphorie et d'appréhension. J'ai le sentiment que ce garçon est quelqu'un de bien, même si Julian s'obstine à vouloir me convaincre du contraire. Mais j'ai cerné Julian ; c'est le genre de gars qui veut être au centre de l'attention, qui n'aime pas que l'on s'intéresse à d'autres que lui et qui veut décider de tout. Et notamment de ce que je fais moi. Il va devoir comprendre qu'être colocataires pour un temps ne lui donne aucun droit sur moi et surtout que l'hôtel particulier de Daniele a beau être son aire de jeux, il ne lui est pas réservé. Je m'y rendrai autant de fois que j'en aurai envie. Même si je redoute de tomber sur lui. Car je ne peux pas cacher que, malgré mes efforts et tout le mal que je pense de ce crétin de Julian, je n'arrive pas à oublier ce que j'ai ressenti ce matin quand nous étions l'un contre l'autre dans la neige.

À chaque fois que je revis la scène, des frissons courent sur ma peau. Pourquoi faut-il que ce mec insupportable me fasse autant d'effet ? C'est exaspérant ! Et tomber nez à nez avec lui dans la cuisine alors que son tee-shirt humide de transpiration lui collait à la peau et épousait à merveille le galbe de ses muscles m'a achevée. J'ai fait de mon mieux pour ne rien laisser paraître de mon trouble, sachant pertinemment qu'aux yeux de Julian je ne serais qu'une fille de plus à succomber à son charme. Et une, en plus, avec qui l'entente n'est pas au beau fixe.

Elsa est assise sur un canapé et discute avec un grand brun tout mince dont je n'ai pas retenu le prénom. Natalie ne s'est pas jointe à nous. Ce week-end, elle doit jouer la baby-sitter pour ses sœurs et elle est dégoûtée. Elle est même au summum de la déception car elle mourrait d'envie de venir. J'ai tenté de savoir qui avait bien pu lui taper dans l'œil pour qu'elle réagisse ainsi mais elle m'a assuré qu'elle voulait simplement s'éloigner de chez elle et échanger une ambiance morose contre une festive. Je lui ai promis qu'on se verrait demain et qu'Elsa et moi nous appliquerions à lui raconter les moindres détails de notre soirée. Cependant, je sens que je vais devoir m'en charger sans attendre car Natalie, s'ennuyant ferme, me bombarde de textos depuis que je suis arrivée. Mes pouces tapent frénétiquement sur l'écran :

Moi – *Absolument rien d'intéressant ne s'est passé depuis mon dernier texto, il y a 8 minutes. Je te tiens au courant quand quelque chose se passe VRAIMENT.*

Et j'enfouis mon téléphone au fond de mon sac.

Je me faufile parmi la foule d'étudiants éméchés jusqu'à la cuisine pour me servir un verre. Mon regard survole les différentes étiquettes. Tequila, vodka, gin, rhum, whisky. Il y a tellement d'options que je ne sais pas quoi prendre. Il faut dire qu'habituellement les fêtes auxquelles je me rends ne se passent pas en compagnie d'autant d'alcools forts. Et, comme je n'oublie pas ma cuite lors de ma première venue ici, je vais réfléchir à deux fois à mon choix. Pas question de finir ivre morte ce soir.

Mon regard s'arrête sur une ligne de petits gobelets transparents remplis de contenus multicolores. J'appuie mes coudes sur le comptoir et me penche vers l'avant pour les scruter quand je sens une présence dans mon dos.

— Bonsoir, princesse.

Je fais volte-face si brutalement que je trébuche, je m'emmêle littéralement les pinceaux et je perds complètement l'équilibre. Argh… Je n'ai jamais autant haï mes jambes qu'à cet instant ! Daniele recule d'un pas et me retient par la taille juste avant que je ne lui rentre dedans. Je tombe dans ses bras et me retrouve collée à sa poitrine. Daniele étant à peine plus grand que moi, notre position lui offre une superbe vue plongeante sur mon décolleté. Il n'a qu'à baisser les yeux de quelques degrés pour profiter du spectacle. Chose qu'il ne fait pas. Il rive son regard dans le mien et me sourit de toutes ses dents. Quelques mèches blondes et bouclées lui tombent sur le front, cachant partiellement ses sourcils noir d'ébène qui font ressortir ses yeux bleu très clair. Je crois que je peux marquer cet instant d'une pierre blanche ; j'ai succombé au charme ô combien envoûtant de Daniele Debussi.

— Salut, Daniele, je finis par lui répondre, un petit peu confuse et légèrement mal à l'aise tout de même.

Il me serre étroitement contre lui.

— Il faut vraiment que tu m'appelles Dan ou Dani, me chuchote-t-il à l'oreille. Il n'y a que mes parents et les profs qui m'appellent Daniele.

Il écarte légèrement son corps chaud du mien pour m'embrasser sur les deux joues.

— Euh, c'est noté, Dan, je bafouille.

Il m'adresse un nouveau sourire d'une blancheur virginale. Cette bouche ne l'est cependant clairement pas. Bon Dieu, pourquoi je pense aux parties vierges de son corps ? Mon cerveau est sens dessus dessous, là.

Dan dégage une mèche de son visage.

— Tu vas mieux ?

J'ai une seconde d'hésitation avant de me rappeler que j'avais prétexté un coup de froid pour partir à la hâte de chez lui, il y a quelques jours. Je hoche la tête en souriant.

— Tu es sublime, Amanda.

J'articule un « merci » gêné. Les moqueries que j'entends sur ma grande taille et la maigreur de mes jambes depuis plusieurs années résonnent constamment dans un coin de ma tête. Difficile dans ces conditions de parvenir à être à l'aise avec mon corps. Quant à mes grains de beauté, ils ne me facilitent pas la vie non plus. J'ai vérifié mon maquillage au moins trois fois avant de partir et, sous le coup du stress, j'ai eu la main lourde sur le fond de teint. Dès que je me touche le visage, j'ai des traces sur les doigts. La classe.

Dan prend un petit verre en plastique devant moi, renverse la tête en arrière et avale le contenu d'un trait.

— Tu as soif ?

Il en prend un deuxième qu'il me tend.

— C'est de la gelée à gober, ça vient des États-Unis.

Je jette un œil sur la substance gluante bleue avant que mon regard ne revienne sur Dan. Il me fixe intensément. Ça me trouble.

— Tu peux y aller, c'est pas fort du tout.

Exactement ce qu'il me faut, dans ce cas !

J'accepte la boisson et ouvre la bouche, laissant la matière gélatineuse glisser dans ma gorge. La sensation est bizarre mais pas désagréable. Le goût est lui très bon, aussi sucré qu'un bonbon.

— Alors ?

— C'est excellent, ce truc, je lui réponds en me léchant les babines.

Il étouffe un petit rire.

— Rien de tel qu'un shooter de gelée ! Ça passe tout seul et ça rend joyeux.

Dan plante ses yeux dans les miens et me dit :

— J'avais très envie de te revoir.

Je dois faire une tête bizarre car il glousse.

— Je suis sérieux.

Nerveusement, je fais rouler le gobelet entre mes paumes.

— C'est co-cool, je dis en bafouillant.

C'est cool ? C'est tout ce que je trouve à lui répondre ? Je suis lamentable.

Dan incline la tête avant de m'effleurer le menton de la pointe de l'index. *Pas touche !* j'ai envie de hurler, de crainte que son doigt ne se retrouve maculé de fond de teint. Mais ouf, il s'en sort indemne.

— J'aime les filles sympas et naturelles comme toi.

Je détourne les yeux en sentant la chaleur me monter aux joues. *Naturelle ?* D'ordinaire peut-être, mais en ce moment je n'ai pas cette impression.

Il me prend la main.

— On va danser ?

J'ai l'habitude de danser avec mes amies en soirée mais pas avec un bel étudiant qui ne me laisse pas indifférente. J'ai besoin de soutien ! Je cherche Elsa des yeux, elle est toujours avachie sur le canapé en compagnie de… Bastien ? Bruno ? Brice ? Enfin, du même brun que tout à l'heure. Elle ne me prête pas la moindre attention. Je sais pertinemment ce qu'elle penserait, et me dirait, en me voyant : Profite ! Je reporte mon attention sur Dan qui me regarde de ses grands yeux bleus et passe sa main libre dans ses cheveux en bataille. *Allez, arrête de te poser mille questions !* je m'intime.

Je souris avant d'attraper un autre shooter et de le gober. Je crois que j'ai trouvé ma boisson préférée. Je me dandine sur la musique et me focalise sur Dan. Je ne vois plus rien d'autre que ses yeux azur et le sourire qui erre sur sa bouche fine. Jusqu'à ce que mon regard croise celui de Julian qui passe la porte.

Il se fige, les bras croisés sur son torse, rendant ses pectoraux encore plus proéminents. Son regard froid et vide me laisse une sensation bizarre. Il rompt le contact visuel le premier et disparaît de ma vue. Dan lève un sourcil en me regardant. Avec sa mèche de cheveux sur le front, il est vraiment attendrissant. Je lui fais signe que tout va bien et continue à danser. Julian ne me gâchera pas la soirée. Hors de question !

Je fais signe à Dan que je vais me chercher un verre. Il me demande de ne pas bouger et me dit qu'il s'en charge. Il revient avec deux shooters, un pour chacun de nous.

L'effet relaxant de l'alcool s'étend rapidement à tous mes membres, je me sens légère. Dan se rapproche et nous finissons collés l'un à l'autre, ma tête posée contre son épaule, dansant presque un slow alors qu'une chanson rythmée de David Guetta pulse des enceintes.

Quand je relève la tête, mon regard croise à nouveau celui de Julian. Il est enfoncé dans un fauteuil, une plantureuse blonde assise à califourchon sur lui, lui mordillant une oreille. Il a une main posée sur ses fesses et l'autre agrippe un verre, sans aucun doute plein d'alcool. La fille ondule sur ses cuisses, je trouve cela abominablement vulgaire. C'est même franchement écœurant.

Julian ne me lâche pas du regard. Si je n'étais pas aussi sûre qu'il me déteste, je penserais qu'il essaye de me rendre jalouse, ou un truc du genre.

J'entends Dan me suggérer à l'oreille :

— Trouvons un endroit plus calme pour discuter.

J'opine du chef. Je veux zapper Julian de ma vue. Dan plaque une main sur mon dos et me guide vers l'escalier. En traversant la pièce, je croise le regard d'Elsa qui lève les deux pouces en signe d'approbation. Je ne sais pas quelle tête je fais mais j'imagine que je dois avoir l'air constipé car elle me fait signe d'inspirer une grande bouffée et de souffler. Pourtant je me sens très détendue. Ces shots sont absolument merveilleux !

Je grimpe les marches de l'escalier, m'accommodant du monde qui s'y bouscule. En arrivant sur le palier de l'étage, une voix me fait sursauter :

— Amanda !

Je regarde par-dessus mon épaule. Julian franchit la dernière marche. Super, il nous a suivis.

— Qu'est-ce que tu veux ? demande Dan sans daigner se retourner.

— Je lui parle à elle, répond rudement Julian.

Il ne manque vraiment pas d'air ! Je ne peux pas être tranquille pour une fois ?

Dan fait volte-face et brandit les bras en l'air comme s'il rendait les armes.

— Du calme, gars.

Julian fait une demi-tête de plus que Dan et sa stature est bien plus imposante. Et puis, Julian est un rustre alors que Dan est un gentleman ! Je me mords la langue, pas question que je me lâche comme la première fois où je suis venue ici. J'ai promis à Elsa : fini les insultes. Que du calme, de l'amour et de la sérénité…

— Je peux te parler ? insiste Julian, l'air grave.

Bon sang, j'ai envie de le trucider ! Au diable le calme et toutes ces conneries ! À chaque soirée, il faut qu'il vienne s'imposer, c'est dingue ! Je ne suis pas loin de croire qu'il fait une fixette.

— Non, je lâche. Dan, on y va ?

— C'est toi qui décides, princesse, s'exclame Dan en arborant un petit sourire et en me prenant la main.

Julian nous regarde l'un après l'autre, puis ses yeux se posent sur nos mains entrelacées.

— Non ! s'écrie-t-il, me faisant sursauter une nouvelle fois.

— Mec, est-ce que tout va bien ? s'inquiète Dan. Tu n'as pas l'air dans ton état normal. Tu n'aurais pas encore pris une de ces saloperies de pilules ?

Subitement, l'expression de Julian change. La fureur se lit sur ses traits.

— Ne te fous pas de ma gueule, Dan ! Et Amanda, tu viens avec moi.

— Je crois que la demoiselle a été suffisamment claire sur son souhait de ne pas te suivre.

— Laisse-la tranquille, siffle Julian, les dents serrées, le regard lugubre.

Dan éclate de rire.

— C'est plutôt moi qui devrais te dire ça !

Il pose sa main libre sur l'épaule de Julian et ajoute :

— Mon pote, va te resservir un verre et chope une nana. Ce n'est pas ce que tu fais d'habitude ? Et ça te détend généralement.

Julian se libère de son contact et se rapproche dangereusement du visage de Dan. Moi, je reste muette. Honnêtement, j'ai du mal à comprendre la scène qui se déroule sous mes yeux.

Un grand métisse fait irruption à côté de Julian.

— Jul, viens.

Julian lui lance un regard venimeux.

— Ethan, dégage.

Le ton de sa voix ne présage rien de bon. Dan ne se démonte pas et semble perdre patience.

— Bon, assez rigolé, certains voudraient passer une bonne soirée alors veuillez nous excuser…

Dan laisse sa phrase en suspens. Sa main serrant toujours fermement la mienne, il fait mine d'avancer dans le couloir. Julian vient lui bloquer le passage. À quoi il joue, sérieusement ?

Je réalise soudain le nombre de personnes nous entourant et nous observant.

— Julian, arrête, s'il te plaît, je dis tout bas, gênée par tous ces regards braqués sur nous.

— Je t'assure que tu n'as pas envie que je te laisse partir avec lui, me rétorque-t-il, sûr de lui.

— Bon, Dumont, tu saoules, s'énerve Dan. Dois-je te rappeler que je fais ce que je veux chez moi ? D'ailleurs, ai-je seulement besoin de te rappeler que tu *es* chez moi ? Fais plutôt comme d'habitude, à noyer tes pseudo-soucis dans l'alcool, et va jouer ton énervé ou ton malheureux avec les filles, c'est la technique qui marche, non ?

Julian tripote le bracelet en cuir de son énorme montre, ses yeux sont brillants et ses joues rouges de colère. Je vois tous ses muscles se contracter.

Dan laisse échapper un éclat de rire en secouant la tête. Sans crier gare, Julian se jette sur lui comme une tornade et lui assène une droite en pleine figure. Dan titube sous le choc. Et moi, je reste figée, abasourdie par cette brusque irruption de violence.

CHAPITRE 20

Julian

Ça ne fait même pas une semaine que j'ai décidé de me calmer sur la boisson que je suis déjà retombé dans mes mauvaises habitudes. Décidément, je ne peux pas m'empêcher de me bourrer la gueule quand je suis énervé. Ou obsédé par quelque chose. Et ce soir, je n'arrive à penser à rien d'autre qu'à Amanda. La découvrir dansant avec Dan et son sourire vicelard, cimentés l'un à l'autre, a servi de déclencheur pour reprendre le premier verre. Puis la tequila a coulé à flots jusqu'à ce que je me précipite derrière eux dans l'escalier pour leur barrer la route. En les voyant partir tous les deux en direction de l'étage, j'ai aussitôt eu devant les yeux l'image d'Amanda dans le lit de Dan. Et cela ne pouvait pas arriver. Non, je ne pouvais pas laisser cela se produire.

Amanda n'imagine pas de quoi ce gars est capable, elle n'imagine pas comment il traite les filles. Combien sont-elles, celles qui sont passées dans son lit et dont Dan conserve des photos dénudées sur son téléphone sans qu'elles le sachent ? Il ne se gêne pas pour s'en vanter auprès de ses potes et les montrer sans pudeur. C'est *sa collection personnelle.* Je n'ai aucune envie qu'Amanda s'y retrouve. Moi, je baise peut-être avec un tas de filles mais je ne ferais jamais un truc pareil à aucune d'entre elles.

Amanda n'imagine pas non plus qui distribue, ici, des drogues de toutes sortes. Quelle audace a ce trou du cul de me parler de la dangerosité des pilules alors que c'est lui qui les vend ! Je sais maintenant que j'ai bien pris une de ses merdes le soir où j'ai ramené Lydia chez moi. Quel con !

Dan est un chef de meute, un mâle dominant. Il sait le pouvoir qu'a sa famille et il se sent intouchable. Soit on s'écrase face à lui, soit on se casse. Jusqu'à maintenant, tout ce qu'il faisait, je m'en foutais royalement. J'étais obnubilé par mes problèmes, seul avec mes terribles démons, et j'appréciais son hospitalité qui m'offrait une échappatoire. Mais ça, c'était jusqu'à ce soir. Jusqu'à ce qu'il décide de faire clairement d'Amanda sa prochaine proie.

L'évidence me frappe alors : cette fille compte pour moi. Malgré son attitude agressive, nos prises de tête constantes, je ne sais pas comment ni pourquoi mais Amanda ne me fait pas le même effet que toutes les autres et je n'envisage pas que quelqu'un se joue d'elle sous mes yeux sans rien faire. Je ne peux tout bonnement pas supporter l'idée qu'on la blesse.

Sur le palier de l'étage, face à Dan et Amanda, je n'ai pas la force de masquer mes émotions, je mobilise toute mon énergie pour ne pas démolir le portrait de cet enfoiré. Ma tête est en feu et j'ai la mâchoire crispée à m'en faire mal. Entendre Dan parler de mes « pseudo-soucis » alors qu'il sait tout du suicide de mon père est la goutte d'eau qui fait déborder le vase et quand son rire moqueur éclate, je perds contact avec la réalité. Tout se met à bouger au ralenti autour de moi et la montée d'adrénaline est soudaine. Elle gicle dans mes veines, mon sang bat plus vite et mon poing part en plein dans le visage de Dan. Il me fixe d'un regard haineux en se tenant la joue d'où s'écoule un filet de sang. Je me tiens immobile, le temps est comme suspendu. Après quelques secondes, Dan balance son poing vers mon menton. J'arrive à l'esquiver mais il atterrit dans mon épaule. La douleur me coupe le souffle un instant.

De rage, je lui décoche un coup de pied dans le ventre et il se courbe en deux. Je balaye le sol avec mes jambes et il tombe à la renverse. Je m'élance pour lui shooter dans la figure mais il m'envoie un coup dans la cheville. Une douleur vive me saisit. Dan se redresse et me projette un crachat sanglant au visage. Je l'essuie et il en profite pour me balancer un coup de poing dans la bouche.

Une foule s'est amassée autour du nous, ne perdant rien du spectacle. Certains poussent des cris d'encouragement et d'autres hurlent pour qu'on s'arrête. Des gens tentent de s'interposer mais la violence de notre bagarre est telle que personne ne peut nous séparer sans risquer de se blesser.

Je frappe au hasard et rencontre le vide. Dan esquive mes attaques, sans pour autant réussir à m'atteindre. En le prenant par surprise, j'écrase mon poing sur son sternum. Il a la respiration coupée et bascule en arrière. Il s'écroule lourdement par terre. À mon tour de lui cracher dessus avant d'essuyer du dos de ma main ma lèvre ensanglantée.

Le voir la bouche grande ouverte à la recherche d'air me fait reprendre contact avec le monde qui m'entoure. Je lève les yeux vers les visages qui nous encerclent et mon cerveau reconnecte mes neurones.

Amanda s'est jetée au sol, au chevet de Dan. Quand je croise son regard, la soudaine frayeur qui émane d'elle me frappe de plein fouet. Je voulais la protéger, certainement pas lui faire peur.

J'ouvre la bouche mais, avant que j'aie le temps de dire quoi que ce soit, Ethan m'attrape par le bras d'un geste ferme et me traîne au rez-de-chaussée sans m'adresser un mot.

Sur notre passage, les gens me dévisagent et chuchotent mais rien ne m'atteint. Je ne peux pas effacer de ma tête l'air horrifié d'Amanda.

Dans la cuisine, Ethan ouvre rapidement la porte du congélateur et prend des glaçons. Il les met dans un sac en plastique qu'il me fourre entre les mains et m'ordonne :

— Sors d'ici.

Je le fixe, le regard vide.

— Avant que cela ne prenne d'autres proportions, ajoute-t-il calmement. Il faut que tu partes d'ici.

— Ethan, tu me comprends toi…

Il secoue la tête avec véhémence.

— Je ne peux pas cautionner ce que tu viens de faire.

Il m'escorte jusqu'à la porte.

— Rentre chez toi, Julian. Ça vaut mieux.

Dehors, l'air est froid et piquant. Il n'y a pas un nuage dans le ciel et le vent s'est levé. Des mecs et des filles jouent dans la neige et les plus bourrés s'y sont carrément allongés.

Hagard, je me traîne lentement jusqu'au portail. Avant de le franchir, je lève les yeux en direction du premier étage. Mon regard s'arrête sur la fenêtre de la chambre de Dan. La lumière y est allumée et les rideaux sont tirés. Ma mâchoire se crispe, une montée de rage me submerge à nouveau. Je balance au loin le sac de glaçons et quitte la propriété.

Je rejoins ma voiture et mes poings serrés s'abattent sur le capot. Encore et encore. Chacun des chocs émet un bruit sourd dans le silence de la nuit. Je multiplie les coups à la carrosserie, m'aidant de mes pieds. Je cogne jusqu'à ne plus sentir mes mains. Alors je m'arrête, tremblant, en sueur et en sang, et je m'affale contre la portière.

Des larmes me piquent les yeux et j'ai mal dans tout mon corps. Mais ça n'a pas d'importance. Rien n'a d'importance. Seulement Amanda. Et putain, avec mes conneries, j'ai juste réussi à la jeter encore plus vite dans les bras de ce connard.

CHAPITRE 21

Amanda

— Nao ! Clara ! J'ai dit non. J'ai dit… NON !

Elsa grimace tandis que Natalie rappelle très bruyamment ses sœurs à l'ordre. Nous rejoignons le trio à la sortie du parc de Belleville.

— Salut, les filles ! je m'exclame à l'intention de Naomi et Clara.

Elles me sautent dans les bras.

— Moi d'abord ! crie Naomi.

— Non, moi ! s'époumone Clara de sa petite voix super aiguë.

Elles réservent ensuite le même accueil à Elsa. Je connais ces deux chipies depuis leur naissance et leurs bouilles me font toujours autant craquer. Âgées de six et quatre ans, ces fillettes sont pleines d'énergie et, malgré la tension qui règne chez elles, elles semblent garder leur bonne humeur. Je ne peux pas en dire autant de Natalie. Elle affiche un air particulièrement sinistre. Son visage est fermé, ses traits crispés et ses lèvres serrées.

— Les filles, doucement ! ordonne-t-elle nerveusement.

Ses sœurs continuent de sautiller comme des sauterelles sur la chaussée rendue glissante par le givre et la neige fondue.

— Elles sont intenables depuis qu'on est parties de la maison. Je devrais leur mettre une laisse comme aux chiens, elles se tiendraient tranquilles !

Elsa m'adresse un regard mi-surpris mi-horrifié. Natalie ne nous a pas habituées à ce genre de propos.

— Waouh, Nat, tu es particulièrement sur les nerfs, non ?

Natalie rentre les épaules et enfouit son menton dans le col de son long manteau. Elle tourne le dos à ses sœurs et nous fixe silencieusement, les yeux brillants. Puis elle éclate en sanglots.

— Je n'en peux plus. J'en suis au point de dire des horreurs sur mes sœurs.

Je m'approche et l'enlace. Elsa vient se blottir contre nous.

— Ça va aller, dit doucement Elsa.

Je sens qu'on agrippe le bas de ma doudoune.

— Qu'est-ce que vous faites ? demande Naomi.

Je tourne la tête vers elle et lui caresse les cheveux.

— On fait un câlin. Tu veux venir ?

Elle opine vigoureusement du chef avec un grand sourire qui laisse apparaître plus de trous que de dents. La petite souris a dû faire de nombreux passages sous son oreiller dernièrement.

Elle se glisse entre nous, vite imitée par Clara. Nous restons ainsi un petit moment, sans parler. Natalie desserre son étreinte, m'embrasse tendrement sur une joue et fait la même chose à Elsa.

— Ça me fait du bien de vous voir, les filles.

Elle sèche rapidement ses larmes et attrape chacune de ses sœurs par une main.

— On va boire quelque chose et vous allez me changer les idées en me racontant votre soirée.

Elle se met à marcher en maintenant ses sœurs près d'elle. Nous nous rendons dans un café que nous connaissons bien à deux pas de leur domicile. Nous traversons la terrasse et entrons à l'intérieur de l'établissement, quasiment désert. Derrière le comptoir, Léon, le propriétaire, nous salue chaleureusement et prend nos commandes. Noisette pour Natalie, crème pour moi, chocolats pour Naomi et Clara, et thé glacé pour Elsa. Il n'y a qu'elle pour boire un truc pareil avec le temps qu'il fait.

Nous nous attablons juste derrière la vitrine. Naomi et Clara grimpent sur leurs chaises et collent leurs visages à la vitre. Natalie se met à rire en voyant ses sœurs rivaliser d'originalité dans leur concours de grimaces. La serveuse, une nouvelle recrue, nous apporte nos boissons et passe cinq bonnes minutes à s'extasier sur le visage de poupée de Naomi. Après de multiples sourires édentés de la concernée, elle finit par nous laisser.

— Je suis prête pour le récit de votre soirée, enchaîne aussitôt Natalie.

Je fais signe à Elsa de commencer. Elle parle de Benjamin, le fameux brun à qui elle est restée collée. Nous explique combien il est différent des garçons de notre âge, combien il l'intrigue aussi.

— Je crois que je suis amoureuse.

— Déjà ?

Elsa éclate de rire face à la mine effarée de Natalie.

— Je plaisante ! Mais ce garçon est calme et doux et…

— Tout l'inverse de toi, c'est ça ? la taquine Natalie.

Elsa lui tire la langue puis cale son menton dans sa main, le coude appuyé sur la table.

— Je verrai bien ce que ça donne par la suite. Mais je l'aime bien.

— Je suis contente pour toi, lui dit Natalie avec un sourire sincère avant de tourner la tête vers l'une de ses sœurs. Nao, la paille, c'est pas indispensable pour boire un chocolat !

— Mais je ne m'en mets pas partout comme ça, lui rétorque Naomi en articulant bien chaque syllabe.

— Sacrément intelligente cette petite, constate Elsa en souriant.

— C'est de famille, s'autocomplimente Natalie avec un clin d'œil en direction de ses sœurs qui tentent de le lui rendre avec plus ou moins de succès.

Une paupière mi-close, la plus grande ouvre grand la bouche, nous offrant une vue aux premières loges sur le fond de sa gorge, tandis que la cadette ferme ses deux yeux simultanément. La scène est vraiment comique et les rires fusent.

Après quelques minutes, Naomi et Clara ne tiennent plus en place et se promènent dans le café. Léon fait signe à Natalie que ça ne le dérange pas. L'espace est pratiquement vide, les fillettes ne gênent personne.

Elsa se penche alors vers Natalie.

— Si tu veux, je peux demander à Ben s'il a un copain sympa pour toi…

Aïe, sujet sensible. Natalie se crispe et réagit au quart de tour :

— Bon sang, Elsa, arrête de vouloir jouer l'entremetteuse ! Je suis bien toute seule. Tout le monde n'a pas besoin d'être en couple pour se sentir exister !

— Du calme ! s'exclame Elsa, visiblement touchée. C'était pour déconner que je disais ça. Je ne t'oblige à rien. D'ailleurs, je ne dirais plus rien.

Natalie se radoucit :

— Je sais, excuse-moi. Mais j'ai l'impression de ressentir constamment une sorte de pression, de jugement à n'être avec personne. Comme si être célibataire, et le choisir surtout, c'était bizarre !

— Désolée que tu penses ça, je te promets que je ne t'embêterai plus. Si un jour tu veux faire appel à mes services de Cupidon, tu connais mon numéro…

— T'es bête !

Natalie et Elsa échangent un regard complice.

— Nous, on s'en fiche, Nat, j'affirme. Tu fais ce dont tu as envie, pas ce que l'on attend de toi. Ce qui importe, c'est que toi, tu sois heureuse.

Natalie profite de mon intervention pour reporter son attention sur moi.

— Et toi alors, tu as été heureuse hier avec Dan ?

Je prends une longue inspiration avant de raconter en détail l'altercation entre Dan et Julian pour la troisième fois. Elsa a eu droit à la première hier soir sur le chemin du retour. Comme elle n'arrivait pas à y croire, arrivées dans sa chambre, elle m'a tout fait répéter. Moi-même, j'admettais difficilement ce qui s'était passé sous mes yeux.

J'étais soulagée d'aller dormir chez Elsa, je n'aurais pas voulu rentrer chez Julian et risquer de le croiser. C'était au-dessus de mes forces. Je n'ai pas fermé l'œil de la nuit et je suis encore sous le choc. Je n'ai jamais assisté à une bagarre d'une telle violence. Je n'arrive pas à empêcher mon cerveau de repasser en boucle les images des coups qui se sont succédé et des visages blessés des deux garçons.

Natalie me fixe, les yeux écarquillés.

— Je n'en reviens pas d'avoir manqué un truc pareil !

— Et dire que moi j'étais là mais que je n'ai rien vu, peste Elsa avant de pointer sa paille sur moi. Ils se sont battus pour toi !

Je fais tourner ma tasse entre mes doigts. Pour moi ? Non, certainement pas ! J'ai refusé d'écouter Julian et cet arrogant têtu et égocentrique est devenu incontrôlable. Peut-être qu'il n'a pas supporté que je le snobe devant son ami ? Qu'il s'est senti défié ou un truc du genre quand Dan lui a tenu tête et a pris mon parti ? Question de phéromones ou pas, réaction d'homme des cavernes dans tous les cas.

— Julian est juste fou, je murmure, ne sachant trop que dire d'autre.

— Fou d'amour, chantonne Elsa.

Natalie la fusille du regard.

— Il n'est pas question d'amour, là ! Ce mec est un fou furieux, ouais ! Hein, Amy ?

Je plonge mon regard au fond de ma tasse et racle les dernières traces de mousse avec ma petite cuillère.

— Seigneur, ne sois pas aussi catégorique, Nat ! la sermonne Elsa en levant les yeux au ciel. Moi, je dis que la jalousie peut faire péter les plombs.

Elle pince les lèvres autour de sa paille et aspire bruyamment une gorgée de son thé glacé. Natalie se penche vers moi et pose ses avant-bras sur la table. Elle me lance un regard soutenu en remontant machinalement ses lunettes qui glissent sur l'arête de son nez.

— Ce mec est un con et tu le détestes, n'est-ce pas ?

Ce serait le moment parfait pour leur dire que je ne sais plus ce que je pense de ce garçon ; qu'il éveille quelque chose en moi que je n'arrive pas à nommer. Mais je ne dis rien. Je devrais me confier à mes meilleures amies mais ma bouche refuse de dévoiler quoi que ce soit.

— Julian t'a hurlé dessus la première fois qu'il t'a rencontrée, il a failli vous tuer en voiture, il t'a laissée volontairement sous un orage super dangereux et maintenant il casse la gueule d'un mec sous ton nez, énumère Natalie sur ses doigts. Je persiste et signe : C'est. Un. Dan-ger. Pu-blic. Reste loin de lui jusqu'à ce que ton père, Alex et toi vous partiez enfin de chez ces gens !

Elle croise les bras sur sa poitrine et ne me lâche pas du regard.

— Natalie, tu es trop tendue aujourd'hui. On aurait dû attendre demain pour te raconter ça, lâche Elsa qui se fait aussitôt transpercer par un regard revolver de compétition.

— Aujourd'hui ou demain, ce mec restera un taré.

Définitivement, je n'avouerai pas que Julian crée chez moi des sensations inconnues que je ne maîtrise pas. Avec l'histoire de la bagarre, Natalie ne comprendrait pas que je ne haïsse tout simplement pas Julian. Il est arrogant, macho et je peux désormais ajouter agressif et violent à la liste. Contrairement à Dan qui est agréable, souriant et gentil. Prévenant et drôle aussi. J'étais si mal quand je l'ai vu affalé sur le sol, le souffle coupé. J'ai vraiment cru qu'on allait devoir appeler les secours mais, heureusement, il a très vite retrouvé une respiration normale. J'ai passé l'heure qui a suivi à discuter avec lui dans sa chambre, évoquant notamment le fait que je suis provisoirement hébergée chez Julian. Pour Dan, il n'y avait aucun doute : cet élément et sa réaction excessive étaient liés. Des amis sont passés prendre de ses nouvelles, demandant même s'ils devaient se pointer chez Julian pour lui régler son compte. Dan est intelligent – bien plus que Julian visiblement – car il a demandé à tout le monde de se calmer et d'oublier ce qui venait de se passer.

— N'est-ce pas ? insiste Natalie en cherchant mon soutien du regard, toujours dans l'attente que je confirme que Julian est une bombe à retardement, une grenade dégoupillée même.

Je lui réponds par un signe de tête affirmatif car de toute évidence elle ne lâchera pas l'affaire. Je sais pertinemment qu'elle ne comprend pas mon mutisme au sujet de Julian.

— J'ai besoin d'une clope et d'un autre café, je marmonne en me levant d'un bond pour me précipiter vers le comptoir, ne laissant le temps à personne de réagir.

Natalie est loin d'être une adepte de la cigarette, elle y est même farouchement opposée et m'a déjà sermonnée plusieurs fois à ce sujet. Elle est pourtant la mieux placée pour savoir que, quand on a l'impression que tout nous échappe, on tente de se rattacher à quelque chose que l'on maîtrise. Et pour le moment, moi, c'est à la clope.

Je passe commande auprès de la serveuse que j'observe pendant la préparation de ma boisson. Grande rousse au décolleté plongeant, à la taille fine et à l'accent germanique. Je me surprends à penser que ce serait totalement le genre de fille que Julian se taperait en soirée. Pourquoi est-ce que ça me vient à l'esprit ?

Je récupère ma tasse, sors sur le trottoir fraîchement déblayé et m'attable à la terrasse. Rabattue dans le caniveau, une épaisse couche de neige spongieuse et sale s'y entasse. Plus rien à voir avec la neige pure et blanche dans laquelle je m'amusais hier matin. Avec Julian. *Hier matin ?* Ça me paraît si loin.

— Amy ?

Elsa m'a rejointe, je lui souris faiblement. J'allume une cigarette et aspire une longue bouffée tandis que mon amie s'installe sur un siège à côté de moi.

— Nat est un peu remontée mais comprends-la, elle est énervée pour toi. Et puis elle surréagit pas mal en ce moment. Tu sais comme elle peut être protectrice avec nous et elle a peur que ce mec te fasse du mal.

Je me tourne pour lui faire face.

— Pas toi, on dirait ?

Son regard se perd dans le lointain tandis qu'elle réfléchit.

— Non.

Je fronce les sourcils.

— Pourquoi ?

En souriant, elle prend une mèche de mes cheveux et l'enroule autour de son index.

— Mon petit doigt me dit que ce mec te veut plutôt du bien…

L'espace d'une seconde j'envisage qu'elle puisse dire vrai mais ma raison reprend vite le dessus. Le regard haineux de Julian en haut de l'escalier n'était pas adressé qu'à Dan, mais à moi aussi. Il faut être lucide, je n'ai aucune raison de croire qu'il veuille quoi que ce soit d'autre qu'être dans l'affrontement avec moi.

— Je n'en suis pas aussi sûre que toi, je murmure avant de boire une gorgée de mon café.

Elsa affiche un sourire empreint de curiosité.

— Tu ne détestes pas Julian tant que ça, avoue-le…

Mes joues s'embrasent, je tente de le cacher grâce au nuage de fumée qui flotte autour de nous.

— Si, je rétorque en prenant une nouvelle bouffée de ma cigarette. Et lui aussi.

J'affiche une mine sérieuse, mais Elsa n'est pas dupe. Elle lève un sourcil de manière suggestive.

— Pourtant, son pétage de plombs et vos querelles permanentes disent tout autre chose. Ne fais pas l'innocente, Amy.

— Je ne vois pas de quoi tu parles, je marmonne en avalant une gorgée.

— Crois-en mon expérience charnelle, susurre-t-elle avec un regard lourd de sous-entendus. Votre relation conflictuelle n'est due qu'à la trop forte tension sexuelle qui vibre entre vous.

Je recrache mon café dans ma tasse.

Contrairement à Natalie et moi, Elsa n'est plus vierge. Depuis sa première fois avec son ex-copain Pablo l'année dernière, elle nous sert de la « tension sexuelle » à tout-va. À mon humble avis, ce sont ses hormones qui travaillent trop. Elle va pouvoir satisfaire sa libido et nous lâcher avec ça maintenant qu'elle est avec ce Benjamin.

— N'importe quoi ! Tu ne nous as même pas vus ensemble !

— Pas besoin. Ce que tu me racontes me suffit amplement. Et je te le prédis, il finira par se passer quelque chose entre vous ! m'assure-t-elle en secouant vivement un index.

J'accueille l'information avec circonspection.

— Remballe ta boule de cristal, El. Je déteste ce mec, je te dis. En plus, je sors avec Dan.

Elle me gratifie d'un large sourire.

— Je suis au courant, merci ! Je te rappelle que j'ai assisté à votre baiser en première loge.

Au moment de partir avec Elsa, Dan nous a raccompagnées au métro, insistant sur le fait qu'il nous aurait ramenées chez nous en voiture s'il n'avait pas bu d'alcool. Il s'est penché lentement vers moi, il a pris ma tête entre ses mains et a posé ses lèvres sur les miennes. C'était doux et agréable. Quand il s'est détaché de moi, il a plongé son regard brillant dans le mien, il a repositionné des mèches de cheveux derrière mes oreilles et m'a murmuré : « On se revoit très vite. » J'ai eu du mal à croire ce qui m'arrivait. J'ai toujours du mal, d'ailleurs.

Elsa jette un œil sur sa montre et m'annonce :

— Je ne vais pas tarder à y aller, j'ai rendez-vous avec Ben.

Elle esquisse un petit sourire coquin.

— On va peut-être se réchauffer sous la couette, qui sait ?

— Fais attention quand même, ne te précipite pas.

— Moi ? Jamais !

Elle recouvre son sérieux et continue :

— Tu vas rester avec Nat ou rejoindre ton palace ?

Je pousse un long soupir et fais la moue.

— Tu ne veux pas plutôt me faire une petite place dans ta chambre ? On peut installer un lit de camp le temps que mon père trouve enfin notre satané appartement ?

Est-ce qu'il recherche vraiment un autre logement au moins ? Je n'en ai pas la moindre idée. Et je n'en ai surtout pas l'impression.

Elsa sourit et m'ébouriffe les cheveux comme on se le faisait souvent petites.

— Tu sais que je le ferais si je pouvais mais Mamie So prend déjà trop de place ! Et tu vas bien devoir revoir Julian à un moment ou à un autre.

— Je préférerais l'éviter pour le restant de mes jours, j'assène, péremptoire.

Elsa rit en secouant la tête. J'écrase ma cigarette dans le cendrier. Mon amie me saisit sous le bras et m'entraîne dans le café pour rejoindre notre table où Natalie se ronge frénétiquement les ongles, le regard perdu au loin à travers la vitre. C'est décidé, aujourd'hui, je mets ma petite personne de côté et je réponds présente pour Natalie. Elle en a bien besoin.

CHAPITRE 22

Julian

— Tu te doutes bien que tu n'es plus le bienvenu, me dit Ethan d'un ton empreint de regret.

Allongé sur mon lit, je serre le téléphone et ferme les yeux. Qu'est-ce que je suis con. Je n'ai besoin d'aucune aide pour m'isoler de la terre entière, je me débrouille très bien tout seul avec mes conneries.

Depuis que j'ai jeté Lydia hors de chez moi comme une malpropre, elle m'ignore et joue la pauvre fille blessée auprès de tous les lycéens pour monter tout un chacun contre moi. Si j'avais su qu'être un monstrueux connard avec elle m'en débarrasserait, j'aurais agi ainsi plus tôt. Quitte à être encore plus esseulé. Parce que, honnêtement, les gens du lycée, je m'en branle.

Là où j'ai vraiment merdé, ce qui me fait *vraiment* chier, c'est d'avoir perdu le seul endroit où je pouvais me réfugier et me vider complètement le crâne. Et tout ça pour quoi ? Jeter Amanda dans les bras de cet enfoiré de Dan. *Good job, Julian.*

— Jamais je ne t'ai vu disjoncter de la sorte, dit Ethan. Tu ne te bats pas, Julian. Du moins, c'était le cas jusqu'à hier.

— Je sais, mec. J'ai dépassé les bornes, je concède.

— Certains gars sont remontés, ici. Étrangement, Dan est plutôt compréhensif, lui.

— De pauvres cons pour le défendre. Super. Et Dan n'est qu'un connard.

— Écoute, Jul, tu es mon meilleur pote mais, dans l'histoire, c'est toi qui as déconné et déclenché tout ça. Et pourquoi ?

Le silence s'installe sur la ligne.

— Ton pétage de plombs n'aurait pas quelque chose à voir avec ta charmante colocataire ?

Je perçois de la curiosité dans sa voix.

— Ce n'était pas pour Amanda, je démens sèchement. C'est Dan qui m'a fait sortir de mes gonds.

— Si tu le dis…

Je connais si bien Ethan que je sais qu'il sourit à l'autre bout du fil.

— Pourquoi elle et pas une autre ? Ce n'est pas la première fille avec qui Dan veut coucher.

— Tu l'as dit toi-même, c'est ma coloc. Je ne peux pas la laisser se faire avoir.

— Si tu le dis…

— Tu te répètes !

Il rit.

— C'est que je n'ai rien d'autre à te répondre !

Je laisse échapper un bâillement. Je suis épuisé, je n'ai pas dormi de la nuit. À cause de la douleur lancinante dans tout mon corps, particulièrement dans ma cheville droite, et de mon taux d'adrénaline tellement élevé qu'il m'a fallu attendre plusieurs heures avant qu'il redescende. De toute façon, je voulais rester éveillé jusqu'à ce qu'Amanda arrive. Je voulais la voir. Je voulais lui parler. Alors j'ai attendu. Il n'y a pas eu un claquement de porte, pas un cliquetis de clés. Rien. Elle n'est jamais rentrée. Le simple fait de penser qu'elle ait pu passer la nuit avec Dan me rend malade.

— Est-ce que tu sais si elle est toujours là-bas ? je demande, hésitant.

— Elle est partie avant moi, hier soir, avec sa copine.

Un poids énorme quitte ma poitrine.

— Dan n'était sûrement pas en état de faire quoi que ce soit, il ajoute.

J'esquisse un sourire qui se transforme vite en grimace. Ma lèvre fendue me fait un mal de chien.

— Je peux te demander un service ?

— Dis-moi.

— Tu jetteras un œil sur Amanda quand tu es chez Dan et qu'elle se pointe ?

— Elle est grande, tu sais, et elle m'a l'air d'être le genre de fille à savoir ce qu'elle veut. Et aussi ce qu'elle ne veut pas !

Il ne croit pas si bien dire, cette nana a un sacré tempérament. Mais je n'ai pas du tout confiance en Dan. En plus d'être persuasif, il est aussi manipulateur et abusif.

— Tu devrais mettre de l'ordre dans ta tête, me suggère Ethan.

— Je vais avoir du temps pour.

Au loin quelqu'un l'appelle.

— Jul, prends soin de toi, OK ? Allez, on se voit vite, mon pote.

Et il raccroche. Je laisse tomber mon téléphone sur ma couette et fixe le plafond. Je me maudis une nouvelle fois d'avoir été aussi impulsif. Je m'assieds sur le rebord de mon lit et jette un œil à ma cheville qui a doublé de volume. Enculé de Dan, il ne m'a pas loupé.

Je me lève lentement et j'avance à pas pesants jusqu'à la salle de bains. Je vais directement ouvrir la porte qui donne sur la chambre où dort Amanda. La lumière pénètre à flots dans la pièce, les rideaux sont grands ouverts et le lit n'est pas défait. Si j'avais besoin de la confirmation qu'elle n'a pas dormi ici, je l'ai. Où est-ce qu'elle a bien pu aller ? Chez sa copine peut-être ? Celle qui l'accompagne à chaque soirée et qui est restée aimantée à Ben hier soir. Au moins lui, c'est un bon gars. Merde, pourquoi faut-il qu'Amanda se rapproche du plus gros enfoiré ? Parce que c'est le fils du proprio ? Je me refuse à penser ça d'elle.

Je me plante face au miroir et m'appuie péniblement sur le rebord du lavabo. Mon regard se pose sur mes mains douloureuses ; tous mes doigts sont gonflés. Je les plie et les déplie lentement. Je les passe sous un filet d'eau en grimaçant. Je jette ensuite un coup d'œil à mon reflet. Mon visage porte les traces des coups reçus la veille et le diagnostic est sans appel : j'ai une putain de sale tronche. J'ai un hématome sur la joue ; ma pommette a bleui et elle est tout enflée, et ma lèvre inférieure est légèrement fendue. Je préfère ne pas imaginer la réaction de ma mère en découvrant l'état de mon visage.

Je me brosse sommairement les dents avant de me déshabiller et de rentrer sous la douche. Des bleus se sont formés sur tout mon corps, conséquence logique des multiples coups que j'ai portés contre mon bolide.

Une paume appuyée contre le carrelage mural et la tête baissée, je laisse l'eau chaude couler sur mes épaules. Je m'efforce de faire le vide dans ma tête mais mon esprit est trop agité pour me laisser tranquille. Je décide de ne pas m'attarder et referme le robinet. Je sors de la cabine, le corps ruisselant d'une eau encore savonneuse. Je m'essuie avec une grande serviette et j'enfile un boxer, un jean et un tee-shirt propre sur mon corps humide.

Je quitte l'étage pour me rendre dans la cuisine. Dans l'escalier, mes pas résonnent dans le silence. Cette maison n'a jamais accueilli autant d'habitants et, dans le même temps, ne m'a jamais paru aussi vide. Rares sont les moments où je sais où sont les membres de ma famille et de celle d'Amanda. Mais ce n'est pas comme si je m'en souciais.

En arrivant dans la cuisine, je traverse la pièce jusqu'au congélateur. Je sors un paquet de glaçons que je pose sur mes doigts en tressaillant sous l'effet du froid. Je m'adosse à la paroi en soupirant. Comme Ethan l'a si bien dit, je ne me bats jamais. Et pourtant, ce n'est pas l'envie de détruire la face d'un ou deux trous du cul qui m'a manqué ces derniers mois. Après le décès de mon père, un tas de ragots ont circulé chez nos voisins et au lycée sur la raison de son suicide. Je n'avais jamais imaginé jusque-là que les gens puissent être aussi mauvais et prendre autant de plaisir à colporter des rumeurs folles et blessantes. J'ai su me contenir en me disant que les paroles qui sortaient de leurs bouches étaient aussi vides que leurs esprits mais je ne retardais que l'inévitable. Je devais bien finir par exploser.

Je me décale pour ouvrir le frigo et prendre une bouteille de bière. Je n'ai pas d'appétit, j'ai juste soif. Bel et bien envolée ma volonté de stopper la boisson.

Je lance la capsule sur le plan de travail et porte directement le goulot à mes lèvres. J'en bois une longue gorgée, le liquide glisse dans ma gorge mais ne me procure pas le même plaisir que d'habitude.

Je me rends dans le salon et échoue dans un des canapés qui servent plus de décoration haut de gamme que d'un réel endroit où les habitants de cette maison prennent le temps de se retrouver. La baraque entière n'a plus rien d'un foyer, mais tout d'une vitrine de notre richesse où personne ne prend le temps de vivre ensemble. Rien à voir avec avant.

Face à moi trône notre magnifique piano laissé à l'abandon depuis le décès de mon père. Ma mère n'a pas reposé ses doigts une seule fois sur les touches et plus aucune note ne s'est échappée de cet instrument. Je garde précieusement en mémoire l'époque où mes parents faisaient de la musique ensemble pour le plaisir. Ils s'installaient côte à côte devant le clavier et jouaient à quatre mains en riant à gorge déployée. J'étais petit garçon mais les images sont encore si nettes dans mon esprit qu'elles pourraient me donner l'illusion de dater d'hier.

Dehors, la nuit a commencé à tomber. Je remarque une silhouette à travers la baie vitrée et vois de la fumée s'élever. Amanda est sur la terrasse, une cigarette entre les doigts. Malgré la douleur dans ma cheville, je me lève d'un bond, progresse d'un pas vif et j'ouvre la baie coulissante. Personne d'autre ne semble être présent, c'est le moment propice pour lui parler.

Je suis peu couvert mais l'air hivernal me fait un bien fou. Surtout après être resté cloîtré dans la moiteur de ma chambre toute la journée. Je respire à pleins poumons.

Dos à moi, Amanda est perdue dans ses pensées et ne remarque pas ma présence. Elle tire nerveusement des bouffées sur la cigarette qu'elle tient entre ses ongles vernis. Je n'ai jamais vu quelqu'un passer autant de temps avec une clope au bec. C'est intrigant comme son père fait semblant de ne rien voir. Amanda pue pourtant le tabac froid quasiment 24 heures sur 24.

J'arrive derrière elle.

— Salut.

Elle sursaute et, en me voyant, recule. Elle est tendue, craintive même, c'est flagrant. Comment pourrais-je lui en vouloir après le spectacle que j'ai donné ?

— Tu m'as fait peur ! souffle-t-elle.

Je me retiens de lui demander si elle parle du moment présent ou de la soirée de la veille.

— Je suis désolé pour hier, j'ai perdu mon sang-froid. Je ne voulais pas t'effrayer.

Les bras serrés contre sa poitrine, sa réponse fuse :

— Ce n'est pas à moi que tu dois présenter des excuses.

Plutôt crever que de parler à Dan.

— Ça n'arrivera pas. Dan l'a largement mérité.

Elle porte la cigarette à sa bouche et souffle lentement la fumée.

— Je suis curieuse de savoir ce qu'a fait Dan pour mériter d'être à deux doigts de se retrouver à l'hôpital, réplique-t-elle durement.

Putain, ça y est, son ton et son attitude font frémir mes nerfs. Je viens de m'excuser, elle pourrait au moins tenir compte de ça. Non, il faut qu'elle prenne directement la défense de cet enculé.

Je hausse ostensiblement le ton :

— Tu ne sais rien de Dan ! Tu ne sais pas à quel connard tu as affaire ! Ne fais pas comme si tu pouvais juger de quoi que ce soit dans cette histoire. Tu. Ne. Sais. Rien. Imprime-toi bien ça dans le crâne !

Amanda ferme les paupières comme par lassitude. Puis les rouvre et me fusille du regard.

— Tu sais quoi ? Ne m'explique rien, je m'en fous. Je me fous de savoir pourquoi tu t'es battu. Je me fous de savoir pourquoi tu es si con. Et par-dessus tout, je me fous de savoir pourquoi tu ne peux pas passer une journée sans te saouler et agresser les gens !

Ses yeux se posent sur la bière que je tiens dans la main. La pitié suinte de son regard. Putain, ça me fout les boules. À cet instant précis, je la déteste. Parce qu'elle me juge constamment sans me connaître, sans rien savoir de ce qui fait que je ne me supporte pas.

— Tu as bien raison de t'en foutre parce que ça…

Je brandis la bouteille de bière sous son nez et hurle presque :

— … ça ne te regarde en rien !

Ses yeux se voilent.

— J'aurais aimé qu'on trouve un moyen de ne pas nous prendre la tête à chaque fois qu'on se croise, mais comme visiblement on en est incapables, ignorons-nous. Pour de bon.

— C'est débile comme réaction ! je m'écrie violemment.

— Pourquoi est-ce qu'on se dispute toujours ? murmure-t-elle, dépitée, en baissant la tête.

— Pourquoi est-ce que tu es toujours sur la défensive ?

— Pourquoi est-ce que tu es toujours si agressif ?

— On peut continuer longtemps à ce petit jeu, j'assène.

Amanda lève lentement la tête et me regarde droit dans les yeux. Son regard est puissant, pénétrant.

— Je vois que tu es aussi têtu que moi…

Un très bref sourire fait trembler le coin de ses lèvres avant qu'elle se les mordille. Un frisson me parcourt de haut en bas, et subitement, je ne souhaite rien d'autre que ma bouche trouve la sienne. Je me rapproche d'elle, nous ne sommes plus séparés que par quelques centimètres de distance quand elle murmure sur le ton de la confidence :

— Et pour info, sache que je suis avec Dan.

L'air quitte mes poumons, j'éprouve soudain une sensation de vertige, comme si le sol se dérobait lentement sous mes pieds et que je chutais au ralenti.

— Qu-quoi ? je bégaye sans pouvoir m'en empêcher.

— Je sors avec lui, dit-elle dans un souffle.

Dan et Amanda ? Impossible ! Il ne la trouve même pas terrible. Juste *baisable*.

— Ce mec baise, il ne *sort* pas. Ni avec toi, ni avec personne, je crache en arborant un rictus méprisant.

— Ce n'est pas plutôt de toi que tu parles, là ? lâche-t-elle, provocante, en reculant de quelques pas.

Je ne réponds rien. La cigarette se consume entre ses doigts alors qu'elle fronce les sourcils.

— Je n'aime pas les mecs comme toi.

Je lutte pour rester stoïque.

— Comme moi ?

— Les mecs à problèmes, alcooliques, drogués, tombeurs en série et qui se permettent de juger les autres. C'est tout ce que je déteste.

J'encaisse en essayant de cacher les émotions qui m'assaillent. D'habitude les critiques et attaques ne me font ni chaud ni froid, mais là, ses propos ne me vexent pas seulement, ils me blessent. Profondément.

Ma voix faiblit mais mon ton est acide :

— C'est tout le bien que tu penses de moi ?

Elle me défie du regard en restant muette. Je reprends possession de mes esprits, me redresse de toute ma taille et la regarde de haut.

— Tu crois vraiment savoir quel type de personne je suis, hein ?

Les commissures de ses lèvres se relèvent faiblement.

— Pour être franche, ça m'importe peu.

Elle écrase son mégot, tourne les talons et s'en va.

CHAPITRE 23

Amanda

Est-ce qu'il allait m'embrasser ? Si je n'avais pas mentionné Dan, est-ce que Julian l'aurait fait ? Même blessé, il reste toujours aussi attirant et, contrairement à mon esprit qui me dicte de me méfier et de rester loin de lui, mon satané corps, lui, réagit indépendamment et est secoué de frissons dès que son regard se pose trop longtemps et intensément sur moi.

Mais ce n'est qu'une attirance physique, rien de plus. Julian est typiquement le genre de mec que je ne supporte pas et avec qui je ne veux rien avoir à faire. Encore plus maintenant que j'ai découvert que, outre son amour de l'alcool et des filles, c'est aussi une brute épaisse. Et je le lui ai bien signifié. Très clairement même, trop peut-être ? J'ai vu son visage se décomposer quand je lui ai dressé son portrait peu flatteur. Mais que dépeindre d'autre ? Tout ce que j'ai dit, c'est ce qu'il me montre au quotidien.

Je voudrais effacer complètement ce moment de ma mémoire. Je ne suis pas quelqu'un de méchant, je n'aime pas blesser les gens, mais en présence de Julian, je ne suis pas la même. Et je n'aime pas cette personne que je deviens car je ne maîtrise plus les mots qui sortent de ma bouche. Ce mec provoque mes pires réactions.

En me présentant ses excuses sur la terrasse, il n'arborait cependant pas son air habituel, arrogant, séducteur et sûr de lui. Ce n'était pas non plus de la culpabilité ou des remords, ce qu'il aurait pourtant dû ressentir. Je n'ai pas réussi à saisir la nature de son regard et je dois faire face à l'évidence : je connais peu Julian. Jusqu'à aujourd'hui, hormis lors de notre très courte bataille de boules de neige, il ne m'a donné aucune raison de chercher ses bons côtés. Ses rares qualités, en plus d'être en nombre réduit, doivent être bien cachées, enfouies sous son orgueil démesuré.

Je chantonne pour empêcher mes pensées de divaguer sur Julian quand on toque à ma porte. Je suis plantée devant mon lit où sont étalés un jean skinny et une robe bleue que m'a prêtée Natalie et je peine à me décider. Je vais finir par piocher au hasard car le temps presse. Je vais au cinéma avec Dan et, à mesure que l'heure du rendez-vous approche, je sens le stress monter.

Dan m'a appelée il y a une heure pour me proposer qu'on aille au cinéma ensemble. Il n'avait pas menti hier en me promettant qu'on se reverrait vite ! Je n'ai pas hésité un instant à accepter, surtout que nous ne serons que tous les deux, dehors. Pas chez lui, entourés de monde, lors d'une énième soirée. Et après la journée agréable, certes, mais épuisante que je viens de passer avec le trio infernal – comprendre Natalie et ses sœurs – et le face-à-face mouvementé avec Julian, j'ai besoin de me changer les idées.

Je suis anxieuse car je me demande si je ne me suis pas avancée en disant à Julian que Dan et moi étions ensemble. Il n'y a eu qu'un baiser, lors d'une soirée riche en émotions. Pas de quoi parler de couple. Mais avec ce rendez-vous au cinéma, c'est sûrement le début de quelque chose...

On frappe à nouveau, deux coups rapides.

— Amanda ?

C'est mon père.

— Je peux entrer ? demande-t-il à travers la porte.

Dans l'empressement, j'enfile la robe bleue. Quitte à l'avoir empruntée à Natalie, autant qu'elle serve. Bien que, sur moi, je la trouve un peu courte ; elle m'arrive au milieu des cuisses au lieu d'au-dessus du genou. Je vais mettre des collants noirs et ça ira.

— Oui, je lui réponds une fois habillée.

La poignée pivote et mon père apparaît sur le seuil de la chambre. Il esquisse un léger sourire.

— On peut discuter ?

Tiens, c'est une première. Il n'avait jamais pris la peine de venir me parler depuis que nous sommes ici.

Je me contente d'un vague mouvement de tête, faussement concentrée sur les paires de chaussures alignées sur le sol devant moi. Mon père entre et se cale dans l'angle de deux murs, les bras croisés sur son torse.

— Comment tu vas, ma chérie ?

— Bien.

— Super.

Il marque une pause en se mettant à arpenter le sol.

— Je ne t'ai pas consacré beaucoup de temps depuis notre arrivée. À ton frère non plus. Le travail, les recherches de l'appartement, le divorce...

Il s'arrête subitement, comme si le dernier mot s'était échappé de ses lèvres sans qu'il le veuille.

— Enfin, tu comprends, toutes ces tâches sont chronophages.

Dans un silence gêné, il s'avance jusqu'à la fenêtre et regarde au loin.

— On est quand même pas mal installés ici, tu ne trouves pas ?

J'arque un sourcil.

— J'imagine que ça veut dire qu'on va y rester pour de bon.

Mon père se dirige droit sur moi et place ses mains sur mes épaules. Il secoue la tête avec vigueur.

— Pas du tout, Amanda ! Dès que j'aurai trouvé un appartement pour notre famille, nous ferons nos valises et partirons d'ici. Sans manquer de remercier chaleureusement Eveline et ses fils pour leur accueil et leur hospitalité !

Concernant Eveline, je n'y manquerai pas. Je ne peux pas nier qu'elle est d'une gentillesse rare. Elle nous a ouvert sa porte et fait une réelle place chez elle sans aucune réserve. Pour ce qui est de ses fils, je préfère ne pas me prononcer pour l'un d'eux.

J'observe mon père sans ciller.

— Qu'est-ce qu'il y a entre vous ?

Il me regarde sans comprendre.

— Entre qui et qui ?

— Eveline et toi.

Il a l'air surpris, ses sourcils se relèvent.

— Absolument rien !

— Sérieusement ? Ce n'est pas l'impression que ça donne.

Son regard se rive au mien.

— Je t'assure que non ! Eveline est une collègue et amie, je lui serai éternellement reconnaissant pour ce qu'elle a fait pour nous.

— Vous êtes vachement tactiles pour des amis, je lâche sèchement.

— Écoute, ma puce, déclare-t-il, son ton oscillant entre agacement et amusement. Prendre quelqu'un par le bras ou lui toucher l'épaule ne signifie pas qu'on fait des galipettes avec.

Je me bouche les oreilles.

— Papa !

Il saisit mes mains pour les écarter de mon visage et parle doucement, d'un ton déterminé :

— Je te le répéterai autant de fois que nécessaire, il ne se passe rien entre Eveline et moi. Et si c'est ce que tu souhaites, je ne manquerai pas de t'informer si ma situation amoureuse était amenée à changer.

Tout ce que je souhaite, c'est qu'il soit honnête avec moi, ici et maintenant !

Mon père tient toujours mes mains entre les siennes. Il semble hésiter un instant puis, presque maladroitement, il m'attire contre lui et m'enlace. Immobile, je me laisse faire. Tandis qu'il resserre lentement son étreinte autour de moi, son odeur me submerge et me fait remonter le temps, réveillant une avalanche de souvenirs. Je ferme les yeux et pose la tête contre son épaule. Pourquoi faut-il que tout soit si différent à présent ?

— Je suis désolé que tu aies pu t'imaginer autre chose, chuchote-t-il. Je suis désolé pour tout, Amy.

Ça me fait du bien de l'entendre dire ça. Depuis ce fameux dîner où mes parents nous ont appris leur séparation – souvenir qui me semble appartenir à une autre vie –, mon père m'apparaissait comme complètement détaché de ce qu'Alexis et moi vivions, et de la souffrance que la situation engendrait chez nous.

Mon père a toujours été plus distant et réservé dans ses sentiments que ma mère, mais après leur divorce cela a pris des proportions inimaginables. Il n'est plus distant, il est carrément absent. Il n'y a pas peu de communication, il n'y en a plus. J'ai l'impression que, sans ma mère, il ne sait pas comment gérer notre famille, perdu dans notre nouveau schéma. Que d'une certaine manière, il profite de la présence d'Eveline pour se décharger de ses responsabilités et ne pas assumer son rôle de père.

— Tout va bientôt s'arranger, prononce-t-il d'une voix vulnérable en m'étreignant toujours.

J'aimerais y croire. Vraiment. Mais je n'y arrive pas. Depuis le départ de ma mère, une énorme boule s'est logée dans mon estomac et ne me quitte pas. Elle ne le fera pas de sitôt, je pense. L'élan d'amour et de regrets paternel ne devrait pas y changer grand-chose, malheureusement.

— Je dois y aller, je finis par chuchoter. Elsa m'attend pour aller au ciné.

Mon père me lâche lentement et me dépose un bisou sur le front.

— Bonne soirée, ma chérie.

Juste avant de quitter la pièce, il s'arrête sur le seuil et reste de dos pour me dire :

— Je ne te ferai pas la morale mais je ne veux pas que tu fumes chez nos hôtes.

Et il disparaît. D'abord je reste debout, immobile, puis je me laisse tomber assise sur le lit. Je reste ainsi un moment. Le temps de me remettre de mes émotions.

Quand j'arrive devant le cinéma, je n'aperçois pas Dan. J'ai décliné sa proposition de venir me chercher en voiture et pris le métro pour me rendre à notre lieu de rendez-vous. Pas besoin d'être une lumière pour me dire que ce n'était franchement pas une bonne idée de le voir se pointer chez Julian.

Je ramène plus étroitement les pans de mon manteau contre moi, un vent piquant fait voleter le bas de ma robe. Je commence à regretter de l'avoir mise, elle ne fait que remonter et je passe mon temps à tirer dessus nerveusement.

Je sors mon téléphone de mon sac à main et fais défiler les noms de mon répertoire quand Dan fait irruption à côté de moi. Je remarque tout de suite la large ecchymose qui s'étend sur sa joue gauche et la coupure en plein milieu.

— La vache, souffle-t-il sans me lâcher des yeux. Tu es canon !

Je me mords l'intérieur de la joue.

— Toi aussi, je dis sans réfléchir.

Il accueille mes mots avec un large sourire et me prend par la taille.

— Je ne suis pas certain d'être au top de ma beauté, là.

Je prends un faux air sérieux.

— Tu n'es quand même pas mal pour un boxeur après un combat.

Il éclate de rire. Il écarte une mèche blonde de son front et me serre contre lui. Il caresse mon visage, que j'ai pris soin de ne pas surcharger de maquillage, puis il plonge sa main dans mes cheveux. Il fait ensuite courir ses doigts sur la peau fine de ma nuque. Je sens des petits picotements dans tout mon corps.

— Bonjour, Amanda, murmure-t-il.

— Bonjour, Dan, je réponds sur le même ton.

Il approche ses lèvres avant de les poser délicatement sur les miennes et les effleure d'un baiser.

— Qu'est-ce que tu veux aller voir ? me demande-t-il doucement.

— Ce que tu veux.

— Attends-moi ici.

Il s'éclipse à l'intérieur du bâtiment. Je fais glisser une cigarette hors de mon paquet que je réussis à allumer après de multiples tentatives infructueuses. Le vent est mon ennemi numéro un aujourd'hui. J'inspire profondément. Oui, je *suis* avec Dan. Je *sors* avec Dan. Ce crétin de Julian avait tort. *Non, Amanda, je t'interdis de penser à ce mec ce soir !* Il n'est pas question que je le laisse parasiter ma soirée. Je fume nerveusement jusqu'à ce que Dan revienne avec des billets à la main. Il a pris des places pour une comédie romantique. Dan me dit le titre, je l'oublie aussitôt. Ce n'est pas mon genre de prédilection – je suis plus film d'action ou catastrophe –, mais je m'en accommoderai pour notre premier rendez-vous.

Il achète du pop-corn et des boissons. En entrant dans la salle de projection, il m'entraîne vers le fond et nous nous asseyons au dernier rang.

— Viens là, dit Dan en m'attirant vers lui.

Je me tortille pour trouver une position confortable et me niche contre son épaule. Il sent bon – un parfum frais – et de sa peau émanent de légers effluves de miel. Et là, je pense à ma propre odeur qui doit plutôt ressembler à du Marlboro n° 5. Bonne résolution (pas besoin d'être un premier janvier pour prendre de grandes décisions) : ne pas fumer juste avant de me retrouver collée serrée à un beau blond à mèches rebelles. L'arrêt complet du tabac n'étant actuellement pas envisageable.

La lumière s'éteint et Dan attrape mon menton du bout des doigts. Sa langue se glisse entre mes lèvres et vient s'enrouler délicatement autour de la mienne. Il m'embrasse de plus en plus fort, ses mains descendent de mes joues à mes épaules. Son baiser change, devient plus rapide, plus avide, presque fiévreux. J'ai peur que la situation dérape, je détache ma bouche de la sienne et me dégage doucement de son contact. Je glisse ma main dans la sienne et me concentre sur ce qui se passe à l'écran. Dan colle son flanc chaud contre le mien et je sens son regard peser sur moi avant qu'il ne reporte son attention sur le film. Il enveloppe ses deux mains autour de la mienne, se renverse au fond de son siège et garde cette position un moment. Il met ensuite un peu de distance entre nous, plonge la main dans le pot de pop-corn et alterne grosses bouchées et gorgées de soda.

Au moment du générique de fin, il se penche vers moi et m'embrasse à nouveau. Ses lèvres ont un goût sucré et salé à la fois. La lumière revient et un groupe de collégiens siffle en passant à côté de nous. Je m'écarte un peu rapidement et dis à Dan que je le rejoins dehors.

Aux toilettes, ça empeste une odeur de Javel et de désodorisant. Les cabines sont toutes vides et il n'y a personne devant les lavabos. Je m'asperge le visage d'eau froide afin de faire disparaître la chaleur qui me picote la peau. Chaleur qui n'est due ni à l'excitation ni à la chaleur des baisers échangés avec Dan, plutôt à de la gêne. Pendant la projection, quand je coulais un regard vers Dan et m'arrêtais sur l'hématome à son visage, je voyais aussi celui de Julian. Quand je regardais ses lèvres tuméfiées, elles étaient aussitôt remplacées par celles de Julian. Tout ça, c'est à cause de notre face-à-face de tout à l'heure, j'en suis convaincue.

Quand je ferme les yeux et vois l'image de son visage si près du mien, ça me perturbe. Mais je compte bien tout faire pour l'effacer de mes pensées. Il suffit que je me persuade que, par son attitude, Julian cherchait juste à m'intimider. Si je me le répète suffisamment de fois, ça devrait marcher et me faire oublier le trouble que la vision de nos lèvres scellées fait naître chez moi.

À la sortie, je trouve Dan à m'attendre au milieu d'une foule de personnes. Je prends le temps de le regarder. Le vent s'est intensifié et souffle fort dans ses boucles claires en bataille. Avec son visage fin et ses grands yeux bleus expressifs, il est vraiment séduisant.

Quand je surgis à ses côtés, il sourit en calant une main dans le creux de mon dos.

— On finit la soirée chez moi ?

— Tu organises encore une fête ?

— Non, juste toi et moi.

Ouh là là, minute papillon ! Vu la fougue de ses baisers dans une salle de ciné bondée, je n'imagine pas ce que ça pourrait donner seuls chez lui.

— Je-je ne peux pas, je réponds en hésitant. Mon père m'attend.

Mon père m'attend ? Sérieux, c'est tout ce qui me vient comme excuse ?! Pitoyable.

Dan jette un coup d'œil à sa montre.

— Il est encore tôt.

— Mon père est super strict.

Mon Dieu, il n'y a rien de plus faux ! *Mentir à ton tout nouveau et sexy petit copain : super idée, Amanda.*

Après un silence, Dan remonte la fermeture de sa veste jusqu'en haut et serre son écharpe autour de son cou.

— OK. Alors je te ramène.

Je tente de protester mais il m'attire contre lui en souriant.

— Je me garerai un peu plus loin, me rassure-t-il avant d'entremêler ses doigts aux miens.

En rejoignant sa voiture, nous discutons du film que j'ai trouvé mauvais. Dan s'étonne que les comédies romantiques ne soient pas mon truc. Moi, je m'étonne qu'il puisse le penser.

— Toutes les filles sont censées aimer les navets ? je questionne.

Il éclate de rire et me répond que c'est souvent le cas. *No comment.*

Sur le trajet du retour, Dan roule à une allure raisonnable, comme quoi on peut avoir un bolide – dont il a bien pris soin de me préciser la marque, le modèle, et tout, comme si ça m'intéressait son histoire de logo avec un cheval, là – et ne pas rouler à deux cents à l'heure.

Les chansons qui fusent des haut-parleurs me broient les oreilles et me donneraient presque de l'urticaire mais je m'abstiens de tout commentaire. Je déteste le Heavy metal, Dan adore. Quand il m'interroge sur mes goûts musicaux, je lui cite quelques groupes. Il n'en connaît aucun – c'est l'histoire de ma vie – et n'apprécie pas le rap plus que ça. Malgré tout, il se dit prêt à faire un effort et me propose de choisir notre fond sonore. Je ne me fais pas prier – je serais prête à accepter beaucoup de choses pour faire taire cette musique –, branche mon téléphone et mets le volume à un niveau convenable. Mes morceaux favoris des Fugees s'enchaînent. Dan semble apprécier : il hoche la tête en rythme. Quand nous arrivons presque à destination, il s'enquiert de l'état de ma relation avec mon charmant colocataire.

— Mauvaise, je réponds simplement.

Il s'en réjouit et se moque ouvertement de Julian. Je me retiens de justesse d'ouvrir la bouche et de prendre sa défense. Mais pourquoi diable ferais-je une chose pareille ?

— Tant mieux, vraiment, si vous ne vous entendez pas, me dit-il le plus sérieusement du monde en se garant au bout de la rue. Au moins, je n'ai pas de souci à me faire. Tu ne feras pas la même connerie que toutes les débiles qui succombent au charme de ce dégénéré de Dumont.

Je me force à sourire en détachant ma ceinture. Oh non, je ne ferai pas *cette connerie-là. Je ne suis pas du tout une de ces débiles sensibles au charme du mec qui t'a cassé la figure. Pas du tout.*

CHAPITRE 24

Julian

Je savais bien que les choses se passeraient mal avec ma mère et je n'ai pas été déçu. Si depuis plusieurs mois j'étais trop livré à moi-même, ce n'est désormais plus du tout le cas. Depuis notre « discussion », enfin, son monologue plutôt, en découvrant l'état de mon visage, ma mère appelle le lycée vingt fois par jour et commence à travailler plus fréquemment de la maison. Je la soupçonne d'avoir soudoyé le proviseur pour qu'il accepte qu'un surveillant me colle aux basques toute la sainte journée – ne pas oublier que ma mère est avocate ; elle passe son temps à convaincre et argumenter. Je ne serais pas surpris qu'elle ait été jusqu'à s'interroger sur les bienfaits de me retirer du lycée et de me faire finir ma scolarité à la maison, et qu'elle ne se soit ravisée que pour la simple et bonne raison qu'elle n'aurait pas pu m'y surveiller aussi bien que ne se charge de le faire le corps enseignant dans mon foutu lycée privé.

Même si j'agis comme tel devant tout le monde, intérieurement je ne vis pas mal la situation. Être coupé de tout : les soirées, l'alcool, les filles, et ne pas pouvoir pratiquer autant de sport que je le voudrais à cause de ma cheville qui me fait souffrir le martyre, tout ça me laisse du temps chaque jour pour réfléchir. Et j'ai maintenant la certitude que de bonnes choses peuvent ressortir de mauvais choix.

Penser à la façon dont j'ai brutalisé Dan et aux propos qu'Amanda a tenus à mon égard sur la terrasse me force à ouvrir les yeux sur ce que je suis devenu : un sale type. Qui enchaîne les mauvaises actions et cautionne celles des autres. Le gâchis que je fais de ma vie depuis la disparition de mon père me revient en pleine figure et en prendre pleinement conscience me fait réaliser la gravité de la situation. Toutes les pensées noires et la rage qui nourrissent mon comportement m'apparaissent soudainement comme destructrices, ne me menant nulle part, si ce n'est dans un puits sans fond. Je me refuse à jouer le rôle de la victime plus longtemps, il me faut trouver une façon positive de me reconstruire.

Alors je me remets à la lecture et m'attaque aux bouquins qui s'accumulent sur mon bureau. Et je prends la décision de m'investir de nouveau dans les études. Cette année encore je risque l'échec mais, désormais, je ne veux plus laisser cela se produire. Je dois être bachelier, partir loin d'ici, loin de Paris. J'ai déjà un plan en tête : partir aux États-Unis, me réfugier chez ma tante à Chicago et donner un autre tournant à ma vie. Donner un sens à mon futur. Pour cela, je dois rattraper mon retard, améliorer nettement mes résultats et être prêt pour les épreuves du bac. J'en suis capable, je le sais. Et je vais m'en donner les moyens. Je vais sortir de l'enfer dans lequel je me suis enfermé.

Je m'éveille en sursaut, trempé de sueur. Mon téléphone vibre à côté de moi, l'écran projette sa lueur dans la pièce assombrie par le crépuscule.

Mon cœur bat la chamade et ma bouche est sèche. J'ai l'impression d'avoir le corps en feu. Ce rêve. Encore ce rêve. Des images défilent derrière mes paupières closes. Le corps nu d'Amanda ondule devant moi, son sourire étincelle et ses mains caressent mon corps dans ses moindres recoins.

Je me frotte énergiquement les yeux de la paume des mains, cherchant à tout prix à faire disparaître cette vision. Je me sens à l'étroit dans mon pantalon. Ce n'est pas un truc de nana frustrée de faire des rêves érotiques ? Je ne suis ni l'un ni l'autre ! Enfin, je ne peux pas dire que ma vie sexuelle soit palpitante, ni même existante, actuellement.

C'est dingue comme Amanda monopolise mes rêves et ne me sort pas de la tête, même pendant la journée. Depuis la bagarre, elle a beau ne plus m'adresser un seul mot, les quelques moments que l'on se retrouve à partager ensemble à travers notre cohabitation imposée me donnent envie de la connaître mieux.

J'aime entendre son rire, rare, mais clair et contagieux. J'aime sa manière de s'adresser à son frère et de le câliner sans raison. J'aime sa façon de s'installer en boule dans le canapé du salon, le nez plongé dans ses cours, la musique poussée à fond dans ses oreilles. J'aime son tic de se mordiller les lèvres dès qu'elle s'aperçoit que mon regard est posé sur elle. Et j'aime aussi sa façon de grimper l'escalier sur ses pointes de pied, comme si elle ne pesait pas plus lourd qu'une plume. Si, dans l'état actuel des choses, le fossé qui nous sépare paraît infranchissable, le moindre de ses gestes, la moindre de ses paroles palpitent en moi avec une drôle d'intensité.

Je bouge légèrement la tête, ma joue moite est pressée contre mon bureau au milieu de mes feuilles éparses et de mes livres ouverts. Je me suis endormi en pleine rédaction de mon devoir de philo.

Malgré ma volonté farouche de me remettre à étudier, l'enthousiasme, lui, n'est pas systématiquement au rendez-vous.

Je me redresse et m'étire lentement. Je regarde par la fenêtre. Dehors, le vent souffle par bourrasques et projette de gros flocons contre la vitre. Je jette un œil sur l'écran de mon portable. Un texto d'Ethan s'affiche, il propose de passer me voir. Les gargouillis de mon estomac criant famine me convainquent de faire un tour dans la cuisine. Je pianote ma réponse à Ethan :

Moi – *Viens quand tu veux.*

Je n'ai plus le droit d'aller où bon me semble, mais Ethan est toujours le bienvenu chez moi.

Dans l'escalier, j'entends la télévision qui émet depuis le salon. Le débit accéléré et la voix surexcitée du commentateur d'un match de football de Ligue 1 me parviennent distinctement alors que j'atteins la dernière marche. Une désagréable odeur de cramé flotte dans l'air.

En entrant dans la cuisine, j'ai la surprise d'y retrouver tout le monde : Alexis et Owen se battent devant le frigo pour faire tomber des glaçons dans leurs sodas, ma mère s'active devant la gazinière, le père d'Amanda sort de la vaisselle des placards et Amanda gratte consciencieusement la surface noircie d'une tartine.

— Julian ! s'écrie ma mère. Il ne manquait plus que toi, tu viens m'aider ?

Je reste immobile sur le seuil. Amanda lève la tête et braque les yeux sur moi tels des lasers. Je me force à détourner la tête, en espérant que mon regard reflète plus de la fatigue que du désir – des images de mon rêve s'immisçant en ce moment même dans mon esprit.

Elle remet ses cheveux en place d'un mouvement de tête machinal et reporte son attention sur la tartine entre ses doigts.

Je retrousse ostensiblement le nez. Ma mère pouffe.

— Avec ce temps, je voulais éviter de sortir et me débrouiller avec ce qu'on a dans le frigo. Mais voilà ce qui se passe dès que je cuisine, je fais tout brûler !

Va savoir pourquoi ma mère refuse d'embaucher une cuisinière, alors qu'on peut largement se le permettre.

Étienne franchit les quelques mètres qui le séparent de ma mère, s'arrête à ses côtés et s'appuie contre le plan de travail.

— Au moins tu essays, lui répond-il en esquissant un sourire.

Elle fait la moue.

— Y arriver, c'est mieux. Mais se faire livrer, c'est pas mal non plus ?

Il opine du chef. Ma mère s'enthousiasme :

— Pour une fois qu'on est tous présents, on dîne ensemble.

Je réprime une grimace. Je n'arrive toujours pas à accepter cette cohabitation et je pense honnêtement que je n'y parviendrai jamais.

— Je ne peux pas, Ethan passe m'aider pour un truc à rendre demain en philo.

Ma mère acquiesce, déçue, mais n'insiste pas. Elle est soulagée de voir que je m'implique de nouveau dans les études, l'excuse d'un devoir à terminer est donc parfaite.

J'observe le spectacle étrange qui se déroule sous mes yeux. Alexis et Owen se bagarrent encore comme deux frangins et Amanda mime faussement de se fâcher en voulant les séparer. Étienne parle doucement à l'oreille de ma mère qui rit.

L'atmosphère de la pièce commence à m'oppresser, je suis submergé par un tas d'émotions douloureuses. Et la rage prend le dessus.

— Quelle belle famille parfaite, je commente d'un ton mauvais.

Je les regarde tous, à tour de rôle, tandis qu'ils me dévisagent et qu'un silence de mort s'installe. L'engouement de ma mère s'évanouit en un éclair.

— La famille recomposée dans toute sa réussite, j'ajoute, haineux, en applaudissant.

Toujours figés, aucun d'eux ne réagit. Ma mère demeure muette, l'air hébété.

— Merci, mais ce sera sans moi.

Je quitte la pièce dans un silence total et m'engage dans l'escalier.

— Julian !

J'entends ma mère courir derrière moi et sa main vient agripper fermement mon épaule. Elle la presse fort pour m'obliger à me retourner. Je m'exécute car je connais sa persévérance. Et j'ai déjà suffisamment de bleus sur le corps.

— Pourquoi tu fais ça ? me demande-t-elle, manifestement blessée.

— Et toi ? Pourquoi tu fais ça ?

— Mais quoi, Julian, qu'est-ce que je fais ? s'énerve-t-elle.

— Mentir ! Mais putain, pourquoi tu n'assumes pas ta relation avec ce mec ? C'est à cause de papa, c'est ça ? Par respect pour sa mémoire ou je ne sais quoi ? Tu préfères jouer la comédie devant tes fils ? j'enchaîne sans reprendre ma respiration.

Ma mère a les larmes aux yeux.

— Je pensais que tu allais mieux, que tu avais trouvé un moyen de canaliser ta colère. Et je pensais que tu avais compris que tout ce que je fais avec cette famille, c'est rendre service.

Je regarde sur le côté pour ne pas lever les yeux au ciel.

— Arrête avec ton histoire d'aider ! Ici, c'est chez toi, chez nous ! Pas le Samu social !

Tout son corps se crispe. Mais elle s'approche lentement et encadre mon visage de ses deux mains avec douceur. Je lis la détresse dans son regard.

— Julian. Il n'y a pas que toi qui as du mal à surmonter ta peine. Toi, Owen et moi, nous avons tous les trois été ravagés par la même explosion. Pendant un long moment, j'ai cru que tu n'arrivais pas à trouver comment faire ton deuil, alors j'ai voulu t'aider, Jul, de plein de manières différentes. C'est mon rôle de mère, je devais être là pour toi. Je n'ai peut-être pas agi comme j'aurais dû, je n'ai peut-être pas compris ce dont tu avais besoin, mais j'ai essayé, du mieux que je pouvais.

Elle marque une pause pour reprendre son souffle, et des forces aussi, semble-t-il, pour continuer.

— Mais moi aussi, je dois me reconstruire. Et pour ça, j'utilise mes propres ressources. Être là pour les autres, c'est ce qui m'aide, moi, à ne pas sombrer. Il y a le bénévolat, mon travail, et aussi cette famille. Je connais Étienne depuis des années, je ne pouvais pas lui tourner le dos au moment où il avait besoin de soutien. J'aurais aimé que d'autres réagissent de la même façon pour nous.

Elle resserre ses doigts autour de mon visage, un sourire triste étire le coin de ses lèvres.

— Je veux que tu me fasses confiance, Jul. Je ne te mens pas. Je ne le ferai jamais. Rien ne compte plus au monde pour moi que ton frère et toi. Je veux que tu arrives à avancer, à surmonter ta peine et que tu vives sans culpabilité. Votre père vous aimait, ton frère et toi.

Vous n'êtes responsables de rien et, si quelqu'un doit se racheter de quelque chose, c'est moi.

Il y a tant de souffrance accumulée derrière ses mots que ça me fend le cœur. Je n'arrive à rien articuler. Alors que je m'abîme dans le silence, ma mère m'embrasse tendrement le front.

— Je t'aime, Julian, murmure-t-elle avant de faire demi-tour pour descendre l'escalier et retourner dans la cuisine.

Avancer ? Vivre sans culpabilité ? Un jour, peut-être. Car le vide qui m'habite, qui me ronge au plus profond de moi est toujours là. Toujours aussi béant, toujours aussi vaste. Et cette douleur lancinante dans mon corps, imprégnée dans ma chair, me déchire toujours autant.

CHAPITRE 25

Amanda

— Tu veux savoir une bonne nouvelle ?

J'entrouvre une paupière. Debout au pied du lit et trépignant presque, Alexis me surplombe, un immense sourire aux lèvres. Mon réveil n'a pas encore sonné, j'en déduis qu'il est super tôt. Je veux dormir, je suis crevée. Après le pétage de plombs de Julian hier soir, qui a résonné en moi de bien des façons, le sommeil a été dur à trouver et agité. J'enfouis mon visage dans l'oreiller.

— Uniquement si elle vaut la peine que tu me réveilles en pleine nuit, je marmonne.

Je sens Alexis se glisser sous la couette à côté de moi et il me chuchote à l'oreille :

— Les cours sont suspendus.

Je relève la tête et fixe le visage ravi de mon frère.

— Quoi ? Comment ça, *suspendus* ?

— Aux infos, ils ne font que parler de la tempête qui approche. Ils disent que c'est historique.

— Mais hier soir, ils ne parlaient que de fortes rafales…

— Apparemment ça s'est intensifié pendant la nuit, ils redoutent un véritable blizzard.

— J'imagine. Pour que les cours soient annulés, c'est qu'un cataclysme nous attend !

Je me tourne sur mon flanc gauche, face à Alexis.

— On reste cloîtrés ici alors ?

Il opine du chef avec entrain.

— Mon Dieu, j'espère que l'atmosphère sera plus détendue qu'hier soir !

— J'espère aussi.

Je pose une main sur la joue de mon frère et la caresse doucement. Un large sourire s'épanouit sur mon visage.

— Ce sera l'occasion qu'on passe du temps ensemble. Je suis contente qu'Owen et toi soyez devenus de vrais amis, ne crois pas le contraire, mais je regrette nos moments à nous. Depuis qu'on a emménagé ici, je ne te vois pas. Papa, n'en parlons pas, il n'est jamais là. Sa présence hier pour le dîner était incroyable ! Avec maman à des milliers de kilomètres, c'est franchement difficile à vivre.

Alexis prend une mèche de mes cheveux entre ses doigts et passe la pointe sur le bout de son nez en plissant le front. C'était son rituel, petit, pour s'apaiser et ça a été la croix et la bannière pour lui faire adopter un autre « doudou » – Monsieur Lapin, qui a fini dans un carton au garde-meuble d'ailleurs.

— Je ne pensais pas que ton petit frère si chiant pouvait te manquer, dit-il en souriant.

— Et si ! je lui rétorque en ébouriffant affectueusement sa tignasse châtaine et récupérant ma mèche. Et je n'aurais pas cru que ma vie d'avant puisse un jour me manquer non plus.

J'attends quelques secondes puis j'ajoute :

— Tu te rends compte, pas une fois papa n'a parlé de maman. Ni même évoqué son nom. Pas une seule fois.

Je bascule sur le dos, mon regard survole la pièce sombre en fouillis pour aller se poser sur l'amas de vêtements qui s'entassent sur le canapé près de la fenêtre. Les seules choses qui sont consciencieusement empilées dans un coin et dont je prends soin, ce sont mes CD et mon Discman. Je ne suis pas de nature très ordonnée mais ma mère a toujours veillé à ce que ma chambre reste un minimum rangée, histoire d'être « un environnement vivable ». Elle me fatiguait quand elle me rebattait les oreilles avec ça. Désormais, ça me manque de ne plus l'entendre.

Ici personne ne se soucie de ce que je fais ou de l'état dans lequel je laisse la pièce. C'est par respect pour Eveline que j'évite que ce soit le bazar.

— C'est vrai, approuve Alexis. Comme si maman avait disparu de la circulation.

— Elle me manque tellement.

Ma voix se réduit à un murmure. La douleur du divorce et du départ de ma mère est toujours aussi vivace ; coulant continuellement en moi, s'étant peu à peu intégrée à ma vie. Je me réveille chaque matin en ayant l'espoir furtif de faire un bond de quelques mois en arrière, de retrouver à mes côtés tous les membres de ma famille, présents et heureux, juste avant que la réalité ne se rappelle à moi.

Alexis m'enlace tendrement.

— Elle me manque aussi, souffle-t-il en se retenant visiblement de pleurer.

Il dépose un baiser tendre sur mon front.

— Et dire que papa l'a peut-être déjà oubliée avec Eveline, je murmure.

L'air surpris, mon frère dresse un sourcil.

— Qu'est-ce que tu racontes ?

— Bah, ce qu'a dit Julian, l'histoire de la famille recomposée, ça a du sens, non ?

Alexis me contemple, l'air sceptique.

— Honnêtement, je ne vois pas papa en couple avec Eveline. Toi, si ?

Je hausse les épaules.

— Je ne sais pas trop. Papa m'a assuré que non mais il a quand même l'air vachement proche d'elle, tu ne trouves pas ?

— Pas franchement. Et j'en ai parlé avec Owen. Pour lui, sa mère est encore bien trop marquée par le suicide de leur père pour s'intéresser à qui que ce soit.

J'ai un haut-le-corps. *Le suicide de leur père.* Ces mots font des ricochets dans ma tête, tournent dans tous les sens jusqu'au vertige. *Suicide.*

Sous le choc, je reste interdite, tentant d'assimiler ce que je viens d'entendre. Comment je peux n'apprendre ça que maintenant ?! Je partage la vie de cette famille et personne n'a jugé bon de m'informer d'un événement aussi important ? Mon père s'est contenté de nous dire que le mari d'Eveline n'était pas là. Je me demande maintenant si c'était « *pas* là » ou « *plus* là ». Mais il n'aurait pas pu être clair ?! Genre, il est *mort* ! Comment peut-on être avare de précisions dans ce genre de cas ? Je ne comprendrai décidément jamais mon père !

— C'est Owen qui me l'a appris. Julian ne t'a rien dit ?

Je secoue la tête. D'un coup, je me sens nauséeuse. Je m'assieds dans le lit.

— Il n'avait pas de raison de me dire quoi que ce soit. Ce n'est pas comme si on s'entendait bien comme Owen et toi. C'est papa qui aurait dû le faire. C'est suffisamment important pour qu'il prenne la peine de passer cinq minutes à discuter avec nous, non ?

Mon ton monte au fur et à mesure de mes paroles. Je suis aussi triste qu'en colère.

Alexis se relève et s'installe en tailleur à côté de moi en fixant ses mains.

— Je suis d'accord.

J'ai tellement de peine pour Owen et Julian, personne ne devrait perdre un parent aussi jeune. Et encore moins de cette façon.

Alexis reste un temps silencieux avant de me faire le récit de ce qu'Owen lui a confié : la nouvelle du suicide qui les a tous plongés dans l'incompréhension et la détresse, les semaines d'enfer qu'ils ont vécues et le moyen qu'a trouvé Owen pour tenter de remonter la pente – les études.

Alexis et moi en parlons pendant un long moment, avant d'évoquer la belle amitié qui s'est nouée entre mon frère et Owen. Quand Alexis s'intéresse à Julian et moi, mon estomac émet un gargouillis bruyant. Aussi gênant qu'il soit, il arrive à point nommé. Alexis enfonce un index dans mon ventre en esquissant un sourire.

— On dirait que quelqu'un a un petit creux… On pourrait cuisiner ? suggère-t-il.

D'un bond, il descend du lit. Il passe une main dans ses cheveux et les lisse en arrière en affichant un sourire malicieux. Il a quelque chose en tête, c'est sûr.

— Quoi ? je lui demande.

— Un Nouveau Macaron ?

Notre mère est une pâtissière hors pair. Depuis tout petits, nous sommes habitués à la voir tester sans cesse de nouvelles recettes. Un jour, je devais avoir sept ans et Alexis cinq, alors que nos parents étaient sortis, nous nous étions mis en tête de faire fortune comme Picsou en créant une nouvelle recette de macaron, joliment nommé le Nouveau Macaron. Notre mère ne pourrait qu'être fière de nous. Pendant que notre nounou était affalée dans le canapé du salon, le nez plongé dans son téléphone, nous avions utilisé tout un tas d'ingrédients présents dans nos placards : du saucisson au cornichon en passant par les pois chiches. En rentrant, nos parents avaient trouvé la cuisine dans une pagaille monstrueuse. Les macarons n'étaient pas assez cuits et l'odeur qui planait était à vomir. Il y avait de la pâte et du sucre partout – notamment sur le sol ! –, et les ustensiles collaient sur la table et sur le plan de travail. Alexis et moi nous étions renvoyé la responsabilité du massacre devant la mine interloquée de nos parents. Ils avaient fini par éclater de rire et je me rappelle comme si c'était hier du fou rire que nous avions tous partagé.

— Macaron classique, ça ira aussi, non ? je propose.

Ses lèvres s'étirent d'une oreille à l'autre et Alexis hoche la tête.

— Mais, ma petite boule, tu n'es pas censé faire attention à ta ligne ? j'ajoute pour le taquiner.

Il pouffe et me tire la langue avant de tapoter son ventre.

— Il faut bien se faire plaisir, non ? Et toi, un peu de remplumage ne te ferait pas de mal ! Allez, rendez-vous en bas, ma grande perche.

Sur ces mots, il quitte ma chambre, sans manquer de m'adresser un clin d'œil avant de disparaître. Je suis heureuse que notre complicité soit entière. Voilà au moins une chose qui ne change pas.

J'agite mes pieds pour les libérer des draps et bascule les jambes hors du lit. Je file vers la salle de bains, prends une douche rapide et, une serviette enroulée autour du corps, me plante devant le lavabo. En me brossant les dents, je jette un œil sur la porte close de la chambre de Julian et ne peux m'empêcher de ressasser ce que je viens d'apprendre par Alexis.

Je n'imagine pas ce qu'ont dû vivre Eveline, Owen et Julian. Mon cerveau est saturé d'émotions contradictoires, je ne sais plus quoi penser de Julian. Clairement, je ne m'étais pas préparée au fait que tout ce que je pensais savoir sur lui puisse voler en éclats. Julian n'est peut-être pas que le mec détestable que je croyais, après tout. Mais plutôt un être malheureux avec une blessure bien vive au fond de lui. J'étais pleine de jugements et de préjugés sur lui mais maintenant je me dis que la douleur qui doit le consumer tout entier y est obligatoirement pour quelque chose dans le garçon qu'il est aujourd'hui.

Je me rince la bouche avant de caler ma brosse à dents dans le verre en plastique. De retour dans la chambre, je fouille parmi mes vêtements et choisis une tenue décontractée. J'enfile un débardeur blanc, un pull noir en grosses mailles et un jean simple gris serré. Je mets de l'ordre dans mes cheveux qui partent dans tous les sens et je me fais une queue-de-cheval haute.

Dans le miroir, je capte le reflet de mon téléphone. Le voyant lumineux clignote. Je vais le chercher sur ma table de chevet et le consulte. J'ai manqué un appel de Dan. J'écoute le message vocal qu'il m'a laissé en appliquant un voile de fond de teint sur mon visage. Il a appris que, dans la majorité des lycées, les cours n'auront pas lieu et me propose qu'on passe la journée ensemble.

Je m'approche de la fenêtre. Le blanc recouvre tout et le ciel est noir, menaçant. Le vent souffle fort, faisant tourbillonner les épais flocons de neige, et les arbres plient sous les bourrasques. Ce n'est pas que je n'ai pas envie de voir Dan mais il faudrait être fou pour s'aventurer dehors et je suis tellement contente de passer du temps avec mon frère que je ne lui ferai pas faux bond.

Depuis la sortie au cinéma, même si Dan propose systématiquement que je vienne chez lui, j'arrive à le tirer hors de son palais. Il y a bien trop de choses à faire à Paris pour rester enfermés et j'adore jouer la touriste dans ma propre ville. J'ai déjà réussi à l'entraîner à Châtelet dans mon bistrot préféré et dans le Marais pour manger un falafel. On ne devait se retrouver que ce week-end mais la fin de la semaine devait lui sembler trop lointaine car, hier midi, Dan a débarqué devant mon lycée dans son coupé cabriolet. D'autres filles auraient sauté au plafond, pas moi. Les regards curieux et envieux m'ont mise plus mal à l'aise qu'autre chose. J'aime rester discrète. Nous avons déjeuné ensemble et il a ensuite tellement insisté pour me raccompagner en cours que je l'ai laissé faire. La prochaine fois, j'insisterai, moi, pour utiliser mes pieds. Il est adorable mais sa belle bagnole, je m'en fous.

Je pianote sur mon téléphone pour lui répondre que je ne peux pas sortir maintenant et que je le tiens au courant dans la journée, en fonction de l'évolution du temps.

Je passe devant le bureau d'Eveline. Porte ouverte, elle est occupée à taper sur le clavier de son ordinateur, son téléphone vissé à l'oreille. Elle lève les yeux, m'adresse un sourire et me salue en agitant la main. Je la salue à mon tour avant de gagner le rez-de-chaussée.

Mes pas me conduisent au salon. La télévision y est allumée sur une chaîne d'infos en continu mais personne ne la regarde. Je m'immobilise devant l'écran, impressionnée par les images qui s'y succèdent. Les chutes de neige sont intenses et concernent tout le nord de la France. Une journaliste prévient que certains grands axes sont fermés à la circulation puis interviewe un responsable de la RATP qui annonce de fortes perturbations sur tous les transports publics de la région parisienne. La journaliste conseille à tous d'éviter les déplacements inutiles et invite à rester chez soi. Je zappe sur quelques chaînes d'infos qui diffusent toutes en boucle des flashs spéciaux sur la progression de la tempête. Les autres diffusent leurs programmes habituels du matin : des dessins animés, des tops musicaux, ou encore de vieilles séries américaines à l'eau de rose. J'éteins la télé et rejoins la cuisine.

Owen touille ses céréales en riant tandis qu'Alexis débite tout un tas d'âneries. Pas de trace de mon père. Comme c'est étonnant. Il préfère certainement être emporté par la tempête plutôt que de passer du temps avec ses enfants.

Je me sers une tasse de café et m'installe sur un tabouret. Je commence à boire le liquide brûlant puis mâchouille une tartine. Alexis fait face aux placards et les fouille un par un, sortant quantités d'aliments. Il se tient ensuite devant le frigo ouvert dont il examine le contenu, ses doigts tambourinant sur l'acier de l'appareil.

— On n'a pas ce qu'il faut comme ingrédients pour faire des macarons.

— Vous savez faire des *cookies* ? demande Owen en prononçant le mot à l'américaine.

Nous secouons la tête.

— C'est *so easy* ! Vous voulez que je vous apprenne ?

Nous opinons de concert.

— *Alright !*

C'est aussi cours d'anglais simultanément ? Encore que je ne m'en plaindrais pas, mon accent et mon niveau dans la langue de Shakespeare sont à mourir de honte.

Sous les indications d'Owen, nous nous mettons à l'œuvre. Nous sommes en pleine préparation quand Julian apparaît à l'entrée de la cuisine. Il porte un pantalon de jogging bas sur les hanches et un tee-shirt soulignant les muscles saillants de ses bras et de ses épaules. On distingue encore quelques traces de la bagarre sur son visage. Il n'est pas rasé et des poches apparaissent sous ses yeux, mais il émane toujours de lui une virilité et une force impressionnantes.

Il traverse la pièce, se sert une tasse de café et, après un signe de tête dans notre direction, s'apprête à battre en retraite dans le couloir. Avant même de réfléchir, je m'entends proposer :

— Tu veux te joindre à nous ?

Un silence se fait. Je n'ai pas adressé la parole à Julian depuis notre dispute sur la terrasse mais, avec tout ce que je viens juste d'apprendre, il m'est impossible de ne pas faire un pas vers lui.

Julian s'immobilise et son regard croise le mien. Son expression est impénétrable.

— On fait des brownies, ça te dit ? renchérit Alexis.

Owen pouffe.

— Des *cookies*, corrige-t-il.

— Ouais, c'est américain, c'est pareil !

— Et les deux contiennent du chocolat, dit Julian de son timbre chaud et posé, un sourire étirant lentement ses lèvres.

Oh mon Dieu. Fossettes. Fossettes. Fossettes. Cœur à l'arrêt. Réanimation nécessaire.

— Du coup, tu te joins à nous ? demande mon frère en lui tendant une spatule.

Le regard de Julian passe lentement sur chacun de nous, s'arrêtant notamment sur moi avec une intensité déstabilisante. Mon cœur s'emballe, je me fais violence pour ne pas baisser les yeux.

— OK, répond-il simplement.

Nos deux frères se lancent dans une bataille de proportions tandis que Julian traverse la pièce. Face à l'évier, il me tourne le dos. Il fait couler l'eau et se lave les mains. J'admire ses cheveux bruns, ses épaules carrées et son allure d'athlète. Quand il se retourne, je focalise mon attention sur le plan de travail et trouve un vif intérêt à remuer la préparation dans le bol sous mon nez.

Julian se perche sur le tabouret voisin du mien et rassemble des ingrédients devant lui. Alors qu'il cherche à attraper les œufs, ses doigts effleurent les miens. Gênée, je prends la boîte et la lui passe rapidement, espérant qu'il ne remarque pas mon trouble.

Assis côte à côte, nos genoux et nos épaules se touchent. Ce contact m'irradie, je suis incapable de bouger. Mon cerveau a du mal à fonctionner. Pourquoi est-ce que je réagis comme ça dès que mon corps entre en contact avec celui de Julian ? Je tente de faire abstraction des sensations qui me parcourent. *Dan-Dan-Dan. Tu. Es. En. Couple. Et avec un garçon-super-sexy qui t'apprécie.*

Julian s'intéresse au récipient qui contient l'énorme boule de pâte confectionnée par nos cadets.

— Vous avez de quoi faire au moins quatre fournées. Pas besoin que je prépare encore de la pâte.

Owen fourre ses mains dans les poches de son sweat à capuche.

— Alex allait justement se charger de former les cookies.

Mon frère jette un regard en biais à Owen en secouant la tête.

— Tu es gonflé ! J'ai déjà fait tout le boulot, toi rien jusqu'ici. Tu as juste joué au prof : « Faut faire ci, faut faire ça, *like this, like that.* » Tu vas te contenter de les manger, c'est ça ?

— Oh, les enfants ! se moque Julian. Ne vous battez pas, je vais les finir, ces cookies.

Owen et Alexis se fendent d'un large sourire.

— Cool, on va faire un tour dans le jardin alors.

Ils quittent la cuisine au pas de course et s'habillent en blaguant dans le hall. Ils commencent à se chamailler puis j'entends la porte d'entrée s'ouvrir et se fermer, et le silence tombe.

On ne peut pas dire que je profite vraiment de mon frangin, là.

Julian plonge un doigt en plein dans l'épaisse préparation et la goûte. Il grimace aussitôt.

— C'est immonde ! Qu'est-ce qu'ils ont mis là-dedans pour que ce soit aussi dégueulasse ? Du sel ?

Je pince les lèvres et étouffe un gloussement. Quand il tire la langue en plissant les yeux, je me mets à rire et plaque la main sur ma bouche. Julian va cracher précipitamment dans l'évier.

Une lueur amusée dans les yeux, il m'interroge :

— Avoue, vous m'avez fait venir pour m'empoisonner ?

Des petits bruits étranglés s'échappent de ma gorge. Julian prend une bouteille de soda dans le frigo, le visage toujours déformé d'une horrible grimace. Il boit directement au goulot et grimace encore.

— Mais ça ne part pas, c'est dingue ! *It's disgusting* !

Je ris encore plus fort à présent, sans pouvoir m'arrêter. Julian ne semble plus savoir quoi faire pour se débarrasser du mauvais goût.

— Je vais aller me brosser les dents, il n'y a pas d'autre issue ! s'exclame-t-il d'une manière théâtrale.

Nous rions tous les deux aux éclats. Je ris même tellement fort que j'en ai mal au ventre. La première pensée qui me traverse l'esprit, c'est que la dernière fois où j'ai autant ri, c'était encore avec lui. Lors de la bataille de boules de neige, dans le jardin, avec nos frères.

— Ma pâte est bonne si tu veux. Goûte, je hoquette, à bout de souffle.

Il n'hésite pas une seule seconde et se précipite sur mon bol. Il fourre une grosse cuillerée dans sa bouche et exagère la mastication. Il l'avale goulûment, puis m'adresse un petit sourire sincère.

— C'est vrai, c'est bon.

Son regard se plante dans le mien. Et là, à cet instant précis, quelque chose se passe. Quelque chose qui vient tout changer, tout faire basculer, dissiper les mauvaises ondes pour ne laisser que les bonnes.

Je m'arrête progressivement de glousser. Julian se tient si proche de moi que je sens son souffle sur mon visage. En posant la cuillère sur le plan de travail, ses doigts effleurent mon bras et un fourmillement court sur ma peau. Je sens le rouge me monter aux joues, la respiration courte, je n'entends plus que les battements de mon cœur dans mes tempes. C'est comme si tout ce qui nous entourait s'était évanoui et le temps semble suspendu. Soudain, Julian a un mouvement de recul. Il s'empare du grand récipient et part jeter son contenu à la poubelle.

— Ah les morveux. Même pas capables de faire un foutu gâteau !

Je suis désorientée, Julian a changé d'attitude si brusquement. Je laisse échapper la longue expiration que je n'avais jusque-là pas conscience de retenir bloquée dans ma gorge. Et, pour la deuxième fois de la matinée, je parle sans réfléchir :

— Je suis vraiment désolée pour ton père.

L'atmosphère devient aussitôt lourde. Julian fronce les sourcils puis son regard se perd dans le vague. Je perçois en lui un tel chagrin que mon cœur se serre. Une vague de douleur traverse son visage et me donne soudain envie de m'approcher, de le prendre dans mes bras et de l'étreindre de toutes mes forces. Je voudrais le réconforter autant qu'il me serait possible de le faire.

Julian garde le silence pendant plusieurs secondes, puis dit d'une voix si faible que je l'entends à peine :

— Ouais, moi aussi.

Sa voix se brise sur la dernière syllabe, et son expression reflète un mélange de tristesse poignante et de colère. Bouleversée, je le regarde quitter la pièce avec hâte.

CHAPITRE 26

Julian

Décidément, je ne comprends rien à cette fille. Elle m'insulte, elle me snobe, elle m'ignore et maintenant elle est désolée pour mon père ?! Ce que j'aimerais être dans son foutu crâne pour comprendre ce qui s'y passe !

Quand j'ai pénétré dans la cuisine, je m'attendais, comme chaque jour, à y croiser une Amanda à la moue irritée et qui ne m'adresse pas un mot. J'ai cru que mon cerveau était en train de bugger en entendant son invitation à cuisiner. Face aux mines radieuses que chacun arborait, j'ai eu subitement l'impression de manquer quelque chose. Et après le spectacle que j'avais donné hier, j'avais envie non pas de me racheter mais de ne pas passer constamment pour un trou du cul. Alors au lieu de tous les envoyer chier et retourner m'enfermer dans ma chambre, j'ai décidé de rester. Et j'ai bien fait. Grâce à Amanda, une nouvelle fois, j'ai ri à en avoir des crampes à la mâchoire. C'est suffisamment rare pour être souligné car, depuis le décès de mon père, j'ai pris pour habitude d'anesthésier mes émotions et surtout de bloquer les bonnes. Mais avec cette fille, tout est différent, je me laisse embarquer sans frein ni retenue par toutes mes sensations.

La dernière chose que j'avais prévue, c'était qu'elle parle de mon père. L'explication de sa soudaine gentillesse fut brutalement limpide et gerbante de bons sentiments : elle avait appris ce qui lui était arrivé. Je ne voulais pas de sa pitié tout comme je ne voulais pas craquer devant elle, alors j'ai quitté la pièce dont l'air était devenu d'un coup irrespirable et j'ai tracé jusqu'à ma chambre. J'y fais maintenant les cent pas comme un lion en cage, le cerveau plein de sentiments impossibles à démêler.

Je me vautre finalement dans mon fauteuil face à la fenêtre. Le spectacle vaut le coup d'œil : c'est la première année où je vois Paris recouvert d'autant de neige.

J'écoute en silence les pas qui résonnent, gravissent peu à peu l'escalier, gagnent l'étage et traversent le couloir. Je ne remarque pas qu'Amanda entre dans ma chambre jusqu'à ce qu'elle apparaisse au bord de mon champ de vision. Elle s'immobilise alors et, l'air gêné, enroule les bras autour de sa poitrine. Elle attend peut-être une réaction de ma part mais je ne bouge pas.

— J'ai appris ce matin pour ton père, finit-elle par dire lentement.

Sans blague.

— Je voulais que tu saches que, malgré les problèmes entre nous, je compatis. Sincèrement.

Je fixe un point imaginaire devant moi. Je suis partagé entre l'envie de lui répondre, me réjouissant secrètement qu'elle m'ait rejoint, et celle de l'ignorer et de me refermer sur moi-même comme je le fais dès que mon père est évoqué.

— Et je suis désolée pour… tout. Voilà. Je ne t'embête pas plus.

Elle s'apprête à partir. Je pivote aussitôt sur mon siège et plonge mon regard dans le sien. Il est doux et brille d'une lueur que je ne parviens pas à analyser mais que je reconnais pour l'avoir déjà aperçue pendant quelques secondes lors de notre bataille de boules de neige.

Amanda détourne rapidement les yeux et rassemble ses longs cheveux dorés dans une main pour les déplacer sur une de ses épaules.

— Si jamais tu veux en parler…

Elle laisse la fin de sa phrase en suspens. Pourquoi je me confierais à elle ? Nous ne sommes pas amis. Elle ne me supporte même pas. Du moins c'était le cas jusqu'à son soudain élan de compassion. Je regarde Amanda avec amertume.

— Et toi, tu veux parler de ta mère ? je lui rétorque d'un ton plus sec que je ne l'aurais voulu.

Amanda se crispe et lâche, sur la défensive :

— Ma mère va très bien, merci !

Je ris malgré moi.

— Je sais qu'elle n'est pas morte. Tes parents ont divorcé et elle est partie vivre en Asie, à Tokyo je crois bien.

Amanda apparaît contrariée.

— Comment tu sais ça ?

Je me renfonce dans mon siège.

— Ma mère me parle de nos invités, vois-tu.

— Tu as bien de la chance…

Regrettant visiblement ce qu'elle vient de dire, Amanda se balance sur ses pieds et baisse les yeux pour éviter mon regard.

— Enfin, je disais ça par rapport au fait que ta mère t'informe. Moi, mon père me dit que dalle. Aucun de mes parents, en réalité.

Son visage s'assombrit, ses traits se tendent.

— La famille, c'est un beau sac d'emmerdes, je lâche.

Elle sourit faiblement.

— Honnêtement, je ne sais plus si la mienne en est vraiment une. Heureusement qu'Alex est là.

Ses yeux se voilent.

— Vous êtes très proches ?

Je sais que oui. Ça se voit.

— Oui, confirme-t-elle du bout des lèvres en relevant ses yeux emplis de larmes vers moi.

Sa tristesse déteint sur moi. Je ne comprends pas pourquoi mais cette fille me touche profondément et, à l'idée de la voir pleurer, je dois me retenir de la prendre dans mes bras. Au lieu de ça, je me redresse en m'appuyant contre le dossier de mon siège.

— On l'était aussi, Owen et moi. Mais les choses changent.

Amanda prend une profonde inspiration et cligne des yeux pour faire disparaître ses larmes. Elle hausse les épaules.

— Une relation, ça s'entretient, dit-elle en se mordillant nerveusement la lèvre inférieure. Non pas que vous ne le fassiez pas, hein ! Je disais ça comme ça.

Ça me fait marrer de la voir mal à l'aise. Elle ne sait clairement plus comment agir avec moi. Maintenant qu'elle est au courant du suicide de mon père, elle a l'air de me prendre pour une petite chose fragile à ne pas contrarier. J'esquisse un léger sourire.

— Tu peux continuer de dire ce que tu penses. Tu ne t'étais pas gênée jusqu'ici.

— En ce qui concerne la franchise, tu n'es pas mal non plus dans ton genre, me rétorque-t-elle en souriant.

Ses larmes ont disparu. D'une allure déterminée, elle vient s'asseoir sur un coin de mon lit. Elle tend ses longues jambes devant elle avant de les croiser au niveau des chevilles et de poser ses mains sur ses cuisses. Je hausse un sourcil.

— Et les gens sans gêne, on en parle ?

Elle pointe son index sur son propre visage en souriant franchement.

— Moi ? Comme tu n'as pas la courtoisie de me proposer de m'asseoir, je prends l'initiative. Ce serait dommage de ne pas profiter de cet instant où nous arrivons enfin à parler calmement comme deux individus normaux et civilisés. Tu n'es pas d'accord ?

Elle attend ma réponse, alors j'opine.

— Comment va ta cheville ?

Sa question me surprend. Je n'ai parlé de ma blessure avec personne dans cette maison, à peine avec ma mère. Ça veut donc dire qu'elle m'a observé. Au moins un peu.

— Ça va, merci.

Amanda se met à jouer avec ses manches tandis que je me force à ne pas la dévorer des yeux. Sans succès. Son jean moulant met en valeur ses jambes fines et son pull noir serre sa taille et souligne parfaitement sa poitrine. Sa queue-de-cheval dégage son visage, me permettant d'en admirer la moindre parcelle. Comme d'habitude, elle l'a recouvert de maquillage mais pas suffisamment pour bien camoufler ses grains de beauté. Tandis qu'une douce odeur de chocolat se répand dans l'air et parfume toute ma chambre, une image me vient subitement à l'esprit.

— Des pépites de chocolat, je prononce tout haut, ne m'en apercevant qu'une fois que c'est fait.

Amanda relève la tête et pose les yeux sur moi. Son front se fronce et ses sourcils se haussent légèrement.

— De quoi ?

— Tes grains de beauté. On dirait des mini-pépites de chocolat.

Elle rougit.

— Ce qui fait de toi un énorme *cookie*.

Elle éclate franchement de rire.

— On ne m'avait jamais sorti ça !

— D'ailleurs, à en juger par l'odeur qui vient jusqu'à mes narines, tu as fini de préparer tes cousins et cousines ?

Amanda rit toujours et acquiesce.

— C'était rapide, il n'y avait que ma pâte de comestible.

Puis un petit sourire mélancolique se dessine sur ses lèvres.

— Ça me rappelle les gâteaux de ma mère.

Naturellement, sans réfléchir, je lui demande de me parler de sa mère. Et étonnamment, Amanda le fait. Les mots sortent de sa bouche sans discontinuer tandis que je l'écoute en silence. Quand elle se demande tout haut comment s'habituer à son absence, je lui réponds spontanément qu'on ne peut pas. On ne s'habitue jamais à l'absence d'un parent. *Surtout quand on ne le reverra jamais.*

Sans que je comprenne pourquoi, la soirée où j'ai appris le décès de mon père défile d'un coup devant mes yeux et me ramène brutalement au cœur des événements. Je m'efforce de maîtriser mon émotion, de la garder en moi, mais c'est trop dur. Trop douloureux. Le regard pénétrant qu'Amanda m'adresse à cet instant me donne l'impression qu'elle arrive à lire jusqu'au plus profond de mon âme et, alors que nous sombrons dans le silence, tout se chamboule dans ma tête. À cet instant, je n'ai qu'une envie : me délester du poids qui écrase mes épaules depuis trop longtemps. Et comme si cela devait se passer ainsi, comme si c'était le déroulement le plus naturel qui soit, je me mets à parler.

— J'étais dans le salon quand on a sonné à la porte, je commence d'une voix faible. Ma mère est allée ouvrir et après quelques minutes, lorsqu'elle est revenue dans la pièce, j'ai compris qu'il s'était passé quelque chose de grave. « C'est ton père, elle m'a annoncé, livide. Il est mort. » Et là, le néant m'a englouti. Quand elle a ajouté que c'était un suicide, j'ai cru que mon cœur s'arrêtait de battre.

Amanda se rapproche et, quand elle pose sa main sur mon avant-bras, je tressaille à son contact. Je lève des yeux égarés, elle me regarde avec bienveillance.

C'est fou, même quand ma mère m'a envoyé voir le psy, je n'ai jamais parlé de ça. Et là, les mots qui étaient bloqués au fin fond de ma gorge pendant des mois se déversent à flots. Je suis surpris de sentir un certain soulagement m'envahir alors que j'ai toujours été persuadé que parler me minerait. C'est comme si le tumulte en moi commençait à s'apaiser. Alors je continue de raconter :

— Je n'ai pas été en cours pendant des semaines. L'alcool était mon meilleur ami.

Je passe sous silence que les coups d'un soir aussi, Amanda le sait pertinemment.

— Quand j'ai dû revenir au lycée, ça a été dur. C'était même un putain de calvaire. *C'est* un putain de calvaire.

Je m'arrête, une boule m'obstrue la gorge et m'empêche de respirer. Mon corps revit avec intensité les mêmes sensations, les mêmes émotions qu'alors. Je revois les gens s'écarter sur mon passage, les regards se braquer sur moi. Je me souviens de tous ces chuchotements qui résonnaient à mes oreilles, s'amplifiant jusqu'à m'empêcher d'entendre mes propres pensées.

Je sens la présence d'Amanda, sa paume chaude et douce toujours posée sur moi. Tandis qu'elle resserre doucement la prise de ses doigts sur mon bras, je réalise le réconfort que m'offre ce contact et combien j'en ai besoin.

Le front barré d'un pli soucieux, Amanda dit doucement :

— En vivant une telle épreuve, c'est difficile de ne pas se laisser entraîner par le fond.

Cette fille voit mes fêlures, elle voit le type paumé. Sans le vouloir, elle arrive à fissurer mon armure. Sans le chercher, elle a du pouvoir sur moi.

Un million de pensées traversent mon esprit en une seconde et je n'en retiens qu'une. *Je veux l'embrasser.* J'en crève d'envie.

Je me penche vers elle et tandis que mes lèvres effleurent délicatement les siennes, je glisse ma main sur sa nuque. Son souffle se mêle au mien et je presse ma bouche contre la sienne. L'univers tout entier disparaît autour de nous. Un frisson me traverse et mon pouls bat la chamade. Je l'embrasse plus fort, avec plus d'ardeur. Elle se dégage brusquement et se lève en faisant un pas en arrière.

— Je ne peux pas faire ça.

Je me dresse sur mes pieds, de grands coups sourds tapent dans ma poitrine. J'ai la respiration lourde et difficile. L'air semble se raréfier dans la pièce.

— *Tu ne peux pas ?* je répète.

Amanda paraît gênée.

— Je suis avec Dan, articule-t-elle d'une voix à peine audible.

Je me retiens de hurler en entendant le nom de ce fils de pute.

— Tu avais envie de ce baiser, je dis en avançant vers elle.

Elle recule d'un pas et me fuit du regard.

— Je me suis laissé emporter par l'émotion, me répond-elle calmement.

Je m'immobilise, incapable de prononcer un mot, essayant de repousser l'écœurement qui m'accable. *De la pitié ?* J'éclate d'un rire faux.

— Tu t'es laissé faire parce que j'étais triste ? C'est une putain de blague ?

— Non… mais… je suis désolée, murmure-t-elle.

— Et tu permets à tous les mecs tristes de t'embrasser ? Tu baises aussi pour remonter le moral ? je crache avec un terrible regard.

Immédiatement, ses lèvres s'entrouvrent sous le choc et ses yeux s'arrondissent. Elle secoue la tête, abasourdie, avant de quitter la pièce en coup de vent.

Mon corps tremble de rage, je suis à deux doigts de casser tout ce qui se trouve autour de moi. Je ne transpire que de la haine. Contre Amanda de m'avoir rejeté ainsi. Contre moi-même d'être aussi impulsif. Contre l'univers tout entier qui ne fait que me jouer des mauvais tours.

Je veux embrasser Amanda et qu'elle en redemande. Je veux plonger mon nez dans son cou et respirer son parfum. Je veux sentir son corps contre le mien. Je ne suis pas le genre de gars à être blessé par une fille, et encore moins le genre à tomber amoureux, mais pour une fois, j'ai l'impression que c'est exactement ce qui est en train de m'arriver.

CHAPITRE 27

Amanda

La neige a tourné à la pluie glacée. Le froid piquant me transperce les os, je sens presque mon sang geler dans mes veines. Face au vent mordant, je rentre les épaules et enfouis mes mains dans le tréfonds de mes poches. J'ai quitté précipitamment la maison et aussitôt appelé Elsa. En entendant mon ton paniqué, elle a coupé court à la conversation et m'a annoncé qu'elle venait me chercher avec le scooter de sa mère. Même si elle est autorisée à l'utiliser, j'ai insisté pour qu'elle ne le fasse pas : prendre la route avec ce temps est super dangereux. En guise de réponse, elle m'a raccroché au nez. Quand Elsa a quelque chose en tête, rien ni personne ne peut la faire changer d'avis.

En l'attendant, j'arpente frénétiquement le trottoir devant le portail, mes pieds s'enfonçant dans l'épaisse couche de neige. Je ne vais pas m'aventurer bien loin, mais il m'est impossible de rester à l'intérieur. Je ne veux pas me trouver à proximité de Julian.

Pour une des rares fois de ma vie, je n'ai pas envie d'écouter de musique, mes écouteurs n'ont pas bougé de ma poche. J'ai l'esprit accaparé par ses propos et la myriade d'émotions que j'ai vue passer dans ses yeux et sur son visage. Je suis complètement dépassée par la situation.

Julian m'a embrassée. Je n'arrive pas à y croire ni à m'en remettre. Quand il a pressé ses lèvres contre les miennes, on aurait dit qu'une bombe explosait en moi. Je n'ai jamais rien ressenti de tel. Ni avec Dan, ni avec personne. Je sens encore les picotements sur mes lèvres, je sens encore la brûlure de son baiser.

La sensation était si bonne et si forte que je me suis laissé faire. Et je n'aurais pas dû. Quand j'ai réagi, il était trop tard, le mal était fait. Et Julian s'est emporté. Une nouvelle fois. Les mots qu'il a eus à mon encontre étaient si blessants que les larmes m'en coulent encore.

Juste quand je commence à le comprendre et à l'apprécier, pourquoi fait-il exactement ce qu'il faut pour redevenir repoussant et détestable à mes yeux ? Pourquoi toutes nos conversations finissent-elles obligatoirement par le départ précipité de l'un de nous deux ? Pourquoi ce scénario se répète-t-il inlassablement ?

Je lui ai ouvert mon cœur en parlant de ma mère, alors que le faire avec Dan ne m'a même pas effleuré l'esprit, et je suis certaine que lui m'a confié sa douleur la plus profonde en évoquant le décès de son père. Ce moment de confidences aurait dû nous permettre de nouer une nouvelle relation, d'apaiser la tension entre nous. Pas de l'attiser ! Il n'aurait pas dû tout gâcher en m'embrassant. *Il n'aurait pas dû.* Ma déception est à la hauteur de mon trouble, je soupire lourdement.

Je déteste Julian pour la rage qu'il a si facilement contre moi. Je le déteste pour la réaction et les mots qu'il a eus envers moi. Je le déteste pour me faire sentir aussi mal. Néanmoins, en sachant ce qu'il a vécu, je suis anéantie pour lui. Je ne peux pas nier que mon opinion sur lui a changé et que, au plus profond de moi, de nouveaux sentiments s'éveillent. Et après cette matinée, rien n'est plus pareil.

Le vent violent fait voler mes cheveux devant mon visage, je les repousse. Je fouille dans une de mes poches et en sors mon paquet de cigarettes. Je le tapote jusqu'à ce qu'une s'en échappe. Je la colle entre mes lèvres et l'allume en mettant une main en coupe autour de la flamme du briquet, pour l'abriter des rafales et des gouttes. J'inspire plusieurs longues bouffées avant de venir m'appuyer lourdement contre le mur de clôture de la propriété voisine, et renverser ma tête en arrière. Je ferme les yeux, les visages de Dan et Julian dansent derrière mes paupières closes. Tout est si confus.

L'eau imbibe mes vêtements, je sens le tissu mouillé adhérer à ma peau. La pluie battante martèle mon visage, et subitement je suis incapable de savoir si ce sont les gouttes d'eau ou les larmes qui le recouvrent le plus.

Un klaxon me sort de mes pensées. Perchée sur le scooter, Elsa s'arrête à quelques mètres.

— Amy, qu'est-ce que tu fous dehors ? s'emporte-t-elle en me lançant une espèce d'horrible K-Way, copie conforme de celui qu'elle porte, la capuche bien serrée autour de son visage, sous son casque.

Elle me fait signe de l'enfiler en m'inspectant de la tête aux pieds d'un air inquiet.

— Tu es trempée jusqu'aux os ! Tu aurais dû m'attendre à l'intérieur.

Je me rends compte que je claque des dents. J'endosse l'imperméable jaune fluo sans entrain, en prenant quelques secondes pour dire adieu à ma dignité.

— Et toi, tu n'aurais pas dû venir…

Elsa lève les yeux au ciel.

— Bien sûr que si ! Les amies, c'est fait pour ça, non ? Débarquer en urgence quand on en a besoin.

Elle récupère à ses pieds le deuxième casque qu'elle me tend. Je le visse aussitôt sur ma tête.

— Allez, grimpe !

J'obtempère et elle redémarre, les pneus crissent sur la neige.

— Alors, qu'est-ce qui s'est passé ? me demande-t-elle, par-dessus le bruit du moteur.

— C'est Julian.

— Qu'est-ce qu'il a encore fait ?

— Il m'a embrassée.

Elsa pile et tourne aussi sec la tête vers moi l'air ravi.

— Quoi ? Oh mon Dieu, je te l'avais dit ! J'avais prévu qu'il allait se passer un truc entre vous !

— Je l'ai repoussé.

— Quoi ?

Elle se retourne et me fixe, bouche bée.

— Attends, tu as fait quoi ?

Je me mordille nerveusement l'ongle du pouce puis secoue vivement les mains.

— Il m'a prise au dépourvu. Le moment était si fort, il était si touchant. J'avais l'impression de découvrir une tout autre facette de Julian, je lâche sans reprendre ma respiration.

Elsa coupe le contact, met pied à terre et enlève son casque.

— Waouh, OK. Commence par te calmer. Et respire !

Elle pose une main sur mon épaule et la masse. J'inspire par le nez, expire lentement par la bouche et répète l'exercice plusieurs fois. Le visage levé vers le ciel, je note que la pluie s'est sensiblement calmée. Mais aussi qu'on est arrêtées en plein milieu de la route. J'en fais la remarque à Elsa.

— Ça va, la rue est déserte. Il n'y a que nous pour foutre le nez dehors avec un temps pareil. Revenons-en à toi, il me faut toute l'histoire, tous les détails !

Face à mon insistance, elle finit par ranger le scooter sur le bas-côté. Je m'y rassieds tandis que mon amie se plante devant moi, les mains posées sur mes genoux.

Je commence par lui parler de ce que j'ai appris par Alexis à mon réveil. Puis du moment pâtisserie dans la cuisine et de la discussion que j'ai eue avec Julian dans sa chambre. Quand j'arrive au baiser, et à la réaction de Julian quand j'y ai mis fin, des larmes me picotent les paupières. Elsa me prend dans ses bras et me chuchote à l'oreille :

— Julian souffre, c'est évident. C'est pour ça qu'il se conduit comme il le fait et qu'il a du mal à se contrôler.

Elsa, la psy. Elle adore analyser tout le monde, et pas besoin de rendez-vous !

— Perdre un parent ne transforme pas tout le monde en vrai connard, je lâche entre deux hoquets.

Elle s'écarte de moi et soutient mon regard.

— Amy, honnêtement, il me paraît plus perdu qu'autre chose. Et on ne peut pas dire que tu as toujours été tendre avec lui, non plus... Dois-je te rappeler votre première « conversation » ? me demande-t-elle en mimant des guillemets avec ses doigts.

Il faut que j'arrête de me voiler la face : j'ai lancé les hostilités. C'est moi et uniquement moi qui ai causé le climat de tension entre Julian et moi. Son comportement excessif n'a fait que l'accroître.

Je crois que si j'en veux autant à Julian, c'est parce que je n'assume pas de m'en vouloir à moi-même. Je préfère m'employer à détester ce garçon de toutes mes forces.

Je passe mes mains sur mon visage en soupirant.

— Non non, merci ! Pas besoin que tu me rappelles quoi que ce soit.

— Je te l'ai déjà dit mais je te le répète, je suis sûre que tu ne le détestes pas tant que ça.

Il est temps que je me confie sur le trouble que suscite Julian chez moi. Il est temps que je soulage mon esprit. Et mon cœur peut-être aussi un peu. Car même si je me suis mise en couple avec Dan, mon colocataire n'a jamais quitté mes pensées.

— Tu as raison, c'est plus compliqué que ça.

— Je le savais !

— Je suis perdue, El. Oui, Julian me plaît physiquement, et ce depuis la première fois que je l'ai vu. Chaque fois que je pose les yeux sur lui, ça me fait quelque chose. Et quand il me touche, ça m'électrise. Mais lui, son caractère, sa façon d'être, je ne peux pas. L'alcool, les bagarres… Et toutes les filles avec qui il couche. Et il y a Dan. Il réunit tout ce que j'apprécie chez un garçon, je ne peux pas tout gâcher.

Une vraie bataille se livre à l'intérieur de moi-même.

— OK, mais avec Dan, où est l'emballement ? La fougue ? L'excitation ? s'enflamme Elsa en faisant de grands gestes.

Je hausse les épaules et reste muette.

— Je t'ai connue plus passionnée avec celui qu'on ne peut pas nommer.

Il me faut quelques secondes pour resituer de qui elle parle. Charles ! Je lâche un long souffle.

— Ça fait longtemps que j'ai oublié Charles ! Tu peux prononcer son nom autant que tu veux.

Elsa tapote sur mon genou en souriant.

— Tu as un vrai fan club maintenant ! Mais focalisons-nous sur Julian. Juste Julian. Que penses-tu *vraiment* de lui ?

Je laisse les mots venir sans réfléchir et traduire ma pensée.

— Julian est le garçon le plus énervant que je connaisse. C'est la seule personne avec qui je n'arrive jamais à finir calmement une conversation. Mais avec ce que je sais maintenant sur son père, je suis effondrée pour lui.

Je sens la main de mon amie se poser délicatement sur ma cuisse.

— De quoi tu as peur ? me demande Elsa tout bas.

Cette fille me surprendra toujours. Elle parvient infailliblement à mettre le doigt sur les points sensibles et à poser les bonnes questions.

De quoi j'ai peur ? J'ai peur de ce que j'ai ressenti quand Julian a posé ses lèvres contre les miennes. J'ai peur de l'intensité de toutes les émotions qu'il suscite en moi. J'ai peur que la façon qu'il a de me regarder soit seulement la même qu'avec chacune des autres filles qu'il côtoie. J'ai peur que la manière qu'il a de se rapprocher de moi n'ait que pour but de me donner l'illusion que nous sommes proches. J'ai peur de baisser ma garde et de me faire avoir par Casanova. Mais j'ai aussi peur de me tromper en restant avec Dan. Depuis le début de notre histoire, Julian parasite mes pensées. Je ne peux pas continuer comme ça. Il est temps que ça cesse. Que j'agisse. Il est grand temps que je fasse la lumière dans mon cerveau embrumé.

— Il faut que je voie Dan, je murmure en sentant un pincement au creux de mon estomac.

— OK, mais on va commencer par faire un tour chez moi. Tu as besoin de prendre un peu de recul, un temps de réflexion ne sera pas du luxe. Te sécher ne sera pas une mauvaise chose non plus.

Elle enfile son casque par-dessus son horrible capuche et l'attache en me faisant un clin d'œil. Je lui réponds par un vrai sourire. Docteur Elsa a parlé.

Quand j'arrive chez Dan à la nuit tombée, je ne suis plus aussi perdue. Plus du tout perdue, en réalité. Après avoir passé la journée à tourner et retourner mes pensées dans ma tête, j'en ai conclu que je ne pouvais pas rester avec lui. Il n'est pas question que je me rapproche de Julian pour autant, mais je dois être sincère avec moi-même et faire face à cette évidence : je ne ressens rien pour Dan. Certes, notre relation est récente mais ne dit-on pas que c'est dans les débuts que l'on est tout fou et enthousiaste ? Ce qui a été le cas pour moi avec Charles. Mon seul point de comparaison.

J'apprécie Dan, oui, mais je n'ai aucun sentiment naissant pour lui. Pas d'étoiles qui brillent dans mes yeux quand je le vois, pas de papillons qui virevoltent au creux de mon ventre quand je sais que je vais le rejoindre. Pas de monstrueuse envie de passer mon temps libre avec lui. Quant à nos points communs, je peux les compter sur les doigts d'une main. En toute honnêteté, je crois que je m'ennuie avec lui. Comment poursuivre notre relation en étant consciente de tout cela ? Surtout après le baiser de Julian qui, lui, ne m'a pas provoqué le vol de quelques insectes dans l'estomac mais l'a transformé en véritable volière.

En regardant l'hôtel particulier qui se dresse devant moi, je repense aux mots prononcés par Elsa un peu plus tôt : « Bonne chance. » Je ne suis pas sûre que la chance me soit d'une grande utilité, un petit don de courage par contre, je ne dirais pas non.

J'avance prudemment sur le sol glissant, surprise de voir que la propriété grouille de monde. Quand j'ai dit à Dan que j'avais l'intention de venir le voir, il m'a prévenue qu'une soirée était organisée – étonnant, n'est-ce pas ? Je dois dire que l'aspect « fêtard » de la personnalité de Dan me plait aussi de moins en moins… –, cependant je ne m'attendais pas à ce qu'autant de personnes bravent la tempête pour s'y rendre. Certes, il ne neige ni ne pleut plus, et l'alerte a été levée, mais le vent continue de souffler en violentes rafales.

Sitôt franchi le seuil, je suis saisie par la chaleur moite qui pèse dans l'air. Je desserre mon écharpe et déboutonne mon manteau. Il y a des gens partout autour de moi et une légère musique s'élève. C'est bien la première fois, depuis que je viens ici, que les décibels ne sont pas au maximum. Je joue des coudes et me rends dans le séjour. Il y a des cris joyeux et des éclats de rire. Je lance un coup d'œil circulaire à la recherche de Dan. Quand mon regard s'arrête finalement sur lui, installé dans un canapé, je reste immobile à le regarder, tentant de rassembler toute ma volonté.

Je me sens mal, j'ai les jambes qui flageolent. Mon regard se fixe sur le bar à quelques mètres qui me fait de l'œil. Je crois que je vais m'accorder un petit verre. Considérons-le comme ma dose nécessaire de courage.

Comme je m'enfile quelque chose au goût indéfinissable et particulièrement fort, je ne vois pas Dan se diriger droit sur moi. Je ne me rends compte de sa présence qu'au moment où je me retrouve dans ses bras. Il enfonce ses doigts dans mes cheveux avant de faire glisser sa main dans mon cou.

— Salut, princesse ! Je suis content que tu sois là, murmure-t-il avant de m'embrasser. Tu m'as manqué.

Déjà ? On s'est vus hier. C'est pas plutôt l'alcool qui parle ? Ses lèvres ont un goût sucré que je reconnais tout de suite : la saveur acidulée des shots de gelée.

Dan pose son front contre le mien.

— Ça va ?

— Oui, je murmure, peu à l'aise.

Je n'ai jamais rompu, je ne sais pas comment m'y prendre. Et on ne peut pas dire que les magazines féminins que je feuillette ponctuellement – ou, plus exactement, qu'Elsa m'oblige à lire avec elle pour faire leurs tests bidon – donnent des conseils sur ce point-là. On apprend plus comment choper quelqu'un que comment le larguer sans faire trop de dégâts !

— On pourrait discuter ? je demande, me forçant à sourire.

— Suis-moi.

Il m'attrape la main et m'entraîne dans l'escalier. À l'étage, il enfile le couloir jusque devant une porte que je reconnais aussitôt. Sa chambre. Je n'y suis allée qu'une fois, juste après sa bagarre avec Julian, mais je ne risque pas de l'oublier. *Sacrée soirée.*

— Vas-y.

Dan pousse le battant et me fait signe d'entrer. Le lit extra-large est fait sommairement, aujourd'hui couvert d'une couette grise s'accordant avec les rideaux qui sont cette fois-ci ouverts sur l'immense terrain.

Je m'arrête à côté de la longue étagère murale chargée de multiples livres et de manuels et vois que Dan a laissé la porte entrouverte dans son dos. Ça me soulage d'une certaine manière, nous sommes seuls sans être complètement coupés du monde.

Dan se tient devant son bureau et désigne une dizaine de shots multicolores posés sur un plateau.

— J'ai mis des choses de côté pour qu'on profite tous les deux.

Il accompagne ses derniers mots d'un clin d'œil.

— Allez ! insiste-t-il en souriant et désignant le plateau. Sers-toi.

Je le rejoins et avale un gobelet d'une traite. Je crois que j'en ai besoin pour me donner un peu de force. Ou pour me délier plus facilement la langue ? Mon Dieu, je ne sais véritablement pas comment gérer la situation.

Dan branche son smartphone sur une enceinte. La musique démarre. Du Nas ? OK, il a compris comment me faire plaisir, il arriverait presque à me faire reconsidérer ma décision de rompre.

Il monte le volume et s'approche de moi en faisant exprès de danser de façon grotesque. Je ne peux me retenir d'éclater de rire, lui s'esclaffe. Il se trémousse et plante son regard bleu clair dans le mien. Maintenant que je lui fais face, mes certitudes s'effritent peu à peu et mon stress s'amplifie. Je vide un deuxième shot – qui sera le dernier, j'ai eu mon quota d'alcool –, espérant que celui-ci calme mes nerfs et me donne enfin l'aplomb nécessaire pour me lancer.

Dan me propose d'autres shooters que je refuse. Il insiste mais je ne cède pas. Il finit par laisser tomber, s'approche et me prend par la taille. Il me colle contre lui, m'entraînant dans tous ses mouvements.

— De quoi tu veux qu'on parle, princesse ? me chuchote-t-il à l'oreille en me caressant le visage.

J'ai du mal à ordonner mes pensées et à lui répondre. J'ai la tête qui tourne. Les murs ondulent autour de nous, me donnant presque la nausée, et la lumière me gêne. Les cocktails font effet de façon bien plus forte que la dernière fois.

— De nous deux, Dan.

J'inspire un grand coup : c'est le moment ou jamais.

— Je crois qu'on devrait arrêter de se voir.

Je sens son corps se raidir contre moi et le souffle chaud de son haleine chargée d'alcool sur mon visage. Je lève la tête et rencontre ses yeux injectés de sang et son regard vitreux. Je ne sais pas quelle quantité d'alcool il a ingérée, mais suffisamment pour être bien atteint de toute évidence. Il se penche lentement vers moi et pose ses lèvres sur les miennes.

Je reste choquée. Qu'est-ce qu'il fait ? N'ai-je pas été claire ?

— Dan, je bredouille contre ses lèvres. Est-ce que tu as entendu ?

Il m'ignore et se presse contre moi, ses mains se baladent le long de mon corps avant de s'arrêter sur mes fesses. Je remarque alors que la porte de la chambre est maintenant fermée. L'euphorie de l'ivresse disparaît pour laisser place à de la peur. Je tente de m'échapper en me tortillant, mais Dan me serre de plus en plus fort. L'affolement me submerge.

— Dan ! S'il te plaît, arrête !

— Laisse-toi faire, tu vas voir, tu auras vite envie…

— Non !

Il passe ses mains sous mon tee-shirt et dégrafe mon soutien-gorge avec une dextérité écœurante. Il plaque une main sur mon sein gauche et fait glisser l'autre sur mon ventre nu jusqu'à atteindre mon jean. La panique me comprime la poitrine et se propage dans mes veines. Je veux hurler mais ma voix reste bloquée dans ma gorge. Je veux partir mais mes pieds refusent de bouger, mon corps ne répond pas. Je suis tétanisée, comme figée d'effroi.

Quand Dan défait le bouton de mon jean et glisse sa main à l'intérieur, je m'arrache à ma torpeur. Je rassemble toutes mes forces, me débats pour me libérer et parviens à me dégager violemment de son étreinte.

— Je ne veux plus rien avoir à faire avec toi, je dis d'une voix blanche en reculant.

Il tend la main vers moi, je tente de me dérober mais ses doigts se referment avec force autour de mon poignet et le serrent comme un étau.

— On ne me largue pas, princesse, réplique-t-il avec un petit sourire suffisant.

— C'est pourtant ce que je suis en train de faire, je dis dans un murmure.

Son visage ne reflète plus que de la colère, une fine veine bleue se met à palpiter sous la peau de son front.

— Non, car toi et moi, on n'est rien ! éructe-t-il. Je n'attendais que d'obtenir ce que je voulais de toi avant de te jeter comme tu le mérites.

Ses mots me transpercent, me blessent et me révulsent.

Dan me cramponne toujours, un drôle de sourire aux lèvres.

— Princesse, tu es franchement plus longue à la détente que les autres. Tes balades aux quatre coins de Paris, c'était bien chiant. Sans passer à la vitesse supérieure, tu ne présentes aucun intérêt à mes yeux.

Je vais vomir. D'un geste brusque, je libère mon poignet douloureux. Les larmes aux yeux et le cœur au bord des lèvres, je tourne le dos à celui qui vient de muter d'ange à démon.

Je saisis mon manteau et me précipite vers la porte. Je me rue hors de la chambre et dévale l'escalier en titubant. Dans mon empressement, je percute quelqu'un et m'excuse à peine. Je trébuche sur la dernière marche, me rattrape à la rampe.

J'ai les mains moites et des picotements au visage, je me sens bizarre. J'ai subitement du mal à respirer. Il faut que je m'écarte du monde, j'ai besoin d'air.

Retenant mes larmes, je sors de l'immense demeure et j'avance sur l'allée vers le portail. Mon corps tremble à cause du froid et du choc. Je veux oublier ce qui vient de se passer. Je vois mal autour de moi. Pourquoi tout est si flou ? Mon champ de vision se rétrécit et de petits points noirs viennent le brouiller. Je sens les battements de mon cœur s'accélérer à mesure que mon angoisse grandit.

— Amanda ?

Je ne reconnais pas la voix masculine qui m'appelle. Je tourne la tête et aperçois une grande silhouette qui s'approche. Je me sens faiblir, mes muscles sont en train de m'abandonner. Je cherche à me raccrocher à quelque chose autour de moi mais il n'y a rien. Je chancelle, mes jambes défaillent et le dernier son que j'entends juste avant de perdre connaissance, c'est le bruit de mon corps qui heurte le sol.

CHAPITRE 28

Julian

Quand je saute dans ma voiture et démarre en trombe, j'ai le corps tendu à craquer. Je suis dans un état second, en proie à un mélange d'inquiétude et de confusion. Que s'est-il passé là-bas ?

Les mots d'Ethan prononcés d'une voix alarmée se répètent de façon continue dans ma tête : « *Il y a un souci avec Amanda. Elle s'est évanouie.* » Je n'ai pas cherché à en savoir plus, j'ai raccroché et je me suis rué hors de chez moi.

Je mets les gaz, fonçant à travers les rues en direction de Neuilly. Je conduis vite, trop vite, mais je veux y arriver le plus rapidement possible. Le volant vire soudain vers la gauche, je laisse échapper un juron en reprenant le contrôle du véhicule. Une camionnette fait une embardée pour m'éviter. Le conducteur m'adresse un long coup de klaxon rageur. Et son majeur aussi.

Il faut que je me calme et que je ralentisse, sinon je vais finir contre un mur ou une autre caisse. Je prends une longue inspiration, expire lentement et cesse d'appuyer sur l'accélérateur. Je me concentre sur la route, la gorge serrée. Mes doigts sont tellement crispés sur le volant que mes articulations blanchissent.

En arrivant devant l'imposant portail, j'écrase la pédale de frein. Mon cœur rate un battement quand je vois Amanda recroquevillée sur elle-même, assise sur le rebord du trottoir aux côtés d'Ethan. Ils sont seuls.

Je bondis de ma caisse et claque violemment la portière. Je les rejoins et m'accroupis près d'Amanda. Elle est pâle et semble groggy.

— Amanda ?

Je pose ma main sur son bras et un éclair de panique passe dans son regard. Elle a un mouvement de recul puis semble me reconnaître et se détend.

— Julian ? articule-t-elle difficilement.

Elle a les paupières mi-closes et la respiration lourde. Son maquillage a coulé, comme si elle avait pleuré. J'ai mal rien qu'à la regarder. Putain, pourquoi est-ce qu'elle est dans cet état ?

— Qu'est-ce qui s'est passé ? je demande.

Amanda reste muette, Ethan me répond :

— Je l'ai vue sortir en trombe de la chambre de Dan, je l'ai suivie. Dehors, elle est tombée dans les vapes. Je t'ai appelé direct.

Une décharge d'adrénaline me traverse tout le corps et, à cet instant, ma rancune à l'égard de Dan augmente en flèche. Je savais que ce fils de pute allait lui faire du mal. Je le savais !

— Je vais le buter, je menace en me redressant sur mes pieds.

Non seulement j'en ai envie mais je sais que j'en suis capable. Je suis prêt à lui infliger bien plus de souffrances que lorsqu'on s'est battus. Je ne m'arrêterai pas cette fois-ci, j'irai jusqu'au bout. Jusqu'à ce qu'il ne puisse ni parler ni respirer.

La rage a pris possession de moi et me consume comme jamais. Mon sang pulse dans mes veines. Déterminé, je me tourne et me dirige vers le portail. Ethan se lève d'un bond et se plante devant moi pour m'arrêter dans mon élan.

— Julian ! Non, ça ne sert à rien.

Il pose fermement ses mains sur mes épaules et me maintient en place.

— Je ne peux pas laisser passer ça, je dis froidement.

Je serre tellement la mâchoire que mes dents vont presque casser.

— Passer quoi ? On ne sait pas ce qu'il y a eu entre eux !

Je fais un pas sur le côté pour contourner Ethan mais il resserre son emprise sur mes épaules et cherche mon regard.

— Personne ne te laissera t'approcher de Dan, pas après votre bagarre. Les gars te tomberont tous dessus.

Un silence s'installe. La pensée que Dan ait pu toucher Amanda, lui faire du mal de quelque façon que ce soit, tourne furieusement dans mon esprit et me donne envie de hurler.

La voix d'Amanda s'élève soudain, faible et suppliante :

— Je veux rentrer à la maison.

Son regard est perdu dans le vide, ses bras entourent ses genoux ramenés sous son menton et tout son corps tremble.

Je me dirige vers elle, me baisse et la saisis par la taille. Je la relève et l'entraîne vers la voiture. Elle ne prononce pas un mot et tient à peine sur ses pieds. Je l'aide à s'installer sur le siège passager, je me retiens pour ne pas claquer la portière de toutes mes forces et la referme doucement.

Je rejoins Ethan qui s'est adossé au portail, une main fouraillant nerveusement dans ses cheveux crépus, et je le regarde en face.

— Je veux savoir ce qui s'est passé dans cette putain de piaule !

Je me radoucis en prenant conscience que je m'attaque à la mauvaise personne.

— Excuse, mec, tu n'y es pour rien. En plus, tu as été là pour Amanda. Mais il faut que je sache pourquoi elle est dans cet état.

Ethan hoche la tête.

— J'essayerai de parler à Dan.

Je m'approche et lui fais une accolade.

— Merci, mec.

Il me tape amicalement dans le dos.

— Pas de problème.

On se dégage l'un de l'autre et il se dirige vers l'interphone des Debussi.

— Hé, Ethan ! Merci de t'être occupé d'elle.

Il esquisse un sourire.

— Je t'avais promis que je le ferai. Même si, honnêtement, je n'imaginais pas que l'occasion se présenterait.

— Et sache que je crève d'envie de foutre le feu à cette putain de baraque.

Ethan hoche la tête d'un air entendu avant de s'éloigner.

Une fois au volant, je mets le contact et regarde mon pote disparaître derrière le portail. Subitement, j'ai hâte de me barrer d'ici, de quitter cette putain de rue. Je ne peux plus voir cette saloperie de propriété en peinture.

Je tourne la tête vers Amanda, j'ai juste le temps de voir ses yeux se remplir de larmes et déborder avant qu'elle se mette sur le flanc droit et colle son front à la vitre. J'ouvre la bouche pour parler, me ravise. Je n'ai aucune idée de quoi dire.

Pendant le trajet, nous restons tous les deux silencieux. Bientôt, je me gare devant chez moi et, en coupant le moteur, je me rends compte qu'Amanda s'est endormie. Profondément. Je ne peux pas la réveiller. Pas dans l'état où elle se trouve.

Je fais le tour de la voiture, la prends dans mes bras et la soulève. Elle gémit et s'agrippe à moi. Sans réfléchir, je la serre de toutes mes forces. J'ai envie de la garder contre moi, de la protéger du monde entier.

Elle pose sa tête sur ma poitrine, ses beaux cheveux blonds s'étalent sur moi. Je hume leur odeur et résiste à l'impulsion de laisser mes doigts courir dans ses longues mèches.

Je passe la porte d'entrée. Tout est sombre et silencieux. Je gravis lentement les marches de l'escalier, sursautant au moindre bruit. Je ne donne pas cher de nos peaux si on tombe nez à nez avec l'un de nos parents : je suis sorti sans que personne soit au courant et Amanda est… bourrée ? Droguée ? Enfin, pas en état de se retrouver face à son père, ou même ma mère.

Amanda marmonne quelques mots incompréhensibles, la bouche en cul-de-poule. Mes nerfs lâchent, sans doute, car je me mords la lèvre pour ne pas rire.

J'entre dans sa chambre faiblement éclairée par le rayon de lune qui pénètre par la fenêtre. Je me détache d'Amanda à contrecœur et l'étends sur son lit. Son pantalon est humide de s'être assise sur le trottoir mouillé, mais je ne me vois pas le lui retirer. Ce n'est pourtant pas l'envie qui me manque de la voir en sous-vêtements. Mais certainement pas dans des circonstances pareilles.

Je me contente de lui enlever son manteau et ses chaussures, puis je la recouvre avec la couverture. Après avoir poussé le fouillis qui s'y amoncelle, je me carre dans le canapé près de la fenêtre. Histoire de me remettre de mes émotions. *Putain de journée.*

Dire qu'Amanda et moi nous sommes embrassés et disputés ce matin même, j'ai l'impression que c'est si loin. Pourquoi est-ce que son rejet m'a autant blessé ? Pourquoi est-ce que j'ai l'impression d'avoir vécu une rupture alors qu'il n'y avait absolument rien entre nous ?

Peut-être parce que cette fille éveille en moi une volonté de ressentir les choses à nouveau ? Je n'ai aucune idée de la façon de gérer mes sentiments grandissants pour elle. Et maintenant que je l'ai embrassée, c'est bien pire. Je connais la douceur de ses lèvres, je connais le goût de sa bouche. Et j'en veux encore.

Je reste à la contempler dans son sommeil. Je veux savoir ce qui lui est arrivé ce soir. J'en ai besoin. Amanda est la seule fille à avoir jamais éveillé en moi un tel instinct protecteur.

Lentement, je sens mes paupières se fermer toutes seules, je ne lutte pas. Quand je les rouvre, les premières lueurs du jour répandent dans la pièce une lumière diffuse. Ma tête repose contre l'accoudoir, j'ai des douleurs aux cervicales. Je me redresse en grimaçant et me masse la nuque. Quelle idée de s'endormir dans ce foutu canapé ! Comme beaucoup trop de trucs dans cette maison, il est super tendance mais inconfortable au possible.

Je tourne la tête vers Amanda. Les cheveux éparpillés sur l'oreiller, elle dort la couverture entortillée entre ses jambes. Tous les coussins sont tombés et gisent sur le sol. Ses pieds pendent dans le vide. J'ai envie de me coucher à ses côtés et de me coller contre elle.

Putain, il faut que je me sorte cette fille de la tête. C'est urgent, sinon je vais devenir dingue. Je n'ai pas baisé depuis ce qui me paraît une éternité, peut-être que tirer un coup pourrait m'aider à la zapper ? Mais est-ce que j'ai toujours envie d'un défilé continu de plans cul ? Est-ce que le sexe sans tendresse, sans sentiments, sans la moindre émotion que je pratiquais avidement me satisferait encore ? *Putain, j'en sais foutrement rien.* Mon cerveau est sens dessus dessous.

Je me lève en soupirant. Je m'approche de la fenêtre et ferme les rideaux pour plonger la pièce dans la pénombre. Je quitte ensuite la chambre, direction mon propre lit. Tout seul.

CHAPITRE 29

Amanda

Je me réveille en sursaut. Je suis en nage et mon cœur bat à mille à l'heure. Les pulsations frénétiques résonnent dans mes oreilles et tambourinent furieusement dans ma cage thoracique.

Je me dresse dans mon lit, pose une main sur ma poitrine et me concentre pour ralentir le rythme de ma respiration. Je regarde autour de moi et cligne des yeux pour éclaircir ma vision. Il fait sombre dans la pièce, les rideaux sont tirés, mais je reconnais tout de suite la chambre.

Je meurs de chaud, je me sens moite, collante de partout. J'ai la gorge sèche, je déglutis et passe la langue sur mes lèvres gercées. J'ai l'impression d'être complètement desséchée de l'intérieur.

Une forte odeur de transpiration me parvient aux narines. Je fronce le nez et baisse la tête pour me regarder. J'ai dormi tout habillée. Mes vêtements sont froissés et humides de sueur. Je m'écœure moi-même.

Je tourne la tête et un rapide regard à mon réveil m'apprend qu'il est 9 heures passées. Super, je suis en retard ! Chose ô combien habituelle depuis que je vis ici. Et merde ! Pourquoi mon père part-il toujours aux aurores et ne peut-il pas de temps en temps être présent comme un père normal, histoire de vérifier que je me lève à l'heure pour les cours et me tirer du lit si besoin ? On pourrait même profiter de prendre le petit-déjeuner ensemble pour discuter. Mais partager des moments privilégiés père-fille ne doit pas lui sembler si important que ça. Enfin, père-enfants tout court. On ne peut pas dire qu'il accorde plus d'attention à Alexis.

Je repousse la couverture tire-bouchonnée entre mes jambes et quitte mon lit. Je gagne la salle de bains, me débarrassant en chemin de mes pantalon et pull.

En arrivant devant le miroir, je jette un œil à mon reflet. Mon visage est pâle, faisant monstrueusement ressortir mes grains de beauté. *Mes pépites de chocolat.* Mon mascara a dégouliné sur mes joues et des cernes gigantesques ornent mes yeux.

J'ôte mes sous-vêtements et entre sous la douche. Sous le jet d'eau chaude, je ferme les yeux et tente de me remémorer la soirée d'hier, d'y voir clair dans mon esprit nébuleux.

Quelques souvenirs émergent, mais je ne sais pas distinguer s'il s'agit d'un rêve ou de la réalité. Des images troublantes et confuses se bousculent dans ma tête et me coupent le souffle : je danse avec Dan, ses mains s'imposent sur mon corps, puis c'est le trou noir. Je me rappelle vaguement la voix familière qui s'emportait alors que je luttais pour ne pas vomir ni m'effondrer en larmes et la sensation de ce bras chaud et rassurant autour de moi. *Julian.* Je réalise subitement que c'est lui qui m'a ramenée ici. Malgré notre engueulade le matin même et le fait que je l'ai repoussé sans ménagement, c'est lui qui s'est occupé de moi. Je réprime les larmes que je sens monter, respire un grand coup et sors de la douche.

Je m'habille et me brosse les dents pendant un long moment, le regard dans le vague. J'attache mes cheveux sur le haut de ma tête et applique juste ce qu'il faut de maquillage pour camoufler ma mine épouvantable.

Je finis à la hâte de me préparer et quitte ma chambre. Je passe devant celle de Julian, sa porte est ouverte. Sans réfléchir, je m'arrête et pousse lentement le battant. Julian est torse nu, habillé d'un jean. Mon cœur s'agite quand mon regard croise le sien. J'avale ma salive et détourne les yeux.

— Salut, je fais, gênée.

Il attrape un tee-shirt dans un tiroir et l'enfile.

— Salut, me dit-il ensuite.

Je me racle la gorge.

— Merci.

Je marque une pause.

— Pour hier, j'ajoute.

Il passe une main dans ses cheveux courts et arbore un air neutre.

— Pas de quoi.

Julian va jusqu'à son lit, s'assied et se met à lacer ses baskets. Je demeure immobile, silencieuse, à le regarder. Julian finit par me demander, un pli soucieux barrant soudain son front :

— Est-ce que tu vas bien ?

Je ne veux pas pleurer. Alors j'inspire profondément avant de répondre :

— Oui, ça va.

Mais ma voix tremble et mon ton est peu assuré. Je pince les lèvres. Bien, j'ai fait ce que j'avais à faire : le remercier. Maintenant, il est temps que je m'en aille.

Je m'apprête à partir mais la voix de Julian s'élève :

— Tu veux parler de ce qui s'est passé hier ?

Je secoue la tête.

— J'avais trop bu. Juste trop bu, je répète, plus pour me convaincre moi-même qu'autre chose.

Julian reste à me fixer un moment avant de jeter un œil sur la montre à son poignet et de s'activer dans sa chambre. Ça me rappelle que je suis censée être pressée. Je fais un pas, mais avant de m'engager dans le couloir, je lui confie d'une voix gorgée de larmes :

— Tu avais raison.

Julian dresse un sourcil.

— Dan. C'est un sale type.

Je vois son visage se durcir, et il vient directement vers moi. Je suis surprise quand il me serre dans ses bras, son corps chaud se collant au mien. Ce geste intime, cet élan de tendresse, me bouleverse et me donne des frissons. Dans ses bras fermes, je me sens protégée, en sécurité. Je voudrais rester blottie contre son torse solide et puissant, à écouter sa respiration calme et tranquille, mais il se détache de moi et s'éloigne sans un mot. Il va attraper son sac à dos sur son bureau en me souhaitant une bonne journée, marquant la fin de notre discussion.

Je me rue dans l'escalier et pars de la maison sans manger, j'ai l'estomac noué. J'ouvre mon paquet de cigarettes, en allume une. Je fixe le bout incandescent et souffle la fumée par les narines. Je décide de ne pas courir. Quoi que je fasse, je suis déjà super en retard.

Je suis traversée par un tas de sentiments différents mais celui qui domine, c'est la honte. Quelle imbécile j'ai été de croire qu'un garçon comme Dan s'intéresserait à une pauvre lycéenne comme moi sans attendre la même chose qu'avec les autres filles : coucher. Moi, spéciale aux yeux de Dan ? Placez maintenant des rires moqueurs. Rien ne me différencie d'une autre.

Julian m'avait pourtant bien mise en garde. Je repense à toutes ces fois où il m'a répété que je ne savais pas à quel connard j'avais affaire. J'ai donné ma confiance à la mauvaise personne.

Heureusement que je n'ai pas bu plus de shots. Ils étaient si chargés en alcool que j'aurais rapidement pu finir dans un état où j'aurais été incapable de résister à Dan.

Je m'immobilise soudain, ma cigarette me glisse des doigts et tombe dans la boue glacée qui couvre le trottoir. Est-ce que c'est ce que Dan recherchait en préparant tous ces verres dans sa chambre : que je ne sois plus assez lucide pour m'opposer à ce qu'il voulait faire ? S'il y a bien une chose que je revois nettement, c'est la dizaine de shots de gelée qui nous attendaient sur son bureau. Et je me souviens de l'insistance de Dan pour que je me serve encore et encore.

Tout à coup, l'air me manque. Une sueur froide me parcourt, mon estomac se révulse. Je me plie en deux et vomis de la bile dans le caniveau, sous l'œil surpris et dégoûté de passants. Je m'essuie la bouche du dos de la main et m'appuie à une façade d'immeuble. Ma gorge me brûle. J'aspire plusieurs longues goulées d'air, luttant pour maîtriser les violentes nausées qui me montent encore aux lèvres. Non, il n'aurait pas pu agir ainsi ! Qui pourrait faire une chose pareille ?

Un frisson d'horreur me secoue. J'ai encore envie de vomir, j'ouvre la bouche, mais je n'ai plus rien à rendre. J'ai le tournis et je respire par à-coups. Je fais appel à toute ma volonté pour arriver à chasser ces pensées et focalise mon attention sur le va-et-vient de la rue. Les bus se succèdent, les taxis filent à toute allure. Des camions de livraison s'arrêtent pour décharger en quelques minutes avant de repartir sous les coups de klaxon des Parisiens pressés. Toute l'agitation et le vacarme autour de moi accaparent mon esprit, m'empêchant de penser à la sensation de mal-être que j'éprouve. Quand mes nausées commencent à se dissiper, mes jambes se remettent en mouvement. Je fais le trajet jusqu'au lycée en mode pilote automatique.

Ce n'est qu'à la pause-déjeuner que je retrouve Elsa et Natalie au self. Malgré les torsions de mon estomac, je n'ai pas faim. Je pose mon plateau sur la table et prends place en silence. Mes deux amies sont assises côte à côte, face à moi. Elsa a la langue bien pendue et déblatère sur le cours qu'elle vient d'avoir. Elle est même carrément en mode moulin à paroles, difficile de suivre. Quand elle s'arrête, c'est pour commenter le visage radieux de Natalie, qui fait vraiment plaisir à voir.

— Tu resplendis aujourd'hui, Nat.

Du bout de son index, Natalie remonte ses lunettes sur son nez et nous offre un grand sourire.

— Oui, ça s'arrange à la maison. Mes parents ont commencé une thérapie de couple !

— Tant mieux !

Elsa se penche sur le côté pour appuyer sa tête sur l'épaule de Natalie et lève les yeux vers elle.

— Rien d'autre ?

Natalie pivote légèrement le menton et plonge son regard dans le sien en souriant.

— Non, Elsa l'enquêtrice, rien d'autre ! Une meilleure entente chez moi, ce n'est pas suffisant ?

— Si !

Elsa prend une longue gorgée de sa boisson, puis pointe sa fourchette vers moi.

— Où est-ce que tu étais passée ? Impossible de te joindre, j'ai failli lancer un avis de recherche !

Depuis mon réveil, je n'ai pas consulté mon téléphone. Il est resté éteint, planqué au fond de mon sac. Je baisse la tête et me mords l'intérieur de la joue. Je n'ai pas envie de parler de Dan mais je sais très bien que je ne vais pas y couper.

— Ne me dis pas que tu as changé d'avis et que tu as passé la nuit avec Dan ! s'exclame Elsa d'un ton allusif avec un frémissement de sourcils.

Voilà, ça n'a pas tardé.

— Non, je murmure, la tête baissée.

En voyant mon expression fermée, Elsa recouvre son sérieux.

— Est-ce que ça va ? s'inquiète Natalie.

Elsa tend la main, lève mon menton, me forçant à la regarder, et me scrute, les yeux plissés.

— Amanda Gauthier, veux-tu bien nous expliquer ce qui ne va pas ?

Mes deux amies me dévisagent intensément, dans l'attente de ma réponse. J'opine lentement et prends une grande goulée d'air.

— C'est bien fini avec Dan.

— Mais ça s'est mal passé ? s'enquiert timidement Natalie.

À parler de Dan, des flashs de la soirée me reviennent en mémoire et j'ai l'impression de sentir à nouveau ses mains sur moi. Mes yeux s'emplissent de larmes. Les filles me regardent, inquiètes.

— Amy, Raconte ! Il l'a mal pris ?

Impossible de parler de ça. Je ne peux pas évoquer à voix haute toutes les images qui envahissent mon esprit. Je secoue la tête comme pour les chasser et élude les questions de mes amies.

— Rupture difficile, c'est tout. Enfin, s'il y avait même quelque chose entre nous.

Ma voix tremble, les sanglots m'obstruent la gorge.

— S'il vous plaît, les filles, n'en parlons plus. Je veux juste oublier tout ça.

Je les supplie du regard.

— Comme tu veux, Amy, me dit gentiment Natalie en touchant ma main avec douceur.

Elsa reste muette, les bras fermement croisés sur sa poitrine. Un lourd silence s'impose à notre table, heureusement bientôt rompu par la cloche qui se met à sonner. Je n'ai jamais été aussi soulagée de reprendre les cours. Je vais pouvoir concentrer mes pensées sur autre chose que Dan et les sentiments de honte et de dégoût qui me submergent d'une même immense vague.

CHAPITRE 30

Julian

Il est 16 heures et je rentre du lycée. Je passe mon portail automatique et me gare dans l'allée vide. Je claque la portière de ma voiture et m'assieds sur le capot pour écouter mon répondeur. Je suis impatient. J'ai dû me retenir de prendre l'appel en conduisant quand j'ai vu le nom d'Ethan s'afficher sur l'écran de mon téléphone. J'ai hâte d'entendre ce qu'il a à m'apprendre.

Ethan – *Mon capitaine, petit rapport au lendemain des faits.*

Il est con celui-là !

Ethan – *Je suis désolé, mec, mais impossible de discuter avec Dan.*

Putain, fait chier.

Ethan – *Il était hors de portée tout le reste de la soirée, il est resté collé à une nana.*

Direct après qu'Amanda se casse de sa chambre ? Quel sale trou du cul.

Ethan – *Et j'ai fini par rentrer chez moi. Voilà, désolé pour le peu d'infos. À plus, buddy.*

Déçu, je glisse mon portable dans ma poche.

Quand je repense au visage d'Amanda ce matin, si marqué, et à son air profondément affecté, ça me rend furieux. Je n'ai pas pu me retenir de l'enlacer. Elle aurait pu me repousser, elle ne l'a pas fait. Je ne sais pas de quelle manière vont évoluer nos rapports, mais je suis soulagé à l'idée qu'elle restera loin de Dan. Même si le mal est fait.

Je capte un mouvement furtif à la périphérie de mon champ de vision. Je lève la tête vers le toit et concentre mon attention sur l'endroit où j'ai cru apercevoir une ombre. Mais je ne vois rien.

J'avance vers le perron, gravis les marches et insère ma clé dans la serrure. J'ouvre la porte et franchis le seuil. Je dépose mon sac sur le sol, mon trousseau de clés dans la corbeille sur le meuble d'entrée quand j'entends un cognement venant d'en haut. Je m'immobilise et tends l'oreille.

— Il y a quelqu'un ?

Pas de réponse. Je m'engage dans l'escalier. J'atteins le premier étage et répète ma question. Une nouvelle fois sans réponse, je dépasse le palier et continue mon ascension. Je gagne le niveau supérieur. Un courant d'air filtre sous la porte de la chambre qu'occupe Alexis. Je toque.

— Alex ?

Un nouveau bruit résonne. Je saisis la poignée et pénètre dans la pièce. L'air froid me gifle aussitôt le visage. Il n'y a personne et la fenêtre est grande ouverte. Je m'approche et passe la tête dans l'ouverture. Je sursaute en voyant Amanda assise sur le surplomb du toit, les jambes dans le vide, le téléphone posé sur une cuisse et les écouteurs vissés dans les oreilles.

— Amanda ?

Elle tourne la tête dans ma direction, ôte un écouteur.

— Ah, tu es là ?

Elle est super calme. Moi, non. Mes mains deviennent moites et mon pouls s'affole.

— Qu'est-ce que tu fabriques ? je fais d'une voix fébrile.

Ses lèvres se retroussent en un semblant de sourire.

— Rassure-toi, je ne vais pas sauter. Je regarde, c'est tout.

Je tends le bras vers elle pour l'inviter à me rejoindre à l'intérieur.

— Tu ne veux pas plutôt regarder d'ici ?

Elle serre son manteau autour d'elle.

— Non.

Son regard se perd au loin, son sourire sans joie flottant toujours sur ses lèvres.

— La vue est sublime. Tu es déjà venu ici ?

— Honnêtement, non. Pour quoi faire ?

Son sourire s'estompe et son visage se ferme.

— Dommage pour toi. Tu ne sais pas ce que tu rates.

Mon regard fait plusieurs fois l'aller-retour entre elle et la vue. Amanda m'ignore et se mure dans le silence.

Je m'accoude finalement au rebord de la fenêtre et, pendant quelques secondes, j'observe le paysage urbain, les toits des hôtels particuliers voisins, les hauts des immeubles haussmanniens alentour. Je contemple Paris et j'admire son édifice phare ; la tour Eiffel. Je dois reconnaître que le spectacle vaut la peine qu'on s'y attarde. J'en viens même à me demander pourquoi je ne prends pas le temps de le faire plus souvent.

— C'est vrai que la vue est belle.

— Tout est mieux vu d'en haut, dit Amanda tout bas.

Mû par une impulsion soudaine, je me glisse par l'ouverture pour la rejoindre. J'avance lentement pour ne pas glisser sur les ardoises encore mouillées et ruisselantes. En quelques pas, je parviens à côté d'Amanda, sur la partie où la pente de la toiture n'est pas prononcée. Je m'assieds précautionneusement et, instantanément, j'ai les fesses trempées. Merveilleux.

Les lèvres d'Amanda s'étirent en un sourire sincère.

— Bienvenue au sommet.

Paris s'étend sous mes yeux. Amanda rejette la tête en arrière et ferme les paupières. Je sens un frisson courir le long de ma colonne vertébrale et mon corps entier se crispe. Un mauvais mouvement et c'est le drame.

Le vent souffle, ses cheveux volent dans tous les sens. Je la vois respirer un grand coup, puis elle rouvre les yeux et sourit en me regardant de biais.

— On dirait que tu vas faire un arrêt cardiaque. Détends-toi.

— Facile à dire, on est à au moins quinze mètres du sol.

— Si tu ne te penches pas, il n'y a aucune raison que tu tombes.

— Super rassurant, je marmonne en m'agrippant fermement au rebord.

Amanda sort la dernière cigarette de son paquet et l'allume d'un coup de flamme de briquet. À en juger par le tas de mégots à côté d'elle, elle a passé suffisamment de temps ici pour griller tout son paquet.

— Pourquoi tu fumes ? je lui demande.

— Parce que j'aime ça.

— Tu aimes quoi ?

— Tout.

— L'odeur dégueulasse ? L'haleine ignoble ?

Elle lâche un rire bref et dit spontanément :

— Tu as détesté autant que ça m'embrasser ?

Sa voix s'étrangle légèrement à la fin de sa question. Elle pince aussitôt les lèvres. Si je lui répondais, j'aurais tendance à lui renvoyer sa question, car s'il y en a un de nous deux qui n'a pas apprécié le baiser, c'est elle. Elle m'a repoussé, pas l'inverse.

Je me soustrais à son regard et fixe l'horizon. Mieux vaut éviter ce sujet. J'écoute l'air de hip-hop qui s'échappe de sa paire d'écouteurs.

— Très bon son.

Amanda me décoche un coup d'œil en coin, soupçonneuse.

— Tu connais ?

Je fais oui de la tête.

— Vraiment ? Qu'est-ce que c'est ?

Son regard de défi m'amuse.

— « Watch Out Now » des Beatnuts. Tu veux le nom de l'album aussi ?

Sa bouche s'entrouvre, impossible pour elle de dissimuler son étonnement. J'essaye de me retenir de sourire sans y parvenir.

— Impressionnée ?

— Connaisseur ?

— Mon cousin Josh s'est fait un devoir de se charger de mon éducation musicale.

Son visage s'éclaire en m'évoquant ses groupes français préférés : La Rumeur, Assassin, Suprême NTM. J'embraye sur le rap américain, bien plus ma tasse de thé, et cite les Jurassic 5, Gang Starr et Luniz. Elle les connaît tous. À mon tour d'être impressionné, je n'aurais jamais cru cette fille aussi calée en hip-hop.

Avant même qu'elle ne me le dise, je devine que la musique est sa plus grande passion : c'est la première fois que je la vois animée d'un tel enthousiasme et, en me détaillant sa collection de disques, son regard pétille.

Quand Amanda me tend un écouteur et que je le prends, nos doigts se frôlent. Je détourne le regard et me force à faire abstraction du frisson qui parcourt ma colonne vertébrale.

Nous nous taisons, laissant la musique s'étendre entre nous et prendre toute la place.

— Tu fais ça souvent ? Monter sur le toit ? je demande après quelques morceaux.

— Ici, c'est la première fois. Mais chez moi, enfin, mon ancien appartement, j'y allais souvent.

Elle marque une pause.

— J'aime voir les gens vivre, les passants qui vaquent tranquillement à leurs occupations ordinaires, les touristes qui flânent, sans s'imaginer que je suis là, à les observer.

Je reste muet, à l'écouter.

— Aussi haut, j'ai l'impression que Paris se déploie à mes pieds, que je peux marcher sur les toits. Tout est possible, tout est à portée de main. C'est une sensation unique. Tu ne trouves pas ?

Sa question n'appelle pas de réponse. Je hoche simplement la tête. Nous restons silencieux tandis qu'elle fume lentement et que la musique comble le vide. De temps en temps, elle souffle de petits ronds de fumée. Sa cigarette se consume jusqu'au filtre. Elle l'écrase sous la semelle de sa chaussure et pose le mégot avec les autres. Elle ébauche un petit sourire, l'œil espiègle.

— Non, je ne jette pas mes merdes dans le jardin !

Je lui souris en retour.

— Il vaut mieux sinon je vais les chercher et te les fais manger, vu que tu aimes tant le goût de la clope !

Elle grimace puis éclate de rire.

— Beurk, non merci !

Un silence s'installe, puis elle me dit :

— Tu sais, avant je fumais une clope par-ci, par-là. Depuis que ma mère est partie, je fume comme un pompier. J'espérais un peu que mon père réagisse comme celui d'Elsa qui l'a incendiée – sans mauvais jeu de mots – quand il l'a trouvée un jour une clope au bec. Mais le mien s'en fout. Tout ce qu'il trouve à me dire, c'est de ne pas fumer chez vous.

— Consigne que tu ne respectes pas vraiment…

Elle esquisse un sourire triste.

— Ici, je ne dérange personne, non ?

Je confirme d'un signe de tête.

— Pendant longtemps, ma mère n'osait rien me dire non plus. Je faisais ce que je voulais, elle était devenue encore plus cool qu'avant. Qu'avant le décès de mon père, je veux dire. Ils ont un peu le même type de réaction, nos parents. Ils pensent peut-être nous aider en nous laissant gérer nos émotions par les moyens qu'on choisit.

Elle me regarde du coin de l'œil.

— Tu penses toujours qu'ils sont ensemble ?

Je hausse les épaules.

— En fait, je n'en sais rien. Je crois que j'ai surtout envie de croire ma mère.

Amanda fourre tous ses mégots dans son paquet vide et enfonce ses mains dans ses poches. Elle relève le menton, me sourit. J'en fais autant. Puis ses yeux se fixent droit devant elle.

— J'aime vraiment cette vue, murmure-t-elle.

— Moi aussi, je lui réponds en la contemplant.

Tandis que le silence s'installe à nouveau entre nous – un silence naturel, comme adapté au moment –, le regard d'Amanda se perd longuement dans le spectacle de la Ville lumière et le mien sur son profil.

CHAPITRE 31

Amanda

Impossible de quitter mon lit ce matin. J'ai peu dormi, faisant cauchemar sur cauchemar et me réveillant à chaque fois avec des nausées monstrueuses. Hier, je n'ai rien pu avaler et mon estomac me fait terriblement mal. Je n'ai toujours pas confié à qui que ce soit ce qui s'est passé avec Dan ni réussi à recoller tous les morceaux dans ma tête. Un mélange de peine, de haine et de honte me ronge littéralement de l'intérieur.

Je me roule en boule dans ma couette. Je fais face au mur sur lequel se mettent à danser des images de Dan. Son sourire suffisant s'élargit et devient si grand que j'ai l'impression que son visage va se scinder en deux parties distinctes. Son regard brille d'une lueur mauvaise qui s'intensifie et me transperce avec violence. Je ferme les yeux et inspire profondément. *Je vous en prie, faites que ça s'en aille.*

Quelqu'un toque à la porte de ma chambre, je ne réagis pas. Mais le cognement reprend. Encore. Et encore. Et encore.

— Oui ? je finis par dire, me retenant de hurler.

J'entends la porte s'ouvrir.

— C'est moi, Amy.

— Et moi aussi, Amanda.

Les deux inséparables. Je ne bouge pas, leur tournant le dos.

— On va au ciné, ça te dit ? propose Owen.

Mon corps se tend tout entier.

— Non.

— Pourquoi tu es toujours couchée ? s'étonne Alexis.

— Mal au ventre.

— Tu as tes ragnagnas ?

Je les entends pouffer. Je ne suis pas d'humeur à rire.

— Je voudrais me reposer, je dis doucement.

Silence. Puis le matelas s'affaisse. Je reconnais le parfum de mon frère avant de sentir son corps se blottir contre le mien, la couette formant une barrière entre nous. Il m'embrasse l'arrière de la tête.

— Tu ne veux pas passer du temps avec ton petit frère ? chuchote-t-il.

— Je ne suis pas bien, Alex.

— Les câlins fraternels, ça guérit tout, non ?

Je souris faiblement.

— Presque.

— OK, je me joins à la fête ! s'exclame Owen, juste avant que le matelas bouge à nouveau.

— Je t'interdis de te coller derrière moi ! crie Alexis.

Owen éclate de rire.

— Je pensais que c'était le principe. À la queue leu leu.

Alexis gigote.

— Je sens quelque chose, là !

Owen se tord de rire et articule difficilement :

— C'est mon bras ! Du calme !

Leur petit cirque m'arrache un sourire. Ces deux-là sont impayables, un vrai duo comique.

Je me tourne pour leur faire face. Mon frère est couché tandis qu'Owen s'est assis en tailleur.

— Une autre fois avec plaisir. Je n'ai vraiment pas la forme.

— J'avoue que tu n'as pas bonne mine, lâche spontanément Owen en me détaillant avec attention.

Mon frère se redresse et s'assied à côté de son complice en jetant un coup d'œil tout sauf discret vers son entrejambe. Owen le grille.

— Puisque je t'ai dit que c'était mon bras !

— Ouais, c'est ce qu'on dit.

— Déjà, je n'aime pas les mecs et puis tu es bien trop gros et moche pour exciter qui que ce soit.

Mon frère fait mine de lui tomber dessus pour le frapper.

— Bon, les enfants, je les interromps. Je vous aime fort mais j'ai besoin de calme.

— Moi aussi, je t'aime, frangine.

Alexis me prend dans ses bras. Owen s'approche et nous serre contre lui.

— Je vous aime aussi, les Gauthier !

Après quelques secondes, il se dégage. Alexis l'imite et, en se charriant à nouveau, ils quittent la chambre.

— La porte, siouplé !

Alexis revient sur ses pas en marche arrière, m'adresse un clin d'œil et ferme le battant.

Je retombe de tout mon poids sur le lit et fixe le plafond. Je prends un oreiller entre mes bras et le serre étroitement contre ma poitrine. J'y appuie une joue et ferme les yeux. J'aimerais tant dormir un peu, d'un sommeil tranquille. Je voudrais que le tumulte de mes pensées s'apaise, s'évanouisse et disparaisse.

J'essaye de me vider l'esprit, me focalisant sur le silence qui règne autour de moi. Mais c'est compter sans le nouveau cognement qui résonne contre la porte.

— Quoi, Alex ?

— C'est moi.

Mon père.

— J'entre, prévient-il.

Et si je ne veux pas ? Je n'ai pas le temps d'émettre la moindre objection que mon père est déjà en train de s'installer au bord du lit, la moitié des fesses dans le vide, les jambes tendues devant lui.

— Ça ne va pas ? Tu as mal au ventre ?

Alex.

— C'est rien, je réponds. Ça va passer.

— Le mal de ventre mensuel ? demande-t-il, un peu gêné.

Je remonte l'oreiller sur mon visage. Seigneur, qu'est-ce qu'ils ont tous avec mes règles ? Une fille ne peut pas avoir de douleurs à cet endroit sans que ça ait un lien avec son cycle menstruel ?!

— Amanda. Je venais te prévenir que je suis sur de bonnes pistes pour l'appartement.

Ah bon ? Pourquoi est-ce que j'ai du mal à le croire ? Peut-être parce que notre séjour qui était censé ne durer que quelques jours s'éternise ?

— Nous aurons bientôt notre nouveau chez-nous, poursuit-il. Et sache que je travaillerai différemment pour prendre le temps de faire des choses avec ton frère et toi. C'est important qu'on puisse se retrouver tous les trois, comme une vraie famille.

Tiens, en parlant de famille, on en fait quoi, de maman ?

— Maman est morte pour toi ? je demande de but en blanc.

Son visage se fige sous la surprise.

— Amanda !

Peut-être que ma formulation laisse à désirer mais l'idée est là.

— Tu n'as plus jamais parlé d'elle. Même son simple nom je ne l'ai plus entendu dans ta bouche. Enfin, en même temps, je ne te vois pas suffisamment souvent pour t'entendre parler tout court. Tu réserves ton temps et ta salive pour tes clients et tes plaidoiries ?

Là, je pense que mon père doit comprendre l'ampleur de mon malaise et de mon désarroi. C'est le moment de saisir l'occasion et de me parler. Même de s'énerver à cause de mon ton et de mes reproches. De m'expliquer pourquoi il agit ainsi. *Allez, papa, tu peux le faire !*

Il se rapproche et pose sa main sur la mienne, la pressant légèrement.

— J'essaye de faire de mon mieux.

Alors essaye mieux ! Essaye plus ! Mais j'ai l'impression que parler à un mur ou à mon père produit exactement le même effet : aucun. Il jette un œil à sa montre. Évidemment, nous sommes samedi mais il doit certainement travailler. Encore et toujours.

Il se penche, remonte la couette sous mon menton et m'embrasse sur le front, comme si j'étais encore une petite fille.

— Allez, repose-toi.

Il se lève et disparaît de ma vue, fermant la porte derrière lui, sans que j'aie eu besoin de le demander.

Les larmes me montent aux yeux. Pourquoi ne s'ouvre-t-il pas à moi ? C'est tellement frustrant ! Pourquoi fuir au lieu de faire face aux interrogations de sa fille ? Je le déteste.

Je repousse rageusement la couette, quitte le lit pour aller prendre le Discman sur le canapé et y retourne aussi sec. Un CD de De La Soul se trouve déjà dans le lecteur. Ça ira très bien. Je me rallonge et appuie sur « lecture ». Dès les premières notes de l'intro, je ferme les yeux et bats doucement la mesure avec les doigts. J'essaye de me détendre, de me laisser porter par la musique et emporter par le sommeil. Et peu à peu, tout s'éloigne. Les bruits, les douleurs, la musique.

Quand je reprends conscience, plus aucun morceau ne résonne dans mes écouteurs. Je jette un œil sur l'écran digital ; l'album entier est passé. J'ai dormi plus d'une heure d'une traite. Ça me soulage. J'ôte les écouteurs et me masse les tempes. En fond sonore, j'entends le bruit de l'eau qui coule puis, au bout de quelques minutes, le silence.

Il va falloir que je me décide à sortir de la chambre. Je n'ai toujours pas faim mais je meurs de soif. Je dois avoir une haleine de chacal. Je me redresse contre la tête de lit, me passe les mains sur le visage, puis je m'étire. On frappe. Pas encore !

Je reste immobile, m'empêchant presque de respirer. Je ne suis pas là, personne n'est là. Laissez-moi tranquille !

— Amanda ?

Il ne manquait plus que lui. Le compte est bon.

— Amanda, tout va bien ?

Il y a bien trop d'hommes dans cette maison.

— Oui, je marmonne. Ça va.

— J'ouvre la porte.

Bien entendu, sois le bienvenu.

Cette fois-ci, c'est le battant de la salle de bains qui pivote et Julian apparaît sur le seuil, vêtu d'un bas de survêtement et d'un polo de sport.

— Je ne te dérange pas ? demande-t-il.

— Non, je t'attendais.

Il m'interroge des yeux.

— J'ai eu la visite de chaque occupant masculin de cette maison. Sauf toi.

— Le meilleur en dernier, lâche-t-il avec un petit sourire suffisant.

— Ben voyons, rien que ça.

Julian me fait un signe de tête, comme pour me demander la permission d'entrer.

— Je peux ?

— Tu es chez toi.

Il lève les yeux au ciel d'un air bon enfant, puis vient se poster derrière la fenêtre et s'y accote.

— Il fait super beau, tu ne sors pas ?

Je hausse les épaules. Pas d'histoire de mal de ventre. Je ne supporterais pas d'entendre un autre individu mâle évoquer mes menstruations.

Julian balaye l'espace du regard et s'arrête sur le Discman.

— Même pour écouter ta musique, tu es à l'ancienne !

— C'était mieux avant.

Est-ce que je parle seulement de musique ou de ma vie tout entière ?

— On dirait une vieille aigrie.

— Je suis une jeune aigrie.

— Et clairement de mauvaise humeur.

Julian reporte son attention sur le paysage par la fenêtre.

— Je sais ce qui te ferait du bien.

— Quoi ?

— Un tour sur le toit.

— Tu es soudainement devenu un adepte ?

Il arbore un sourire jusqu'aux oreilles.

— J'ai eu ma révélation grâce à toi, grande maîtresse.

Je ne peux m'empêcher de rire. Il traverse la pièce et retourne dans la salle de bains.

— Allez, je t'attends là-haut.

Julian rejoint sa chambre et ferme la porte communicante. Encore une fois, le silence m'enveloppe.

Je me lève et viens me tenir là où Julian était quelques secondes plus tôt. J'appuie mon front contre la vitre, le soleil brille dans un ciel bleu pastel sans nuages. Des oiseaux volent bas, les ailes largement déployées, avant de se percher sur les branches nues des arbres du jardin qui frissonnent légèrement au gré du vent. Instinctivement, j'inspire un grand coup. J'ai besoin d'air frais. De le respirer, de le sentir sur mon visage.

Je fais un passage par la douche et amie-amie avec ma brosse à dents, avant de grimper au deuxième étage. La fenêtre de la chambre d'Alexis est ouverte, signe que Julian est déjà installé. En quelques enjambées et mouvements, je me retrouve à ses côtés.

— Bienvenue au sommet.

— Copieur.

— Mais rien ne vaut l'original, dit-il avec un clin d'œil.

Je sens mes joues me chauffer. Je ne deviendrais pas timide avec Julian, quand même ?

— Comment tu te sens ? me demande-t-il avec douceur.

Je m'éclaircis la gorge.

— On fait aller.

Son regard se pose longuement sur moi, et son visage s'assombrit.

— C'est à cause de Dan ?

Pourquoi est-ce qu'il est aussi sympa avec moi alors que je ne lui ai pas fait confiance ?

— Je peux te poser une question ? je demande, éludant savamment sa question.

Il opine. Je sens mes yeux s'emplir de larmes à une vitesse fulgurante.

— Pourquoi est-ce que tous les mecs ne cherchent qu'à coucher ? Il n'y a que ça qui vous intéresse chez nous ?

Je le vois resserrer sa prise sur le débord du toit, j'imagine l'acier lui déchirer la paume des mains.

Il inspire lentement et profondément.

— Tous les mecs, non. Les connards, oui.

Est-ce qu'il s'inclut dans cette catégorie ?

Je baisse la tête et joue avec mes manches à défaut de cigarette. J'ai laissé mon paquet dans la chambre car je serais incapable de fumer. Mon estomac ne rejette pas que la nourriture.

— C'est dommage qu'il y ait autant de connards, alors.

— Certains le resteront et d'autres pas. Les gens peuvent changer.

— Ouais, peut-être. Peut-être pas.

Mon regard se perd dans le vague tandis que Julian devient pensif. Le silence s'installe entre nous, entrecoupé par mes soupirs répétés. Je respire bruyamment par le nez et secoue la tête.

— Bon sang, ma mère me manque tellement.

— Mon père me manque aussi.

Son expression change. Il semble choqué, comme s'il n'avait pas maîtrisé les mots qui sont sortis de sa bouche et qu'il avait pensé tout haut.

— Tu sais, j'ai une telle douleur dans la poitrine que j'ai l'impression que je ne pourrais m'en débarrasser qu'en hurlant, je lui confie.

— Fais-le.

Je fronce les sourcils en le dévisageant. Il a l'air on ne peut plus sérieux.

— Ma mère est sortie faire des courses. Si tu dois crier sans alerter nos parents, c'est maintenant.

Je lui souris. Ça ne peut pas me faire de mal de toute façon.

J'inspire alors et pousse un long et puissant hurlement qui semble venir du plus profond de mes tripes. Je crie encore et encore jusqu'à ce que ma voix se brise. C'est si bon !

Je découvre la mine choquée de Julian et éclate d'un rire sonore.

— Cette tête ! Tu ne pensais pas que je le ferais ? Allez, va-y, soulage-toi aussi !

Son regard fait des va-et-vient entre moi et les alentours. Je vois qu'il hésite. Je le pousse, je l'encourage. Il finit par prendre une inspiration profonde, de celles qui emplissent les poumons d'oxygène jusqu'à manquer de les faire exploser, et il crie. Si longuement, si intensément que ça me fiche la chair de poule. Il se tourne ensuite vers moi et ne peut retenir un petit rire. Ma tête doit valoir le détour.

Sans le quitter du regard, je siffle.

— Waouh, Dumont, je savais que tu pouvais le faire !

— Autant que toi, Gauthier !

Il éclate d'un rire franc et je l'imite. J'avais vraiment besoin d'un moment comme celui-là. Et je suis convaincue que Julian aussi.

CHAPITRE 32

Julian

Ma cheville n'est pas encore complètement rétablie mais tant pis. Je n'en peux plus de rester enfermé au sous-sol pour faire mon sport quotidien. J'ai besoin d'air, de mouvement, de vitesse. J'ai besoin de sentir mes pieds marteler le bitume et la vibration de mes pas à travers tout mon corps.

Je quitte la maison après avoir fait crier Amanda sur le toit. Dit ainsi, c'est légèrement ambigu et cela prête peut-être un peu à confusion... Mais franchement, ce moment était presque aussi jouissif qu'une partie de jambes en l'air. Et bien plus libérateur.

Amanda a vite rejoint sa chambre, prétextant un vague mal de tête. C'est du moins ce que j'ai réussi à comprendre au milieu de ses marmonnements. Il est évident qu'elle ne va pas bien. Elle a traversé ces derniers jours la mine sombre et le regard vide. Je doute qu'elle fasse simplement une dépression post-rupture après sa relation éclair avec Dan, je pense plutôt que son état a quelque chose à voir avec ce qui s'est déroulé dans cette putain de chambre. Elle n'a pas l'air encline à m'en parler : elle répond à mes questions par d'autres questions. Je n'insisterai pas davantage. Je respecte le fait qu'elle ne veuille rien me confier.

Mes foulées m'ont porté jusqu'à Neuilly, jusqu'au quartier d'Ethan – heureusement à l'opposé de celui de Dan. Mon meilleur pote vit dans un appartement au rez-de-chaussée d'un immeuble donnant directement sur la Seine. Je prends plaisir à courir dans les environs. Encore plus avec le temps qu'il fait : le froid est sec et vif, et le soleil radieux fait miroiter la surface du fleuve.

En arrivant devant le portail grillagé de la résidence ultra sécurisée, je pianote le code. Je traverse le jardin de la copropriété. Je pénètre dans le hall après avoir composé un nouveau code sur le pavé numérique. Maintenant, je fais face à l'interphone. C'est Solange, la mère d'Ethan, qui répond et m'ouvre. Je pars à gauche, juste avant l'ascenseur, et emprunte le large couloir. Je me plante devant la porte du fond et sonne. Solange m'accueille, tout sourire.

— Julian, ça me fait plaisir de te voir !

— Moi aussi.

Solange est une belle femme élancée, à la peau d'un noir d'ébène. Je l'ai toujours connue avec ses cheveux crépus naturels encadrant son visage lumineux. Avec le temps, elle est presque devenue une deuxième mère pour moi. Elle fait partie des rares personnes qui m'ont offert du soutien et pas de la pitié après la disparition de mon père.

Elle m'observe rapidement.

— Tu fais ton jogging ?

— Je faisais une boucle autour de chez moi et j'ai fait un petit détour.

— Petit ?!

— Ce n'est pas si loin que ça.

Elle lève un sourcil et esquisse un sourire.

— Pour les jeunes sportifs comme toi.

Elle repousse la porte d'entrée derrière moi pour la fermer.

— Je suppose que tu viens voir Ethan ?

— Dans l'idéal, oui.

— Il est dans sa chambre, je ne t'indique pas le chemin.

— Merci !

Je penche mon visage collant de transpiration vers le sien pour l'embrasser. Elle accepte une bise furtive sur la joue en riant avant de reculer. Je bifurque au coin du couloir et rejoins la chambre de mon pote.

Avachi sur son lit, les jambes croisées, son ordinateur posé sur ses cuisses, Ethan mâchonne un stylo Bic. Le regard dans le vague, il ne me voit pas. Je m'appuie au chambranle de la porte.

— Encore en train de bosser ?

Il ne sursaute même pas d'un poil et pivote lentement la tête pour regarder dans ma direction.

— Jul, poto ! Ça va ?

J'entre dans la pièce et viens me planter devant lui. On entrechoque nos poings.

— Bien, et toi ?

— Une fois que j'aurai fini ce foutu résumé *in english*, je te dirai que oui.

Son regard s'illumine.

— Putain, tu tombes à pic...

— Je te donnerai un coup de main si tu veux.

— Tu es le meilleur !

— Je sais.

Il fronce le nez.

— Par contre, tu fouettes.

— Je sais aussi.

Je vais m'asseoir sur son fauteuil de bureau à roulettes et me laisse complètement aller contre le dossier, penchant dangereusement vers l'arrière.

— Je partais juste pour faire un petit tour et, au final, me voici.

— Petit tour est devenu grand !

— Effectivement.

Je commence à faire tourner le fauteuil sur lui-même.

— J'avais besoin de me vider l'esprit. Et de réfléchir.

Ethan se met à jouer avec son stylo, le roulant entre ses doigts dans un sens, puis dans l'autre. Je lui raconte mon moment sur le toit avec Amanda.

— Comment elle va ?

J'accélère de plus en plus le mouvement de mon fauteuil. Ethan dépose son ordinateur sur sa couette et se lève. Il vient bloquer le pied du siège pour l'immobiliser. Je m'arrête de tourner d'un coup sec et me retiens aux accoudoirs pour ne pas basculer vers l'avant.

— Ethan, putain !

— Tu me donnes le tournis, se justifie-t-il. Et tu vas péter ma chaise à faire ça.

Il retourne s'asseoir sur son lit et croise les bras sur ses genoux.

— Alors, Amanda, comment elle va ? insiste-t-il, l'air soucieux.

— Pas terrible.

Je quitte le fauteuil et me pose lourdement sur le lit à côté de mon pote, faisant grincer les ressorts du matelas sous mon poids. Ethan s'écarte.

— Mec, tu dégoulines de transpi !

Je souffle bruyamment.

— Ethan, tu fais chier ! Tu veux que je m'asseye par terre ?

— Dans la niche du chien.

— Que tu n'as toujours pas.

— Le chien ou la niche ?

— Les deux, mon général. À moins que tu n'aies fait une nouvelle acquisition dont je n'ai pas été informé.

Il rit et secoue négativement la tête.

— Non, malheureusement, ce n'est pas le cas !

Ethan rêve depuis des années d'un compagnon à quatre pattes, mais à chaque fois qu'il a mis le sujet sur le tapis, ses parents lui ont opposé un non catégorique. Il a pourtant l'espace pour avoir un clébard, je me dis en regardant le jardin face à moi. Sa chambre donne sur l'extérieur grâce à une immense baie vitrée qui prend tout un pan du mur. Je balaye du regard la pelouse parfaitement tondue. Non, impossible que son père supporte ne serait-ce que l'idée que cet impeccable gazon puisse se retrouver criblé de trous.

— Amanda t'a raconté quelque chose ? s'enquiert-il.

— Hormis que Dan est un sale type et qu'elle se demande si tous les mecs ne sont pas des gros baiseurs, je ne sais rien. Elle détourne la conversation dès que je tente d'aborder le sujet.

— Tu penses qu'ils ont couché ensemble ?

— Non. Mais ils ne devaient pas en être loin. Tu as fait gaffe à ses vêtements quand je l'ai récupérée ? Elle était complètement débraillée.

— Oui, maintenant que tu le dis.

Un silence plane quelques instants.

— Et putain, l'état dans lequel elle était, j'ajoute. Elle avait l'air complètement shootée.

— Elle a dû prendre une pilule, un truc fort. On ne s'évanouit pas pour rien. Et je peux te dire qu'elle est tombée sous mon nez comme une poupée de chiffon.

— J'imagine qu'elle a eu accès à ces merdes grâce au fournisseur officiel de ses propres soirées privées.

— Putain, souffle Ethan. Si c'est le cas, ça voudrait dire que Dan refourgue ses saloperies à des meufs mineures.

Je soupire longuement.

— Je n'ai pas l'impression que j'en saurai plus par Amanda. Je compte vraiment sur toi.

Ethan se prend la tête entre les mains avant d'en utiliser une pour se frotter le cou.

— Je pars demain à Marseille, je vais passer quelques jours chez Sarah.

Je lui tape dans le dos.

— C'est cool, mec ! Profite avec ta copine !

Il me sourit, d'un sourire mélancolique.

— J'ai hâte. Je n'imaginais pas qu'entretenir une relation longue distance serait si dur.

C'est la première fois que je le vois aussi touché depuis que Sarah est partie, l'été dernier.

— Tu doutes ?

Sans se départir de son sourire, Ethan secoue la tête.

— Pas du tout. Je crois en nous deux, en la solidité de notre couple. C'est juste qu'être séparé d'elle, c'est vraiment difficile.

Je me tais un instant. Je trouve ça beau et fort, le genre d'amour qui lie Ethan et Sarah. J'admire beaucoup leur couple, le genre robuste qui résiste à l'éloignement et aux tentations.

— C'est toujours mieux d'avoir les gens qu'on aime près de soi, je déclare.

— Je ne te le fais pas dire ! Sarah voudrait que je vienne faire mes études à Marseille et qu'on vive ensemble.

J'accuse le choc.

— Ah ouais ?

Ma voix trahit autant ma surprise que mon inquiétude. Ethan est bien la dernière personne que je voudrais voir partir à l'autre bout de la France.

— Et ? je m'enquiers, l'air de rien.

Ethan lâche un petit rire en voyant ma tête.

— Alors pour un week-end, ça va, mais m'y installer ne me tente pas ! J'aime ma vie ici.

J'ai l'impression de respirer à nouveau.

— Putain, mec, j'ai vraiment flippé que tu m'annonces ton déménagement !

Ethan éclate de rire.

— Non, je ne pars que quelques jours ! Et dès que je rentre, je me débrouillerai pour passer chez Dan. Je t'avoue que je n'irai pas avec grand enthousiasme, la dernière soirée m'a sacrément refroidi, mais je te promets que je ferai ma petite enquête.

Je lui tape amicalement sur le genou, un grand sourire aux lèvres.

— Merci, mon pote. Et vraiment content que tu ne quittes pas la capitale.

— Content que tu ne veuilles pas te débarrasser de moi.

J'esquisse un rictus provocateur.

— Ne te réjouis pas trop vite, ça pourrait arriver !

Ethan fait semblant d'être indigné avant de me taper dans l'épaule. Et putain, même s'il retient sa force, je le sens passer ! Ethan n'a pratiqué la boxe que quelques mois mais ça a été suffisant pour que son direct du droit devienne redoutable. Heureusement que personne n'aura jamais à le connaître, Ethan étant opposé à toute forme de violence. J'ai su à quel point il détestait ça après ma bagarre avec Dan, il n'a jamais été aussi distant avec moi que les jours qui ont suivi.

— Hé ! je proteste en reculant et massant mon épaule meurtrie.

Ethan s'incline vers moi en papillotant des cils comme une nana et désigne son ordinateur.

— Tant que je suis encore là, je peux avoir ton aide *now, please* ?

J'éclate de rire.

— *Sure.*

CHAPITRE 33

Amanda

J'ai rapidement pris conscience que ce qui s'est passé avec Dan ne cesserait jamais de me hanter si je le gardais pour moi. Il fallait que j'extériorise. Que je raconte ce que j'avais vécu même si, encore maintenant, tout reste très confus dans mon esprit.

Alors j'ai tout dit à Elsa et Natalie. Ça n'a pas été facile mais j'ai mis des mots sur ce dont je me souvenais : l'attitude de Dan quand je lui ai annoncé que je le quittais, son corps et ses mains qui m'oppressaient et mon évanouissement. Je dois bien reconnaître qu'en faisant ça, le poids qui pesait sur ma poitrine s'est quelque peu allégé. Pas complètement, mais je sais que, pour m'en délester totalement, il faudra du temps.

Elsa était atterrée et Natalie bouillonnante de rage. Elle répétait que Dan devrait avoir honte, qu'il m'avait agressée, purement et simplement. Même si mes amies ne partageaient pas mon choix, je leur ai demandé de respecter ma décision : je ne comptais ni revoir Dan – même pour le confronter à ses actes – ni évoquer tout ça avec d'autres personnes. Je n'ai pas envie que d'autres gens soient au courant. Du moins, pas pour le moment. Tout est si flou, si incertain dans mon esprit, comme si mon cerveau rechignait à assembler les données pour former un tout cohérent. Mon unique souhait, c'était de me confier à mes amies. Ensuite oublier. Avancer.

Et avancer, Julian m'y aide. La tension et l'animosité présentes entre nous depuis mon arrivée chez lui ont complètement disparu au profit d'une atmosphère calme et agréable. Les moments que nous avons partagés sur le toit ne nous ont pas seulement rapprochés, je suis convaincue qu'ils ont également créé un lien particulier entre nous. Nous apprenons à nous connaître et mes a priori sur lui se réduisent comme peau de chagrin. Nous passons de plus en plus de temps ensemble, discutant de tout – beaucoup de musique, de sport, de voyages, de séries, mais aussi de nos familles, de nos projets, de nos envies. Jamais de Dan. Julian a compris qu'il ne servait à rien de me poser des questions sur le sujet.

J'apprécie vraiment le garçon que je découvre et plus je passe de temps avec lui, plus j'ai envie d'être avec lui. J'ai l'impression que nous portons le même regard sur le monde.

Je ne compte plus le nombre de fois où mes pensées reviennent au baiser que nous avons échangé et au festival de sensations qu'il a suscité chez moi. Si seulement je ne l'avais pas repoussé, tout aurait pu être si différent... Dan m'a meurtrie mais, Dieu merci, grâce au soutien de mes amies et de Julian, il n'occupe plus continuellement mes pensées. Julian, par contre...

Chaque jour, je vais de l'avant. Plus de plaintes constantes à me trouver ici, à être loin de ma mère, à ne voir que très peu mon père. Je m'applique à profiter de l'instant, de tous les bons moments que m'offre la vie. Et aujourd'hui se présente une nouvelle occasion de se réjouir : on fête l'anniversaire de Natalie. Ses parents ont privatisé une salle dans le quartier de Châtelet pour célébrer l'événement et, en attendant qu'Elsa passe me chercher, je me suis perchée sur le toit pour admirer la tombée de la nuit et fumer une cigarette, que je n'ai toujours pas allumée.

Julian m'a rejointe et s'est installé à mes côtés, parfaitement silencieux. Je le trouve particulièrement calme et réservé ces derniers jours mais je ne le pousse pas à parler. Je suis bien placée pour savoir que, par moments, la présence de l'autre à nos côtés suffit. Alors, tout comme il a respecté mes silences, je respecte les siens.

Nos yeux sont rivés sur le ciel qui s'est obscurci et la tour Eiffel illuminée qui se dresse fièrement devant nous. Son phare tourne, promenant son faisceau lumineux sur Paris. De fins nuages passent lentement, poussés par le vent, et cachent par intermittence le croissant de lune. Sous nos pieds, les lumières de la ville étincellent en contre-bas. Somptueux panorama.

Julian émerge de son mutisme :

— C'est vrai que c'est encore plus magique quand il fait nuit.

— Paris, Ville lumière.

Il tourne la tête et un sourire lui fend le visage.

— Ville romantique, aussi.

L'éclat dans ses yeux fait courir un frisson sur ma peau. Je sens le rouge me monter aux joues. Je reporte mon regard sur ma clope que je fais nerveusement rouler entre mon pouce et mon index. Je décide finalement de ne pas l'allumer et la range dans mon paquet. Julian déteste la cigarette, et je n'ai pas tant envie de fumer que ça. Ces derniers temps, j'en ai même de moins en moins envie.

— Alors, Natalie fête ses dix-sept ans ?

J'opine de la tête et soupire.

— Le temps passe si vite. J'ai l'impression que c'était hier qu'Elsa et moi lui proposions d'être notre copine, et que notre duo devenait un trio.

— Vous aviez quel âge ?

— Huit ans. Nat venait d'arriver dans notre classe et El était tombée amoureuse de ses barrettes.

Julian rit.

— Les amitiés se nouent facilement à cet âge-là.

— Tout était tellement plus simple à cette époque, j'ajoute, nostalgique.

Julian met ses coudes sur ses genoux et plante son menton entre ses mains. Il prend en assurance à force de poser son beau fessier sur ce toit. *Beau fessier ?* Je souris intérieurement en repensant à la vue imprenable que m'a offert Julian sur son derrière nu dans notre salle de bains.

— Combien de fois tu as souhaité pouvoir remonter le temps et retrouver les moments où tout allait bien dans ta vie ? me demande-t-il en passant une main dans ses cheveux courts.

— Autant de fois que de jours qui se sont écoulés depuis le dîner où mes parents m'ont annoncé leur séparation. Et toi ?

— Chaque jour depuis que mon père est parti.

Je hausse les épaules.

— Il faut se faire à cette idée : on n'aurait rien pu changer. Ce qui est arrivé à nos familles nous dépassait complètement.

Julian me lance un regard profond, et je n'ai pas besoin de lire dans ses pensées pour savoir qu'il avait cruellement besoin d'entendre ça.

Un silence s'installe pendant lequel je reporte mon attention sur le ciel où scintillent de très rares étoiles.

— Je retournerais bien dans le passé pour un jour en particulier, me révèle Julian.

— Lequel ?

— Celui où je t'ai embrassée.

Je me fige sous le coup de la surprise et m'oblige à garder le regard fixé droit devant moi, l'air de rien.

— Ah b-bon ? je balbutie.

Je sens que Julian se rapproche de moi, la chaleur de sa cuisse embrase la mienne. Il murmure, ses lèvres collées à mon oreille :

— Depuis, je ne pense qu'à le refaire.

Mon cœur menace de sauter hors de ma poitrine. Je tourne la tête et découvre Julian tout proche. Tellement proche que nos nez se touchent et que son souffle caresse mon visage. La tension embrase soudainement l'air et ma respiration s'accélère de façon démesurée. Son regard sombre pénètre le mien et il me fixe pendant ce qui me paraît une éternité. Puis, il se penche et pose ses lèvres sur les miennes. À la façon dont il m'embrasse, je comprends qu'il en mourait d'envie, et je dois avouer que moi aussi. Je décide alors de laisser toutes mes réticences et mes appréhensions de côté, je passe ma main derrière sa nuque et lui rends son baiser avec fougue. Des frissons courent sur l'ensemble de mon corps et mon esprit se vide complètement. Je donnerais tout pour que le temps s'arrête, pour que cet instant dure indéfiniment.

Mais l'univers en décide autrement ; une sonnerie se déclenche et retentit avec force dans le silence. Une voix masculine se met à chanter « *I'm sexy and I know it...* » Surpris, Julian éclate de rire. Je baisse la tête et vois le nom d'Elsa s'afficher sur l'écran de mon téléphone. Bon sang, El ! Je la maudis de passer son temps à bidouiller mon portable !

La sonnerie s'interrompt pour reprendre de plus belle.

— Il faut que j'y aille, je murmure. Elsa n'est pas la personne la plus patiente que je connaisse. Si je tarde, elle viendra me chercher par la peau des fesses. Et si c'est mon père et qu'il nous trouve ici, je ne te fais pas un dessin !

Julian m'embrasse puis détache lentement sa bouche de la mienne.

— Non, pas besoin ! Amuse-toi bien.

Mon téléphone résonne encore, suscitant un nouvel éclat de rire chez Julian.

À regret, je quitte le toit et fais un crochet par ma chambre pour prendre mon sac à main. En passant devant ma glace, une bouffée d'euphorie monte en moi. Je me mets à danser de joie, des centaines de milliers de millions de papillons virevoltant au creux de mon ventre. En découvrant Alexis sur le pas de la porte, je me fige, les bras en l'air. J'ai les cheveux dans tous les sens dont une bonne partie dans la figure. Il glousse.

— Ça va ?

— Excellemment bien !

— Tu diras bon anniversaire à Natalie de ma part.

J'acquiesce, vais l'embrasser et me précipite dans l'escalier. Je descends les marches en quatrième vitesse, salue toute la maisonnée avant de rejoindre Elsa, à cheval sur le scooter maternel, garé sur le trottoir. Je la somme de bien vouloir arrêter de toucher à mes affaires, elle comprend de suite l'allusion.

— Tu n'aimes pas la voix sexy de LMFAO ?

Je secoue la tête en affichant une moue réprobatrice tandis qu'elle me presse de monter derrière elle.

Pendant le trajet, je contiens difficilement mon excitation mais mon amie est si concentrée sur la route qu'elle ne remarque rien. Le navigateur GPS sur mon téléphone nous guide jusqu'au centre de Paris. Elsa a l'air stressée par le déroulement de la soirée et veut que tout soit parfait pour Natalie. Elle me répète quatre fois (ou peut-être bien cinq) – en hurlant pour couvrir le brouhaha de la ville – à quel moment nous devons donner les cadeaux, à savoir entre le gâteau et le mini-spectacle que feront les petites sœurs de Natalie et leurs copines du cours de danse modern jazz.

Elsa contourne la place du Châtelet et se gare près de la rue de Rivoli, à quelques mètres de l'adresse donnée par Natalie. Je descends la première et, après avoir ôté mon casque, je tente de redonner du volume à mes cheveux. Elsa récupère le sac chargé de cadeaux et le cale sous son bras. Elle descend du scooter et pose ses yeux sur moi.

— Amanda ? fait-elle en haussant ostensiblement les sourcils.

— C'est moi.

— D'où vient cette mine radieuse ?

Je me mordille la lèvre.

— Julian...

Elle me décoche un regard avide de curiosité.

— Qu'est-ce qui s'est encore passé entre vous ?

— Il m'a embrassée...

Elle s'immobilise devant moi, les yeux ronds.

— Et cette fois-ci tu n'as pas fait la connerie de le jeter, j'imagine ?

Je secoue négativement la tête en souriant.

— Alléluia ! s'écrie mon amie en me prenant dans ses bras et m'écrasant contre elle. Dis-moi tout !

Je lui raconte les minutes qui ont précédé son arrivée. Elle ponctue chacune de mes phrases par : « Je te l'avais bien dit. » La situation semble la ravir encore plus que moi. Ça me conforte dans mon choix de ne pas avoir rejeté Julian une nouvelle fois.

La salle réservée pour la fête se situe au sous-sol du bar – le propriétaire est un ami des parents de Natalie –, dans une cave voûtée à l'éclairage tamisé. Sur un côté, des tables ont été placées en enfilade et sont recouvertes de plateaux de nourriture. En boissons, des bouteilles de jus et sodas sont à disposition. L'énorme bol de punch semble être la seule exception faite pour l'alcool. Des chaises et banquettes sont dispersées dans l'espace et occupées pour la plupart. Natalie fonce littéralement sur nous et nous saute au cou.

— Les filles !

— Bon anniversaire, Nat ! hurlons-nous en retour.

Natalie porte une robe bustier verte qui rappelle la couleur de ses yeux. Elle a joliment bouclé quelques-unes de ses mèches rose fluo et, laissée libre, sa chevelure de jais encadre son visage en cœur et son teint de porcelaine. Pour la soirée, elle a troqué ses lunettes pour des lentilles. Elle est vraiment magnifique.

— Nat, tu es la plus belle nana à des kilomètres ! lance Elsa.

Natalie rougit et secoue la tête.

— Arrête, El. Ne dis pas n'importe quoi !

— Je suis d'accord avec Elsa, Nat. Tu es resplendissante !

Après de longues embrassades, Elsa et moi partons saluer les personnes présentes tandis que notre amie se dirige vers le groupe où se trouvent ses parents. Je suis agréablement surprise de voir qu'ils arrivent à se tenir l'un à côté de l'autre sans s'entre-tuer. Il y a du progrès.

Quelques minutes plus tard, Natalie fait irruption à côté de moi et me prend dans ses bras. Je l'embrasse affectueusement. Elle reste là à me sourire.

— Alors comme ça, Julian et toi...

Je hausse les sourcils d'étonnement. Mon amie désigne d'un signe de tête le troisième élément de notre trio, occupé à pourchasser Naomi et Clara. Les nouvelles vont vite.

— Sacrée El, je murmure en souriant. Elle ne perd pas de temps !

L'air subitement grave, Natalie me fixe.

— Est-ce que tu es sûre de toi, Amy ?

— Je suis sûre d'une chose, Nat, Julian a été là pour moi quand j'en ai eu besoin. Et chaque jour qui passe, je me rends compte que ce garçon me ressemble bien plus que je ne l'aurais imaginé.

Natalie soutient mon regard, m'étreint et me dit doucement à l'oreille :

— Alors sache qu'il y a encore de la place ici pour des invités de dernière minute...

Elle s'éclipse avec un clin d'œil. Ma poitrine se serre d'émotion. Depuis l'événement avec Dan, Natalie a beau avoir changé d'opinion sur Julian en voyant combien il est présent pour moi, elle reste tout de même réfractaire au fait que je me rapproche trop de lui. Jusqu'à ce soir et son choix de me soutenir quoi que je décide.

Je pianote sur l'écran de mon téléphone pour le déverrouiller et m'aperçois que je n'ai pas le numéro de Julian. Je trépigne en me mordillant la lèvre. Je n'ai pas d'autre choix que d'appeler sur le fixe des Dumont. C'est Owen qui décroche à la deuxième sonnerie.

— Salut, c'est Amanda, je bredouille. Julian est là, s'il te plaît ?

Il me répond de son ton jovial habituel :

— Ne quitte pas !

J'arpente le sol d'un pas nerveux et me ronge les ongles. Mon cœur bat à tout rompre. Mon Dieu, qu'est-ce que je suis en train de faire ? Il n'est pas trop tard pour raccrocher.

— Amanda ? Tout va bien ? s'inquiète une voix masculine à l'autre bout du fil au moment où je m'apprête à couper la communication.

Ce timbre grave et chaud me fait vibrer. Bon sang, même sa voix au téléphone est sexy !

— Oui, oui, Julian, ça va.

Je dois m'y reprendre à trois fois pour formuler une phrase correcte et parvenir à lui proposer de venir me rejoindre. Pendant le léger silence qui suit, je me dis que de toute ma vie je n'ai jamais atteint ce niveau d'anxiété en attendant une réponse. J'ai peur de me prendre un vent monumental.

— Bien sûr ! Quelle adresse ?

Je respire à nouveau, prenant alors conscience que je retenais mon souffle. Deux minutes de plus en apnée et il aurait fallu sortir les bouteilles d'oxygène !

Je lui donne les informations nécessaires pour se rendre au bar et, en raccrochant, je sens un large sourire s'épanouir sur mon visage. Je trottine jusqu'à mes amies et leur saute au cou. Il faut que je partage mon bonheur avec les deux filles les plus merveilleuses de la planète !

Les minutes passent et je ne tiens pas en place. Tout mon corps vibre d'impatience. J'ai du mal à réaliser que Julian vient ici. Malgré la tentation de me détendre avec du punch, je m'en tiens au jus d'orange. L'alcool en soirée ne m'a pas réussi jusqu'ici.

Quand Julian fait son apparition, debout sur les dernières marches qui mènent au sous-sol, je me retiens de lui courir dans les bras. Rasé de près, il est élégamment habillé d'un jean et d'une veste bleu marine. Il est sublime.

Quand il me repère, il sourit et se dirige droit sur moi, sans me quitter des yeux. Malgré les regards féminins braqués sur lui, il semble ne prêter attention à personne d'autre que moi en traversant la pièce. Il m'attire à lui et m'embrasse. Mon corps devient guimauve.

— Tu me présentes à la reine de la soirée ? murmure-t-il contre mes lèvres.

Après avoir fait officiellement connaissance avec mes deux acolytes, on rejoint tous les quatre les gens qui se déhanchent en couples ou par petits groupes sur le dernier titre des Daft Punk.

— M'accorderez-vous cette danse, mademoiselle ? plaisante Julian en me prenant la main.

— Avec plaisir, très cher ! je m'exclame en me blottissant contre lui.

Il écarte mes cheveux de ma nuque et ses lèvres caressent le creux de mon cou. Je frémis. Il me serre contre lui et promène ses mains sur mon dos. Son odeur m'enveloppe. Je ne me suis jamais sentie aussi bien de toute ma vie.

Évoluant ensemble sur la musique, lui et moi ne faisons plus qu'un. Les morceaux se succèdent et il ne me lâche pas, semblant rechercher mon contact plus que n'importe quoi d'autre. Mon corps plaqué contre le sien, je savoure chaque seconde et les sensations de chaleur et de liberté que notre étreinte me procure. Ses bras protecteurs autour de moi, j'ai la merveilleuse impression d'être à ma place, de me trouver exactement là où je suis supposée être.

CHAPITRE 34

Julian

— Tu as quelque chose pour moi ? je demande sans préambule.

— On dirait que tu parles à un dealer, s'offusque Ethan à l'autre bout du fil.

Pas faux.

— Écoute, je pense que tu ne devrais pas te soucier de ça aujourd'hui, juge-t-il.

Il est marrant ! Il n'avait qu'à pas m'envoyer de texto m'avertissant qu'il avait glané des infos sur Dan et Amanda !

— Ethan, dis-moi, je lui ordonne.

— Pas la peine que je te fasse part de ce qu'a dit Dan aujourd'hui, je pense vraiment…

— Ethan ! je le coupe en haussant brutalement le ton.

— Putain, Jul ! Tu m'as défoncé le tympan !

Sa voix me parvient de loin, comme s'il avait éloigné le téléphone de son oreille.

— Dis-moi ce que tu as appris, bordel, j'insiste en parlant plus bas.

Je continue de courir à petites foulées en plaçant correctement mes oreillettes. Mes jambes avalent le bitume depuis que j'ai quitté la maison. Nul besoin de régler mon alarme pour me réveiller, j'appréhende cette journée depuis plusieurs jours et n'en dors quasiment plus. Quand j'ai ouvert les yeux d'un coup avant le lever du soleil, mon corps entier me démangeait, alors je suis sorti courir.

— OK, si c'est vraiment ce que tu veux. Dan n'a pas parlé d'Amanda en termes élogieux.

— Très étonnant, je lâche, caustique.

— Il m'a dit qu'elle avait enquillé les shots à la chaîne et fait des mélanges chelous. Ensuite, elle aurait chauffé Dan mais soi-disant qu'elle était tellement arrachée que ça ne l'excitait pas. Il l'aurait repoussée, elle se serait mise à chialer comme une gamine, alors il l'aurait jetée.

Quoi ?

— C'est quoi ces conneries ?

— Et Tristan a vu Amanda, seule, boire des verres cul sec au bar avant de monter à l'étage avec Dan.

Un silence pèse sur la ligne.

— Je te répète mot pour mot ce qu'ils m'ont sorti.

Je regarde la surface de la Seine dorée par la lumière matinale et je repense à hier soir. Je suis resté collé à Amanda comme si ma vie en dépendait. Tout était si parfait ; une parenthèse hors du temps, hors de la réalité. Il y avait si longtemps que je n'avais pas été heureux que j'ai savouré cette sensation comme si je la ressentais pour la première fois. Quand je suis avec Amanda, je m'autorise à être moi-même et j'oublie tout.

— Comment tu te sens, Jul ? me demande Ethan, d'un ton hésitant.

J'expire un bon coup et serre les dents.

— Ça va, mec, je lui réponds. Ça va aller.

J'allonge mes foulées et accélère la cadence. Le décès de mon père a eu lieu il y a un an. Jour pour jour. Un an que je dois me lever tous les matins en sachant qu'il n'est plus là, qu'il ne sera plus jamais là, qu'il ne reviendra jamais. J'ai eu tant de mal à faire face à la situation que, pendant de longs mois, je me surprenais à guetter son retour du travail et à l'imaginer entrer dans la maison quand une clé se glissait dans la serrure. Putain, repenser à tout ça me fait si mal. Je voudrais ne rien ressentir du tout.

De retour à la maison, je retrouve ma mère qui s'affaire dans la cuisine. L'odeur du café emplit mes narines. Je vais droit sur le frigo et attrape une bouteille d'eau.

— Tu es sorti ?

Je me tourne vers ma mère.

— Je suis allé courir.

Elle me sourit avec tendresse.

— Tu penses nous accompagner, Owen et moi…

— Non, je la coupe brutalement.

Je sais ce qu'elle va dire. Pas moyen que je me tape la sortie en famille au pire endroit au monde.

Ma mère se borne à me fixer, l'air attristé. Oh non, je n'ai déjà pas la force de supporter mon propre chagrin, je ne veux pas de celui des autres ! J'ai besoin de m'isoler et de me soustraire au douloureux regard maternel.

Je fais demi-tour et m'apprête à quitter la pièce quand Amanda y pénètre. En me voyant, un sourire radieux illumine son visage. Et moi, en la regardant, je ne peux que ressasser les mots d'Ethan. Est-ce qu'elle aurait pu agir ainsi ? Est-ce que je la connais vraiment ?

Je repense alors à la toute première soirée où je l'ai rencontrée chez Dan ; elle était déchirée et semblait hors d'elle. Je sais que Dan est un enfoiré mais, en étant objectif, sa version est plausible. Et il y a Tristan, ce mec n'est pas une flèche mais ce n'est pas un menteur. Le doute s'immisce en moi. Putain, non, je ne peux pas croire tout ça ! Bordel, il y a un tel foutoir dans ma tête. Peut-être qu'Ethan avait raison, ce n'était pas le jour pour apprendre ce genre de choses.

Amanda sent visiblement la tension qui règne. Elle fronce les sourcils et son regard ne cesse d'alterner entre ma mère et moi, cherchant certainement à saisir ce qui se passe.

Muet, je quitte la pièce à grands pas et grimpe l'escalier en quatrième vitesse. À l'étage, je traverse ma chambre et fonce dans la salle de bains. Mes vêtements collent à mon corps dégoulinant de transpiration. J'enlève mes baskets et mon tee-shirt poisseux quand Amanda entre dans la pièce. Elle se plante face à moi, le visage soucieux.

— Est-ce que ça va ?

J'acquiesce silencieusement.

— Vraiment ?

Amanda me toise dans l'attente d'une réponse. J'ai une certitude : je ne suis pas d'humeur à supporter son insistance. Faire face à cette journée est déjà bien plus dur que ce à quoi je m'attendais, alors si elle ne me lâche pas avec ses questions, je risque de péter un plomb.

— Oui, *vraiment,* je réponds sèchement.

Son visage se crispe et sa bouche se pince.

Elle n'en a pas conscience mais je me fais violence pour ne pas plonger dans de pénibles souvenirs. J'emploie toute mon énergie à rester dans l'instant présent, je n'en ai pas une once à gaspiller dans son interrogatoire. Et avec ce que je viens d'entendre sur elle, même si c'est peut-être injuste, je lui en veux. Putain, au plus profond de moi, j'aurais souhaité qu'elle m'écoute quand je la mettais en garde contre Dan. Mais quel poids avait ma parole ? Apparemment aucun.

Ses yeux rencontrent les miens, elle s'approche et se colle contre moi. Le fait que je sois couvert de sueur ne la rebute pas, elle laisse ses mains courir dans mon dos. La chair de poule me gagne. Ses lèvres happent les miennes, un frisson me secoue l'échine. Ses doigts explorent mes cheveux, tandis que nos langues se rencontrent. Elle m'embrasse longuement, passionnément. Et une putain de question surgit dans mon esprit : est-ce qu'elle a fait pareil avec Dan ?

Je me détache d'Amanda et recule. L'air perdu, elle halète.

— Qu'est-ce qui se passe, Julian ?

Elle a les joues écarlates et ses lèvres sont gonflées. Sa poitrine se soulève et s'abaisse à un rythme effréné tandis qu'elle essaye de reprendre le contrôle de sa respiration.

— Rien. C'est… Rien.

Une ombre voile son regard.

— Ça a quelque chose à voir avec nous ? Avec moi ? demande-t-elle.

Je ne peux pas m'empêcher de rouler les yeux d'un air irrité.

— Putain, Amanda, tout ne tourne pas autour de toi !

Elle agite ses lèvres mais aucun son ne sort de sa bouche. Ses yeux brillent soudain de larmes contenues.

— Je voudrais simplement comprendre, finit-elle par murmurer.

Pour toute réponse, je me mure dans le silence. Elle tourne les talons et part en fermant vivement la porte derrière elle. Je ne la rattrape pas. Je sais que j'ai tort de réagir comme ça, mais je n'ai pas la force de me comporter autrement. Pas aujourd'hui. Je ne parviens même pas à formuler mes mots tellement j'ai mal.

Je retiens mon souffle le temps de me calmer. Puis je fais glisser mon jogging sur le sol, mon boxer suit le même chemin et j'entre dans la cabine de douche. Je reste longtemps sous le jet brûlant avant de me laver, m'essuyer et d'enrouler la serviette autour de mes hanches. Je me réfugie dans ma chambre et m'étends sur le lit. Je contemple le plafond en cogitant. Ethan avait définitivement raison : je n'ai pas la force de gérer le cas Amanda. Cet anniversaire merdique est déjà bien trop lourd à supporter.

Je m'habille et fais les cent pas devant la fenêtre. Un lourd voile gris recouvre Paris, le sommet de la tour Eiffel se perd dans la brume. Le temps est aussi morose que mon humeur.

Quand je quitte ma chambre, je ne trouve qu'Alexis dans le salon, affalé dans un sofa et les yeux rivés à l'écran plat fixé au mur. Où est-ce qu'Amanda est passée ? Peut-être sur le toit ? Sans le savoir, Alexis m'apporte la réponse :

— Tout le monde est sorti.

— Où ça ?

— Mon père a soi-disant rendez-vous pour un appart – un dimanche, mais bien sûr ! Amy, je ne sais pas, elle n'a rien dit. Ta mère et Owen sont partis au cimetière.

En prononçant le dernier mot, il me regarde du coin de l'œil, guettant ma réaction.

— OK, je marmonne. Je sors aussi.

Je ramasse mes clés et mon manteau avant de quitter la maison. Je sors mon smartphone de ma poche. Pas besoin de faire défiler mes contacts jusqu'au nom d'Amanda, elle est la première de ma liste. J'hésite longuement puis je presse la touche « appel » et colle le téléphone à mon oreille. Mais avant même la première tonalité, je coupe la communication. Je ne saurais pas quoi lui dire. Je ne suis même pas certain d'avoir envie de lui parler.

Je verrouille l'écran tactile et fourre le téléphone au fond de ma poche. Je m'installe au volant de mon bolide et attends un long moment. Je suis énervé contre moi-même. Je savais avant même qu'elle débute que cette journée serait dure et je n'ai rien trouvé de mieux à faire que d'en rajouter.

Je démarre et roule dans les rues de Paris sans penser à rien, perdant la notion du temps. Mes errements me conduisent dans le sud de Paris et quand je finis par me garer, je réalise que je me trouve sur le boulevard Edgar-Quinet, à quelques mètres de l'entrée du cimetière du Montparnasse. C'est la première fois depuis l'enterrement de mon père que je me rends ici. Malgré les sollicitations de ma mère, mon frère et du reste de la famille, quand ce n'était pas du psy, je m'étais toujours refusé à aller sur sa tombe. Trop dur. Trop tôt. Et je détestais bien trop mon père pour son geste pour faire l'effort de venir. On n'a eu de cesse de me répéter que haïr mon père ne servait à rien, ne changerait ni n'effacerait le passé. Mais putain, mes sentiments, je les vis, je les ressens, je ne les rationalise pas ! Pourquoi me faire culpabiliser ?

Je reste dans la voiture, le regard dans le vide et les bras ballants. La sensation de faim me creuse l'estomac mais je sais que, même si j'essayais, je ne pourrais rien avaler.

Je me surprends à surveiller les allées et venues des visiteurs. Au fond de moi, je ne sais pas trop si je crains ou non de croiser ma mère et mon frère. Peu importe, de toute façon, ça doit faire bien longtemps qu'ils ne sont plus là.

Je sors de la voiture et m'adosse à la portière. Je fixe le ciel brumeux quelques minutes, puis je longe lentement le mur du cimetière. Étonnamment, je n'hésite pas à passer l'entrée. Moi qui pensais n'être plus jamais capable de poser le pied dans cet endroit.

Je laisse mes jambes me porter à travers le cimetière où de rares personnes serpentent entre les rangées de tombes entretenues, disposées de façon régulière. Je bifurque à droite et remonte le chemin qui mène là où repose l'être que j'ai le plus aimé sur cette planète.

En arrivant devant la tombe de mon père, mes jambes cèdent. Je m'agenouille devant la stèle. Un bouquet de fleurs fraîches a été déposé dans un vase incrusté au sommet de la pierre tombale. Je lis l'épitaphe et passe le bout de mes doigts sur les lettres gravées dans le marbre gris.

Un an est passé, *déjà*, depuis ses funérailles. Les souvenirs me reviennent tel un raz de marée, se succédant à toute vitesse dans mon esprit. Je revois les tonnes de gens qui s'agglutinaient autour du cercueil, la larme à l'œil. Dire que la plupart de ces cons ne le connaissaient même pas. Juste des putains de curieux voulant être présents lors de la descente du riche suicidé Yann Dumont dans son fichu trou. Y penser me tord l'estomac, me donne la nausée.

Je sens subitement en moi le vide béant, douloureux, écrasant, laissé par l'absence de mon père qui m'engloutit tout entier. Je serre les bras contre mon ventre et une larme coule le long d'une de mes joues. J'ai tellement de colère en moi, tant de rage en réserve. Putain, je lui en veux tellement. Il n'avait pas le droit de nous laisser. Il n'a été qu'un sale connard égoïste !

Un couple se recueillant devant un caveau voisin sursaute. Est-ce que j'ai pensé tout haut ? Je baisse les yeux et ramasse une feuille morte que je dépiaute entre mes doigts tremblants, la réduisant en charpie. Un profond sentiment de solitude s'empare de moi. J'aurais aimé qu'Amanda soit là. À mes côtés. Juste par sa présence, elle m'aurait porté.

Le froid finit par me saisir et me faire grelotter. Je ne sais même pas depuis combien de temps je suis dehors. Autour de moi, il n'y a plus âme qui vive, les rares visiteurs ont déserté les lieux. À mon tour d'en faire autant. Je me redresse et me dirige vers la sortie.

CHAPITRE 35

Amanda

J'ai des fourmis dans les jambes à force de rester immobile, rencognée dans le canapé. Les écouteurs vissés aux oreilles et un livre sur les genoux – toujours à la même page –, je jette anxieusement des coups d'œil vers l'entrée. Mon frère me tient compagnie, les yeux cloués au gigantesque écran de télévision qui tapisse le mur et lui permet de profiter en grand format de ses programmes préférés. Après avoir enchaîné les épisodes de *Homeland*, il a porté son choix sur une émission de téléréalité – je ne m'explique pas comment on peut apprécier regarder ce genre de truc –, idéale selon lui pour se vider le cerveau. Après trois épisodes successifs, je lui fais remarquer qu'il devrait éviter de se le vider trop, quand même.

Mon père rentre le premier, le visage si radieux que j'en reste perplexe. Eveline et Owen sont les suivants, l'air fatigué et ailleurs. Il faut dire que leur sortie du jour était éprouvante.

Je n'attends qu'une chose : voir Julian passer le seuil de cette maison. J'ai déjà le scénario en tête : on s'éclipsera à l'étage, je lui sauterai au cou, il me dira qu'il est désolé d'avoir réagi de la sorte ce matin, j'accepterai ses excuses et lui présenterai les miennes – car je sais maintenant, grâce à Eveline, ce que représente la journée d'aujourd'hui pour toute la famille –, et, enfin, on s'embrassera longuement. Comme on l'a si bien fait hier soir. Et comme je pourrais passer des jours entiers à le faire.

J'ai envie de croire que son brusque changement de comportement n'a rien à voir avec moi. Que si, après notre merveilleuse soirée passée lovés l'un contre l'autre, Julian est devenu aussi froid qu'un glaçon et que son regard n'avait plus rien à voir avec celui intense et brillant d'hier, ce n'était pas à cause de moi mais de cet anniversaire funeste. De cette date qui fait remonter des souvenirs difficiles.

J'aurais aimé qu'on en parle dès ce matin, qu'on prenne chacun le temps de se calmer et de se retrouver. Qu'on ne gâche pas cette journée à se faire la gueule mais, alors que j'étais dans le jardin à l'arrière de la maison, le moteur de la voiture de sport de Julian a vrombi et les pneus ont crissé sur l'asphalte. Le temps que je quitte la balancelle où je m'étais installée et fasse le tour de la maison, le bolide avait disparu. Julian avec.

Depuis, j'attends. Ça fait des heures maintenant. J'attends qu'il rentre pour qu'on puisse discuter et que je lui apporte mon soutien. Je veux lui montrer que, non, je ne pense pas que tout tourne autour de moi et lui rappeler que je ne suis ni voyante ni télépathe : si on ne me dit rien, je ne peux pas deviner ce que pensent ou veulent les gens. Aussi malheureux et en colère qu'ils soient.

Quand j'entends enfin le bruit de sa voiture qui se gare devant la maison puis la porte d'entrée qui s'ouvre, je sens les battements de mon cœur s'accélérer. Ça y est, on va pouvoir tout clarifier !

Julian entre dans mon champ de vision en même temps qu'un sourire naît sur mon visage. Pour disparaître bien vite face à son expression impénétrable et son regard dur. OK, on est loin des retrouvailles que j'imaginais. J'enlève mes écouteurs et pose mon livre à côté de moi, bien décidée à prendre Julian à part, quand Eveline sort de la cuisine.

— Jul ! On n'attendait plus que toi !

Julian fronce les sourcils en balayant l'espace du regard, l'arrête un instant sur mon père, assis devant la grande table, tapant sur le clavier de son ordinateur, puis sur nos frères affalés dans un sofa et qui se marrent devant un énième épisode de leur émission – à cette heure-ci, je déclare le cerveau de mon frère officiellement hors service –, et enfin sur sa mère qui pénètre à grands pas dans le salon. Pas un seul coup d'œil dans ma direction. Là, je me demande sérieusement ce qui me vaut l'honneur d'être ignorée de la sorte. Notre embrouille de ce matin n'était pas si grave. Puis, je tique sur ce que vient de dire Eveline : « On n'attendait plus que toi. » Pour quoi faire ?

Eveline éteint la télé, faisant réagir les deux inséparables, avant de s'installer dans un fauteuil et d'inviter fermement Julian à nous rejoindre. De mauvaise grâce, il fait quelques pas pour entrer dans la pièce et s'appuie contre le mur. Il croise les jambes au niveau des chevilles, puis les bras sur sa poitrine. Ça me fait mal de voir à quel point il s'applique à m'éviter du regard.

— J'ai une grande nouvelle, nous annonce mon père en se levant de sa chaise. Ça y est, on déménage !

Quoi ? Je ne m'y attendais pas, à celle-là ! Et le reste de la maisonnée non plus visiblement : Julian et nos frères en restent bouche bée.

— J'ai enfin trouvé le logement parfait ! C'est super, non ?

— Non ! s'écrient Alexis et Owen en chœur, le visage tordu dans une grimace quasi similaire.

Mon père ébauche un petit sourire en affichant un air compréhensif.

— Désolé, les garçons. Vous vous doutiez bien que la cohabitation n'allait pas durer éternellement. On a déjà suffisamment abusé de l'hospitalité d'Eveline. Et de vous deux, ajoute-t-il en incluant Julian et Owen d'un geste de la main.

— Étienne ! Vous n'avez abusé de rien, le reprend Eveline en secouant la tête avec vigueur. C'était avec plaisir !

Encore sous le coup de la surprise, je ne dis pas un mot.

Le temps passant, je m'étais convaincue que mon père ne voulait pas bouger, étant même d'avis qu'il ne souhaitait pas se retrouver seul avec Alexis et moi. Depuis que Julian et moi nous étions rapprochés, l'idée de rester ici de façon indéterminée ne me rebutait plus tant que ça... Je dois bien reconnaître que, au fond de moi, j'espérais presque que mon père ait arrêté ses recherches. Je ne suis pas seulement chagrinée de savoir que notre départ se concrétise, je suis dépitée.

— Et quand est-ce qu'on part ? demande Alexis en soupirant d'exaspération.

Mon père fouille dans sa poche et brandit un trousseau de clés dans les airs.

— Ta-dam ! lance-t-il fièrement. Bail signé, clés récupérées. Dès demain, je fais rapatrier nos cartons du garde-meuble à l'appartement et on peut décoller !

— Oh non ! s'écrient une nouvelle fois les deux inséparables à l'unisson.

Le visage de Julian semble encore plus fermé que quand il est arrivé. Je ne suis pas sûre que ça arrange mes affaires pour notre session explications.

Mon père hausse les épaules, comme s'il n'y pouvait rien, que c'était comme ça. Ce qui n'empêche pas mon frère et Owen de se jeter devant lui et de multiplier plaintes et supplications. Alexis veut être adopté par Eveline pour rester vivre ici. Je crois rêver.

Julian, qui n'a toujours pas ouvert la bouche, se décolle du mur, pivote brusquement sur ses talons et s'échappe de la pièce. Je me lève pour me lancer à sa suite mais mon père se plante devant moi, ignorant totalement les jérémiades de mon frère qui commence sérieusement à me taper sur le système. Pour lui, le choix est vite fait : il préfère rester ici avec son super pote quitte à m'abandonner avec notre père ! Lâcheur ! J'hallucine de plus en plus aujourd'hui.

— Tu vois, me dit mon père avec un immense sourire plaqué sur le visage, les yeux plantés dans les miens. Je t'avais bien dit qu'on allait partir !

Il veut que je l'embrasse ? Que je lui saute au cou ? Impossible.

Je me force à sourire :

— Super, papa. Vraiment super.

Je lui tourne le dos et me précipite dans l'escalier. Je grimpe les marches quatre à quatre et marque un temps d'arrêt devant la porte de la chambre de Julian. Je répète silencieusement le discours que j'ai passé ma journée à préparer, puis je m'exhorte à garder mon calme et à faire preuve de patience et de compréhension car Julian est sensible aujourd'hui. Et, enfin, je toque.

Comme je n'obtiens aucune réponse, j'appelle Julian à travers la porte. Je lui dis que j'ai besoin qu'on parle, que je ne veux pas me disputer avec lui, au contraire. Toujours le silence. Ça me saoule ! Je décide d'entrer quand même et, en poussant le battant, je découvre que la pièce est vide. Super. Je parlais toute seule.

Je ne réfléchis que quelques secondes avant de retourner dans l'escalier, direction le sous-sol et la salle de sport. Là aussi, je trouve porte close. Mais cette fois-ci je suis sûre que Julian est là. Alors je toque et parle en même temps. Et je n'arrête pas. Je sais que Julian finira par en avoir marre.

Gagné ! Il me faut moins de deux minutes pour venir à bout de sa patience. Il vient ouvrir la porte d'un geste peu délicat et me fait face, me dominant de toute sa hauteur. Ses épaules sont tendues et les muscles de son visage tout autant.

— Quoi ?!

Bon sang, ce qu'il n'est pas accueillant ! À croire que j'ai fait un truc horrible !

— Est-ce qu'on peut discuter ?

— Non.

Un frisson me parcourt. Mais pas un de ceux agréables qui vous donnent le sourire. Un frisson d'énervement car me voilà face au Julian de nos débuts. Celui au comportement complètement contradictoire et désagréable. J'ai l'impression d'avoir fait un bond dans le passé. Et il n'y a strictement rien de positif à ça.

Ça m'énerve d'autant plus que je pensais connaître le vrai Julian. Celui qui se confie à moi, avec qui je ris et débats pendant des heures. Celui auprès de qui j'encense la plume d'Oxmo Puccino et avec qui je chante en chœur des chansons de Michael Jackson.

Je le fixe un moment. Je suis perdue. Que s'est-il passé pour qu'il devienne aussi distant ?

— Qu'est-ce qui te prend, Julian ? je demande doucement. Est-ce que c'est à cause de cette journée ? De ton père ? Est-ce que j'ai dit ou fait quelque chose qui t'a déplu ?

— Je n'ai pas envie, là.

Il est froid et parle sans me regarder. Mais où est passé le Julian ouvert, attentif, généreux et intelligent ? Où est passé le Julian qui, juste hier, m'embrassait comme s'il n'en avait jamais assez ?

— Pourquoi ? je ne peux m'empêcher de demander sur un ton défensif.

Merde, il ne peut pas me jeter de la sorte sans le moindre explication !

— Parce que.

Sérieux ? Il va la jouer comme ça ? Je sens la colère monter.

— Comme les enfants, je ricane.

Sa bouche se pince.

— Pardon ?

— *Pourquoi ? Parce que.* On est de retour à l'école maternelle, en fait !

Il secoue la tête et me regarde comme si je ne comprenais rien à rien.

— Laisse tomber, Amanda.

Et sur ces mots, il me ferme la porte au nez. J'en reste estomaquée.

— Tu n'es qu'un gros con, Julian ! j'explose avant de faire volte-face, franchement remontée.

C'est bon, je veux bien faire un effort et être sympa mais faut pas se foutre de ma gueule ! Ce mec est toujours bipolaire. Rien n'a changé. Je croyais qu'on avait tissé une relation spéciale, qu'on pouvait être sincères l'un avec l'autre. Mais visiblement je me trompais. Je savais que me rapprocher de lui ne m'apporterait rien de bon. J'aurais dû me fier à mon instinct, me faire confiance dès le départ. Et maintenant que je quitte sa maison, maintenant qu'on ne se verra plus chaque jour, Julian va être débarrassé de moi. Je suis aussi dévastée qu'écœurée.

Je reprends une nouvelle fois l'escalier, passant rapidement par le rez-de-chaussée où Owen parlemente vivement avec sa mère, et Alexis avec notre père. Des pleurnicheries par-ci, des geignements par-là. Et c'est la même chose pendant des heures. C'est ce que j'appelle une fin de cohabitation mémorable.

CHAPITRE 36

Julian

Non, la journée n'était pas assez pourrie comme ça. Il fallait en rajouter une couche. *The cherry on top.*

Merci, Étienne, d'avoir tenu compte de la lourdeur du jour – dont il était parfaitement informé, ma mère s'étant visiblement appliquée à faire un topo à nos invités – pour nous apprendre d'une façon légère et guillerette une nouvelle qui ne l'est pas. Il n'y a sûrement pas de bon moment pour nous prévenir de leur départ, maintenant que je me suis fait à la présence de cette famille chez moi et que j'avais même retrouvé un semblant de vie quotidienne agréable et paisible. Mais quand même ! Je me serais bien passé de ça, aujourd'hui. Le timing est franchement à chier.

Je suis abattu, énervé, dégoûté. Le chaos règne dans ma tête et mes pensées sont si contradictoires que je crois que je vais devenir taré. J'ai beau courir des kilomètres sur ce foutu tapis, ma rage ne descend pas d'un cran. J'ai beau me focaliser sur le martèlement sourd de mon cœur contre ma poitrine et mes tempes, ma fureur est toujours intacte.

Je suis perdu, je ne sais pas comment agir. Un coup, j'ai envie de quitter la pièce en trombe et d'aller prendre Amanda dans mes bras, et trois secondes après, j'ai envie de l'ignorer comme on l'a si bien fait au début de notre cohabitation.

J'ai trop morflé ces derniers mois, toute cette année qui vient de s'écouler, pour souffrir maintenant à cause d'une fille. Je me suis trop attaché à elle pour ne pas être touché par le fait qu'elle s'en aille. Et par les propos d'Ethan qui ne quittent pas mes pensées et dont je ne sais toujours pas quoi faire. En temps normal, j'aurais déjà du mal à encaisser ces nouvelles, mais si on ajoute à ça le pénible anniversaire et ma première visite à mon père au cimetière – qui m'a retourné à un point que je n'imaginais pas –, c'est beaucoup trop pour que je puisse réagir de façon posée et rationnelle.

Alors quand Amanda a débarqué au sous-sol, il m'a été impossible de parler avec elle. Je suis bien trop faible et fatigué pour supporter une éventuelle discussion compliquée. Je n'aurais pas pu faire comme si je ne savais rien, j'aurais été obligé d'aborder le sujet de Dan et de prendre le risque que la discussion parte en vrille. C'est bien la dernière chose à faire vu l'état émotionnel de chacun.

J'aurais espéré qu'Amanda comprenne à mon attitude que je voulais être seul. Que j'en avais besoin. Juste un petit temps pour encaisser la nouvelle de son départ. Sauf qu'elle n'a pas saisi le message. Cette fille peut être si percutante et parfois tellement à côté de la plaque. Mais aussi drôle et adorable. Impulsive, susceptible et têtue. À la fois tout ce que j'aime et tout ce que je déteste. Mes sentiments pour elle font le grand écart. Et penser à tout ça me fait réaliser combien elle est devenue importante dans ma vie.

Je n'arrive pas à croire que c'est sa dernière soirée, sa dernière nuit ici. C'est si soudain, d'une violence que je n'imaginais pas. Mon nouveau quotidien dans lequel je me trouvais enfin bien vole en éclats. Une vague de nostalgie m'assaille en pensant à toutes ces choses qui ne se reproduiront plus : croiser Amanda à un détour de couloir, l'entendre prendre sa douche en chantant – ou rappant – faux et hyper fort, entendre nos frères se chamailler comme des gosses et même supporter les éclats de rire de ma mère en compagnie du père d'Amanda – qui ne sont peut-être bien que de simples collègues et amis tout compte fait.

C'est fou ce que cette famille a transformé mon quotidien. Elle l'a même complètement bouleversé. Grâce à elle, le décès de mon père ne plane plus au-dessus de moi, dans chaque recoin de ma foutue baraque. Il m'a fallu du temps pour m'en rendre compte mais ces trois personnes ont renouvelé mon air et ont apporté un souffle nouveau dans ma vie. Et une tout particulièrement : Amanda.

Bordel, pourquoi est-ce que je n'ai rien trouvé de mieux à faire que de lui claquer la porte au nez ? J'ai vraiment géré la situation comme un sale connard. Je devrais aller lui parler. Tenter d'apaiser les choses. Essayer de faire disparaître les tensions pour notre dernière soirée à cohabiter.

Mais, parce que je suis con, parce que je suis fier et blessé, parce que je suis vulnérable aujourd'hui et parce que je voudrais qu'Amanda revienne encore vers moi et qu'elle ne baisse pas déjà les bras, je ne fais pas le premier pas. Je me contente de quitter la salle de sport – sans me sentir mieux le moins du monde après m'être acharné sur toutes mes machines – et traîne dans la cuisine, puis dans le salon, et enfin à l'étage, espérant croiser Amanda à un moment donné. Sans succès. Elle a dîné pendant que j'étais encore au sous-sol, puis s'est retranchée dans sa chambre sous prétexte de faire ses valises et ne met pas le nez dehors.

J'arpente ma chambre en long, en large et en travers en gambergeant. J'en viens à la conclusion qu'il n'y a qu'un seul et unique endroit où je suis quasiment sûr de la retrouver. Un endroit où elle pourrait venir d'elle-même parce qu'elle en aurait besoin. Un endroit qui la calme et l'apaise. Un endroit où elle aimerait sûrement aller une dernière fois avant de quitter cette maison. Un endroit où on pourrait faire table rase de cette journée à chier. Le toit.

Je m'y précipite, me disant qu'il est possible qu'elle s'y trouve déjà. Je profite de la présence d'Alexis dans la chambre de mon frère pour passer par sa fenêtre, objectivement la plus pratique et la moins dangereuse pour accéder à la toiture.

Mon excitation retombe comme un soufflé : il n'y a personne. Mais je m'installe, sûr de moi. Elle viendra.

Très vite, je m'ennuie. Il fait nuit noire et il n'y a pas une seule étoile dans le ciel. La vue m'apparaît bien moins attrayante sans Amanda à mes côtés. Les lumières de la ville ne me semblent en rien romantiques mais agressives.

Je prends mon téléphone. Un peu de soutien de la part de mon meilleur pote ne sera pas du luxe. Ethan décroche juste avant que le répondeur ne s'enclenche.

— Jul !

Il y a un brouhaha pas possible autour de lui.

— Ça va, mec ? T'es où ?

— Je t'entends super mal !

Le bruit assourdissant et le volume de la musique empêchent toute conversation et rendent la communication clairement impossible.

— Je suis chez Dan, je t'appelle demain sans faute !

Et il raccroche. Je reste un instant sans réaction, le téléphone à la main, puis je le laisse tomber sur mes genoux. Ma gorge se serre mais je m'efforce de rester calme. *Chez Dan ?* Le ciel pouvait-il me tomber une nouvelle fois sur la tête aujourd'hui ? Bien évidemment que oui !

Que fout Ethan à un endroit où il m'avait assuré ne plus vouloir aller ? *Stop, Julian.* Je secoue la tête pour me raisonner. Je ne vais pas devenir parano ! Il a sûrement de bonnes raisons d'y être. Il sait ce qu'il fait, c'est un garçon intelligent. Je lui fais confiance. Et c'est mon meilleur pote.

Mais bordel, je n'en peux plus de cette journée ! J'aimerais hurler de toutes mes forces comme je l'avais fait avec Amanda, mais je me borne à inspirer lentement et expirer bruyamment. On dirait un taureau prêt à charger.

Amanda. Je crève d'envie d'être auprès d'elle. Dans ses bras. Bien qu'elle se trouve encore dans la même maison que moi, je me sens déjà terriblement loin d'elle.

Malgré les minutes qui s'égrènent, je nourris toujours l'espoir qu'elle se rende sur ce toit. Alors je reste planté là. La fatigue me pique les yeux mais je ne bouge pas. Je reste immobile jusqu'à ce que je ne sente plus mes doigts à cause du froid. Alors seulement, je me résigne : elle ne viendra pas. Les heures ont passé et Amanda ne s'est pas pointée. Comme quoi, je ne la connais pas si bien que ça.

Putain de journée de merde.

CHAPITRE 37

Amanda

Je n'ai quasiment pas dormi. Impossible de me laisser aller, je suis restée sur le qui-vive une bonne partie de la nuit. J'espérais que Julian vienne toquer à ma porte pour s'excuser. Ramper à mes pieds en m'appelant sa reine. OK, je vais peut-être un peu loin, mais j'aurais voulu qu'il fasse un petit geste pour qu'on ne reste pas en conflit pour notre dernière nuit sous le même toit. Malheureusement, il n'en avait ni l'intention ni l'envie, car, à ma grande déception, j'ai attendu en vain. Je ne comprends pas son attitude, il a balayé tout ce qu'on avait commencé à construire comme si cela n'avait aucune espèce d'importance. On dit que les filles sont compliquées mais, *excusez-moi*, les garçons ne sont pas mal dans leur genre non plus.

Je dois avouer que son rejet m'a fait mal. Foutrement mal. Et si je suis têtue et déterminée, là, je vais l'être puissance mille. Je ne briserai la glace sous aucun prétexte. C'est Julian qui a jeté le froid entre nous. Qu'il assume, désormais.

C'est la mort dans l'âme que je me lève, prends ma douche et rejoins le niveau inférieur. En descendant l'escalier, je contemple tout ce qui m'entoure, chaque élément de ce cadre somptueux et privilégié. Je trouve tout magnifique. C'est en perdant quelque chose qu'on se met à l'apprécier le plus. Typique.

Le bruit d'une cuillère tintant dans une tasse me parvient depuis la cuisine. Je m'y dirige et y retrouve Eveline. Comme d'habitude, elle respire d'élégance. Vêtue d'un tailleur-pantalon noir et chaussée de talons aiguilles, elle a attaché ses cheveux en un chignon sophistiqué et son maquillage est impeccable. Une tasse fumante entre les mains, elle a le regard perdu au loin par la fenêtre et ne remarque pas ma présence. Je l'observe avec un pincement au cœur ; depuis le jour où j'ai rencontré cette femme, elle a toujours fait preuve d'une sympathie et d'une douceur extraordinaires à mon égard. Je mesure à présent ce qu'elle a fait pour ma famille en nous accueillant à bras ouverts quand nous étions, *que j'étais*, au plus bas, quand mon existence avait viré à la catastrophe. Maintenant qu'elle s'achève, je réalise que la cohabitation qui m'a été imposée alors que ma famille venait de se déchirer a été bénéfique ; elle m'a permis de ne pas m'effondrer et imploser en milliers de petits morceaux. Elle m'a aidée à traverser ces circonstances pénibles, à surmonter ces épreuves qu'ont été le divorce de mes parents et le départ précipité de ma mère à l'autre bout de la planète.

Eveline porte la tasse à ses lèvres, puis pivote sur elle-même. Au moment où son regard rencontre le mien, elle me décoche un large sourire.

— Bonjour, Amanda ! Ça a été, ta dernière nuit ?

— Oui, très bien, je mens.

— Il y a du café tout frais si tu veux.

— Merci, Eveline.

Elle esquisse une mimique faussement ennuyée. Malgré son insistance, elle n'aura pas réussi à me convaincre de l'appeler Evy. Je ne l'ai pas fait une seule et unique fois de tout mon séjour ici.

Eveline pointe son index à l'ongle soigneusement manucuré et verni de rouge vers un sac en papier posé sur l'îlot central.

— Je suis passée prendre des viennoiseries à la boulangerie. Sers-toi.

— Merci beaucoup, je lui réponds en souriant.

Elle s'accote au plan de travail en buvant une gorgée. Je traverse la cuisine et me hisse sur la pointe des pieds pour ouvrir un placard en hauteur. Je m'empare d'un mug, puis y verse du café.

— Comment tu te sens ? Ce nouveau départ ? Devoir te faire à l'idée de t'installer encore dans un nouvel endroit, j'imagine que ça ne doit pas être évident.

Pas évident, ce n'est rien de le dire. Mon monde s'est écroulé avec la séparation de mes parents et alors que je me sentais à l'aise ici, que je trouvais peu à peu mes marques, tout s'ébranle une fois encore.

Je devrais être contente de me retrouver en famille, seule avec mon père et mon frère – enfin, si ce dernier daigne venir avec nous –, mais non, ce n'est pas le cas. En plus de ne pas me rassurer, cette idée me stresse. Quand l'un est encore plus secret et plus indisponible qu'avant, l'autre ne viendra que sous le coup de la menace. La vie quotidienne en comité réduit avec ces deux joyeuses personnes promet d'être déprimante au possible. Cependant, je préfère ne pas m'épancher sur le sujet et me refuse à pleurer sur mon sort auprès d'Eveline. Mes soucis me semblent bien dérisoires comparés au malheur qui les a touchés, elle et ses fils.

— Ça va aller, j'assène, le ton assuré. J'aurais simplement aimé que mon père ne nous apprenne pas notre déménagement un jour avant qu'on parte. Mais j'ai l'impression que c'est sa manière de fonctionner désormais.

Ce que je ne dis pas, c'est que j'aurais surtout aimé que mon père fasse preuve d'un peu de psychologie et ne nous balance pas ça le jour où la famille de Julian a autre chose à penser. Et ce même jour où je suis en pleine embrouille avec mon colocataire devenu un peu plus que ça – même si ces dernières infos n'ont pas été portées à la connaissance de mon père, Dieu merci !

Eveline s'approche de moi et me presse l'épaule dans un geste réconfortant.

— Je ne cherche pas à dédouaner ton père mais tout n'a pas été facile de son côté.

Je grimace malgré moi. *Sans blague.* Pour mon frère et moi surtout ! Aucun de nous deux n'a demandé ce qui nous arrive. Et encore moins ne l'a souhaité. Contrairement à notre paternel. Je ne pense pas trop m'avancer en disant qu'il a choisi de se séparer de ma mère et de quitter notre bon vieil appartement.

— Alex et moi, on a subi cette situation, je rétorque. Et notre père n'a pas franchement été présent pour nous.

Eveline me regarde dans les yeux, adoptant un air compréhensif et empli de compassion.

— Faire ce qu'il y a de mieux pour ses enfants, c'est ce que tout parent normalement constitué souhaite, mais comme nous ne disposons malheureusement pas de guide ou de mode d'emploi, il nous arrive de nous tromper, ainsi que d'être déroutés face à ce que vous pouvez vivre et à côté de la plaque.

Eveline a loupé sa vocation ; elle aurait dû être psy. Je devrais lui présenter Elsa, elles pourraient ouvrir un cabinet commun.

Je hausse les épaules en prenant une lampée de café et je plonge mon regard au fond de ma tasse. Le silence plane quelques instants.

— Amanda, tu es une fille avec une force de caractère impressionnante. Je suis certaine que tu arriveras à surmonter tous les obstacles que tu rencontreras dans la vie.

Je relève lentement la tête. Eveline me sourit, les yeux humides. Je dépose mon mug sur le comptoir, histoire de ne pas prendre le risque qu'il se renverse sur l'une de nous. Eveline vient aussitôt m'entourer de ses bras et me presse étroitement contre elle. Je sentais bien que le moment était propice à l'effusion de sentiments et aux démonstrations d'affection.

— Vous allez me manquer, je lâche spontanément.

Mon cœur se serre quand je prends conscience de la véracité de mes paroles. Ces derniers mois, mes deux parents ont été aux abonnés absents. Aucun ne m'a apporté le soutien dont j'avais besoin. J'aurais voulu que ma mère soit forte et ne s'enfuie pas à des milliers de kilomètres. J'aurais voulu que mon père choisisse de se rapprocher d'Alexis et moi plutôt que de nous éviter et se réfugier dans son travail. Volontairement ou involontairement, consciemment ou non, ils ont laissé le soin à Eveline de s'occuper de nous alors que ce n'était pas son rôle. Chaque jour, sans jouer à la maman de remplacement, elle a été attentive et présente pour mon frère et moi. Pas étonnant qu'Alexis veuille rester ici. Alors oui, sans aucun doute, sa présence à mes côtés va me manquer.

Et malgré la situation entre Julian et moi, je sais que vivre avec lui, le croiser tous les matins, discuter avec lui sur le toit, ça aussi, ça va me manquer. Tout comme entendre nos frères rire continuellement aux éclats, se poursuivre comme deux gamins et se bagarrer comme des frangins. Et cette maison ! Je ne peux pas oublier tout ce qu'elle m'a apporté. Au-delà de son cadre magnifique, c'est la chaleur que j'y ai trouvée et qui me manquera le plus.

Eveline s'écarte de moi avec douceur.

— Merci pour tout, Eveline.

— Avec plaisir. Avec grand plaisir, Amanda.

J'éprouve une reconnaissance immense pour elle. Et je l'apprécie beaucoup. Vraiment beaucoup. Je crois que, si un jour – je dis bien un jour – mon père devait retrouver quelqu'un, ça ne me dérangerait pas que ce soit elle. Enfin, plutôt quelqu'un comme elle. Car elle, ce serait bizarre, non ?

Eveline efface les plis de ses vêtements tout en attrapant son attaché-case sur l'îlot central.

— Je dois y aller. J'ai une réunion à 9 heures. J'espère te voir ce soir avant que vous ne partiez. Si ce n'est pas le cas, n'oublie pas que tu seras toujours la bienvenue ici. Tu reviens quand tu veux, Amanda.

Elle m'envoie un baiser du bout des lèvres et s'éclipse. J'entends le bruit de ses talons qui claquent sur le sol du vestibule puis celui de la lourde porte d'entrée qui se referme derrière elle.

CHAPITRE 38

Julian

Je rentre dans le bistrot et salue les serveurs. Le plus ancien, Damien, vient m'accueillir et me désigne une table pour deux dans l'angle. Je m'y installe, commande un café et jette un œil autour de moi. L'ambiance est animée, des couples et des petits groupes occupent quasiment tout l'espace. Des habitués. La majorité de ces gens viennent de mon lycée. Il faut dire qu'on fréquente tous les mêmes endroits à proximité du bahut.

Ethan a vraiment dû insister et m'assurer que c'était important pour que j'accepte de venir ici plutôt que de foncer chez moi. J'ai eu six heures de cours pour cogiter et me rendre compte à quel point je suis un abruti. J'ai agi comme un trou du cul avec Amanda et ruiné nos derniers moments de cohabitation. J'ai joué à l'enfant gâté et ça ne m'a pas réussi. Amanda ne rapplique pas quand j'en ai envie. Ça ne marche pas de cette façon-là avec elle et, au fond de moi, j'en suis bien heureux. J'ai eu beau la harceler, elle a laissé dans le vent chacun de mes appels. Je ne lui en veux pas, je le mérite. Et j'aurais certainement réagi de la même manière si les rôles avaient été inversés. Tout ce que j'espère, c'est de rentrer à temps chez moi pour lui dire de vive voix combien je me sens con et qu'on puisse tout mettre au clair avant qu'elle ne plie bagage.

Oui, je suis malheureux à cause du suicide de mon père mais, depuis qu'elle est au courant, Amanda me soutient et m'aide à aller mieux. Oui, ça me fait chier qu'elle parte mais ça devait bien arriver à un moment ou à un autre et elle ne rejoint pas sa mère en Asie non plus ! Et oui, ça m'a fait chier d'entendre ce qu'a dit Ethan sur elle mais, au final, peu importe ce qu'il y a eu entre elle et Dan, peu importe si ce qu'il a dit est vrai, elle ne me devait rien et elle a le droit d'agir comme bon lui semble. Pourquoi est-ce que ça m'a même tracassé ? Qui suis-je pour la juger ?

Ethan débarque dans le bistrot et fait un détour par le bar pour passer sa commande. Il me rejoint avec sa bière et prend place face à moi. Il enlève sa veste et retrousse ses manches, comme s'il se préparait à s'attaquer à une tâche ardue. Il pose ses coudes sur la table et se penche vers l'avant.

— Sympa ta soirée, hier ? je demande d'un ton neutre.

— Instructive.

Il boit une gorgée de bière.

— Tu as parlé avec Amanda de ce que je t'ai appris ?

Je réponds par la négative.

— Amanda n'a pas besoin de savoir ce que ce trou du cul de Dan balance sur elle. Hormis la blesser, ça n'apportera rien. Elle ne me parlait pas de ce qui s'est passé entre elle et Dan avant, elle ne m'en parlera pas maintenant.

Ethan m'étudie, l'air compatissant.

— Je comprends.

— Tu comprends quoi ?

Il tend le bras et me tapote l'épaule.

— Tu continues à la protéger. C'est normal, tu es amoureux.

Je me redresse et me dégage de son contact. Mon pote m'offre un gigantesque sourire Colgate.

— Jul, ça fait un bail que j'ai capté. Il faut être aveugle pour ne pas voir que tu es fou de cette fille.

Je croise les bras sur mon torse en me laissant aller contre le dossier de mon siège. Putain, c'est si flagrant que ça ?

Je n'ai aucune envie d'évoquer mes sentiments vis-à-vis d'Amanda, surtout vu l'état actuel de notre relation. Il faut que j'embraye sur autre chose. Mais Ethan me prend de court :

— Je ne suis pas le seul à l'avoir remarqué.

— Qu'est-ce que tu veux dire ?

Ethan boit une longue gorgée de bière puis repose le verre et se racle la gorge.

— Je ne pouvais pas me contenter de ce que m'ont dit Dan et Tristan.

— C'est pour ça que tu étais chez Dan hier ? je le coupe.

Il me fait un clin d'œil.

Sacré Ethan ! Je m'incline vers lui, ma curiosité piquée.

— Et alors ?

— Alors, j'ai eu accès à d'autres infos.

— Je suis tout ouïe.

Il change soudainement d'attitude, se met à jouer avec son sous-verre en carton, une drôle d'expression sur le visage.

— Je pense que Dan avait très bien compris que tu n'étais pas insensible au charme d'Amanda et qu'il ne s'est intéressé à elle que pour t'emmerder.

Je me dresse sur mon siège, toute trace d'amusement quitte mes traits.

— Quoi ?! Dan est un putain d'enfoiré, mais à ce point-là ?

— Tu l'as presque achevé chez lui, devant tous ses potes et plein de filles, Jul. L'humiliation était énorme.

Putain, je ne peux pas croire que c'est à cause de moi s'il s'est attaqué à Amanda !

— Avant votre bagarre, il avait plusieurs filles dans le viseur, m'explique Ethan. Et après, il ne restait plus qu'Amanda. Sachant qu'il ne s'était pas gêné pour dire qu'il ne la trouvait pas terrible, il y a de quoi se poser des questions a posteriori. Mais pour lui, c'était une proie facile, le genre de fille à qui tu répètes deux, trois fois qu'elle est magnifique et qui se met à y croire.

— Elle *est* magnifique ! je m'exclame.

Ethan esquisse un sourire.

— Pour toi, oui. Mais pas aux yeux de tout le monde. Pas aux yeux de Dan, en tout cas. Et selon lui, elle était suffisamment naïve et crédule pour tomber dans ses filets.

Je sens l'énervement monter.

— Elle n'est ni naïve, ni crédule ! Elle n'est juste pas consciente de sa beauté.

S'ensuit un long silence.

— Ce n'est pas tout. Je pense que Dan voulait coucher avec elle le soir où elle est tombée dans les vapes. Et qu'il l'a peut-être aidée à devenir docile.

— Tu parles de la pilule qu'elle a sûrement prise ?

Probablement la même chose que j'ai gobée la nuit où j'ai ramené Lydia.

— Il se pourrait que Dan ait glissé quelque chose comme du GHB dans sa boisson.

La drogue du viol ?! Abasourdi, j'ouvre la bouche mais rien ne sort. Penser qu'Amanda ait pu être droguée me soulève le cœur. Mes poings se crispent et une rage froide fait gonfler mes veines. Sidéré, je m'écrie :

— Si c'est vrai, c'est grave. Très grave !

Ethan me fait signe de parler moins fort en scrutant autour de lui. Il déteste se faire remarquer. Rassuré de voir que personne ne fait attention à nous, il reporte son regard sur moi.

— Je sais. Et il se pourrait aussi qu'il y ait d'autres filles de concernées.

— Quoi ?!

Je ne peux pas y croire !

Je soupire, prends ma tête entre mes mains, coudes posés sur la table.

— Putain, mec, comment on a pu ne jamais rien dire sur son trafic ? Et sur toutes ces photos de filles nues sur son téléphone dont on ne sait pas ce qu'il fait ! Regarde jusqu'où il va maintenant !

Ethan baisse les yeux.

Je ne sais pas si j'ai plus envie de gerber, de hurler ou de frapper quelque chose.

— Il vaut mieux réagir tard que jamais, non ? interroge Ethan en pliant nerveusement son sous-verre.

Évidemment ! Mais est-ce que ça nous rend moins coupables ? Est-ce que ça *me* rend moins responsable ? Ce n'est pas ce que me dit ma conscience.

J'ai honte. Je fais n'importe quoi depuis le décès de mon père, au point d'avoir laissé des gens autour de moi commettre des choses horribles et illégales. Maintenant que j'ai refait surface, que mon cerveau s'est enfin remis en marche, il est temps de réparer les dégâts. Il est temps d'agir correctement et de ne pas laisser Dan blesser d'autres personnes.

— Comment tu sais tout ça ? je demande en relevant le menton.

Ethan se remet à faire tourner le sous-verre comme une toupie.

— Je dois noter qu'Amanda et son amie savent s'entourer de gens biens. Oui, oui, je nous flatte.

— Qu'est-ce qu'une amie d'Amanda vient faire dans cette histoire ? Et quelle amie ? je m'étonne.

— Tu vas vite comprendre. D'ailleurs, c'est le moment de changer de table.

— Pardon ?

Putain, j'y comprends que dalle, là !

— Il nous en faut une plus grande, m'explique Ethan. On a un invité.

Il sourit, me fait signe de prendre ma tasse et salue quelqu'un derrière moi. Je me retourne pour suivre son regard et découvre le visage de celui qui passe le seuil du bistrot.

— Ben ? je murmure, choqué.

Tandis qu'il se dirige droit vers nous, je fouille ma mémoire à la recherche du lien entre Benjamin et une amie d'Amanda. Et très vite, je tilte. Il est en couple avec la petite brune, Elsa. Amanda me l'avait dit et m'avait même demandé ce que je pensais de Benjamin. Je lui avais répondu « Que du bien » et j'ai comme l'impression que c'est parti pour que je l'apprécie encore plus.

Ethan se lève et je l'imite. Nous échangeons des poignées de main avec le nouvel arrivant, puis nous rejoignons l'extérieur où les gens sont nombreux à profiter du soleil. Pas de nuages, un beau ciel bleu et une température clémente pour la saison. Les Parisiens ont quitté doudounes et bonnets pour des vestes et des écharpes plus légères. C'est marrant comme quelques petits degrés de gagnés et un soleil radieux incitent tout le monde à s'imaginer déjà au printemps.

Nous nous installons autour de la dernière table disponible en terrasse. Après quelques échanges de banalités, Benjamin met les pieds dans le plat :

— J'ai tenté de parler à Dan, j'ai même essayé de le raisonner mais, quand il ne nie pas, il minimise ce qu'il fait. Il dit qu'il s'amuse avec des filles et que ça le regarde.

— Pour que ce soit le cas, il faudrait que les filles soient consentantes et conscientes, intervient Ethan.

J'acquiesce vigoureusement et assène :

— À partir du moment où Dan abuse de certaines personnes, ça ne regarde plus que lui. Ça nous concerne tous.

Ethan et Ben marquent leur assentiment. Mon regard passe sur chacun d'eux et un sourire se dessine sur mes lèvres. *Putain, Dan, peu importe le temps que ça prendra et l'énergie que ça me demandera, mais tu vas payer.*

CHAPITRE 39

Amanda

J'ai séché les cours. Ça va, ça ne m'arrive jamais. Il fallait bien que je fasse mes bagages, non ? J'ai fait croire que je m'en chargeais hier soir mais je n'avais pas la tête à ça ; j'étais bien trop occupée à attendre Julian – et à me morfondre aussi peut-être un peu. Ce même Julian qui me bombarde maintenant de coups de téléphone sans laisser de messages. Un chambardement s'est opéré dans son crâne, c'est évident, mais, mon garçon, ce ne sera pas aussi simple. Je ne répondrai pas comme si je t'attendais tel le messie. Hors de question. On a un peu d'estime de soi par ici.

Dans la chambre, je fais face au capharnaüm. Tout est sens dessus dessous : le lit est défait, le canapé près de la fenêtre encombré de CD, classeurs et cahiers de cours. Les vêtements jonchent le sol et mes chaussures sont dispersées partout dans la pièce. Rien que reformer les paires me demanderait des heures. Je vois très bien comment tout cela va finir : fourré – sans être plié ni trié – dans mes deux valises posées à côté du mur. Devenir organisée et soignée n'est pas au programme.

Je me mets à l'œuvre et, en moins de temps qu'il n'en faut pour le dire, les valises sont remplies, pleines à craquer. Je dois m'asseoir sur l'une d'elles pour réussir à la fermer. En balayant ensuite l'espace du regard, je me rends compte qu'il reste encore plein de trucs à caser. Comment c'est possible ? Je n'ai pas fait un seul achat depuis que je suis arrivée ici.

Je fais le tour de la pièce, ramassant tout ce qui traîne pour le balancer sur le lit. Puis je m'arrête devant la fenêtre pour regarder le décor qui s'offre à moi. Il faut absolument que je grimpe une dernière fois sur le toit pour contempler la vue. Dès ce soir, c'est fini. D'ailleurs, je vais profiter d'être seule pour y aller maintenant. Je verrai plus tard quoi faire du surplus en vrac sur ma couette.

Je pivote sur mes talons et me dirige droit sur l'escalier. Je monte à l'étage supérieur, traverse la chambre occupée par Alexis où le bazar est impressionnant. Manifestement, il y en a un qui cherche à montrer son mécontentement. Et son refus de quitter les lieux.

Je passe par la fenêtre et grimpe en quelques mouvements. J'aime cette toiture, elle est bien plus facile à escalader que celle de mon ancien immeuble. Je me demande comment sera la prochaine. Et quelle sera la vue. Je sais qu'on va emménager dans le quatorzième arrondissement, dans le sud de Paris, mais je n'ai aucune idée du quartier. Proche de la tour Montparnasse, ce serait cool. J'irai faire un tour au sommet, la vue sur Paris doit être à tomber à la renverse !

Une fois installée, j'offre mon visage au soleil et au vent qui souffle légèrement. Je laisse mon regard se perdre au loin, derrière le jardin, par-dessus les cimes nues des arbres. Une page se tourne mais je refuse d'être gagnée par la nostalgie. Je ne veux plus craindre le changement. Mieux vaut profiter de l'instant que se morfondre en regrets.

Je reste à observer les environs en me demandant comment j'ai pu vivre tant d'événements en si peu de temps, comment ma vie a pu à ce point basculer. Je me sens moi et en même temps différente. J'ai grandi, les épreuves que j'ai traversées m'ont changée : fragilisée d'un côté et endurcie d'un autre. Je songe soudain à ma mère et mon cœur se pince douloureusement. Comme à chaque fois que mes pensées se tournent vers elle. Nous n'avions pas une banale relation mère-fille, nous étions proches. C'était mon amie et ma confidente. Si elle était restée à mes côtés, je lui aurais parlé de Julian, et même de Dan. Du coup, peut-être qu'il ne se serait rien passé avec ce dernier. Que la terrible soirée n'aurait jamais eu lieu. Jamais je ne pourrai lui raconter tout ça par téléphone.

J'inspire profondément et secoue la tête pour chasser ces pensées de mon esprit. Je me rends bien compte que, malgré mon application et mes efforts à mettre cet épisode aux oubliettes, il ne s'y cantonne pas. Il reste là, juste sous la surface, prêt à resurgir à n'importe quel moment. Le temps passe et j'ai le sentiment de plus en plus prégnant qu'en me réduisant moi-même au silence, je laisse Dan avoir de l'emprise sur moi. Je me cache de quelque chose dont je ne suis pas responsable, comme si j'étais honteuse de ce que j'avais vécu. Alors que je n'ai pas à l'être. Seul Dan est blâmable. Et j'imagine qu'il doit se réjouir de la situation. Il se montre abusif et il reste impuni. Cette situation m'apparaît brusquement comme injuste. Je n'ai *pas* à me sentir mal. Et je ne veux *plus* me sentir mal.

La sonnerie de mon portable me tire de mes pensées. Je sais que c'est Elsa avant même de regarder l'écran, je n'ai pas encore changé la superbe chanson qu'elle a configurée pour son numéro.

Je décroche et sa jolie voix s'élève joyeusement à l'autre bout du fil :

— Alors, la voyageuse, on évite les cours ?

— Il fallait bien que je rassemble mon barda. Et on fait mieux comme voyageuse. Je me contente de changer encore d'arrondissement !

— Ça n'empêche pas le dépaysement.

Je ne dirais pas le contraire. Ma prochaine demeure risque d'être radicalement différente de celle-ci.

— Alors, tout est bouclé ?

— Presque.

S'ensuit un court silence.

— Amy, est-ce que tu vas bien ? Je veux dire, comment tu te sens, là, par rapport au déménagement ?

J'ai annoncé la nouvelle aux filles hier soir par messages et j'ai rapidement écourté la conversation. Je n'avais ni l'envie ni la force de m'épancher sur le sujet.

Mon regard s'attarde sur la terrasse et le jardin baignés de soleil.

— Honnêtement, ça va.

— Ça doit te faire bizarre de partir maintenant que Julian et toi vous vous entendez si bien. Que dis-je, maintenant que vous êtes *ensemble* !

Elsa a sûrement en tête l'image de Julian et moi dansant collés lors de l'anniversaire de Natalie, mes deux amies ne sachant rien de ce qui est survenu ensuite. Oui, hier, je n'avais envie de m'épancher sur aucun sujet. J'étais trop désabusée.

— C'est la vie, je lui réponds. On ne maîtrise pas tout.

Elsa soupire longuement.

— Ne m'en parle pas ! Tu sais combien j'aime Mamie So mais là, la cohabitation devient compliquée. Elle se sert dans ma trousse à maquillage !

Le ton outré d'Elsa me fait éclater de rire. Mon amie ne partage jamais ses produits de beauté, *c'est contraire à toute règle d'hygiène*, selon elle. Je visualise tout à fait sa tête en s'apercevant que sa grand-mère – aussi coquette qu'elle – a mis la main sur son mascara ou, pire, son rouge à lèvres !

— Mais bon, marmonne mon amie. Je lui pardonne.

— Parce que c'est elle qui t'a appris comment appliquer ton fond de teint ou ton eye-liner ? Et que tu l'aimes très fort ?

— Tu as tout dit.

Le signal du double appel retentit dans mon oreille.

— Deux secondes, El.

J'éloigne le téléphone et regarde l'écran qui affiche le nom de Julian. Encore un appel auquel je réserve le même sort qu'aux précédents : l'ignorer.

— C'est ta mère ? suppose de suite Elsa.

— Nan, c'est Julian. Au fait, tu n'es pas avec Ben ? Je croyais qu'il n'avait pas cours cet après-midi.

— On se rejoint plus tard. Une fois que nos mecs auront fini leur rencard !

Elle me dit ça comme si c'était une évidence.

— Leur *rencard* ?

Elsa rit.

— Oui, enfin, leur entrevue, si tu préfères. Tu sais, pour parler de Dan.

Je me fige.

— *Parler de Dan* ? je répète.

Elsa s'agite à l'autre bout du fil, sa voix monte dans les aigus :

— Je n'ai rien dit à Ben sur toi, si c'est ce que tu imagines, là, tout de suite !

— Je sais, El. Ça ne m'a pas effleuré l'esprit une seule seconde.

Ce qui est vrai.

— Après votre rupture, j'ai respecté ton souhait et je n'ai strictement rien dit à Ben. Mais, comme tu le sais, j'ai refusé de retourner chez Dan. Après ce qu'il t'a fait, c'était impossible. Et aujourd'hui, Ben m'apprend qu'il ne mettra plus les pieds chez lui, non plus.

J'entends Elsa inspirer profondément avant de poursuivre :

— Ben a découvert des abus de la part de Dan. Il a parlé de GHB, de Rohypnol. Tu sais ce que c'est ?

— Je crois, je ne sais pas trop, je dis dans un filet de voix.

— C'est de la drogue, Amy, m'explique Elsa tout bas. On appelle aussi ça la drogue du viol.

Ça me fait l'effet d'une énorme gifle. Mes lèvres s'entrouvrent mais je n'arrive pas à formuler le moindre mot. Mon estomac se tord. Je dois me concentrer pour refouler un haut-le-cœur et l'avalanche d'images floues qui déferlent alors dans mon crâne. Une s'impose rapidement à mon esprit, nette et gravée sur ma rétine : l'expression du visage de Dan quand il était contre moi. Impossible d'oublier ce regard qui transpirait la toute-puissance.

Les larmes me montent instantanément aux yeux et se mettent à couler comme un torrent le long de mes joues. Tout s'éclaire dans ma tête. Je comprends alors pourquoi tout est si fouillis, pourquoi j'ai autant de mal à assembler les pièces du puzzle de cette soirée-là, pourquoi j'ai perdu connaissance. J'ai été droguée.

À cette pensée, mon rythme cardiaque s'envole et je suis prise d'une fureur soudaine. Je suis indignée. Écœurée. Un sentiment de révolte se met à gronder en moi. Il n'est pas question que Dan s'en tire aussi facilement. Je refuse ! Je ne veux en aucun cas que mon silence puisse l'aider à vivre tranquillement, à continuer ses actes odieux sans être inquiété, à mettre d'autres filles dans la même position que moi. D'autres qui n'arriveront peut-être pas à lui dire stop, qui n'auront peut-être pas la force de le repousser. D'autres qu'il droguera peut-être encore plus que moi. C'est décidé : je ne me tairai plus.

— Mon Dieu, Amy, je suis tellement désolée.

J'entends dans la voix de mon amie qu'elle pleure aussi.

— Il n'en s'en tirera pas comme ça, je lui réponds en ravalant un sanglot.

Je m'en fais même la promesse. Et, aussitôt, je sens une sorte de légèreté dans mon cœur. Je n'ai jamais été aussi déterminée de ma vie. Et ça me rassérène. C'est comme si, malgré ce que je viens d'apprendre, malgré la violence de cette annonce, je voyais mon horizon s'éclaircir. Comme si je reprenais pleinement confiance en moi, en mon jugement et en l'avenir.

Mes larmes s'apaisent, je m'essuie les yeux avec ma manche.

— Et j'ai cru comprendre que, si Ben voit Julian et son ami, c'est parce qu'ils veulent aussi stopper Dan.

Elsa laisse planer un court silence, peut-être le temps de sécher ses propres larmes, puis assène :

— Je suis contente que tu sois avec Julian. Je te l'ai déjà dit mais je suis convaincue qu'il veut ton bien… Et que *c'est* quelqu'un de bien.

Oui, Julian est quelqu'un de bien. Quelqu'un de foncièrement lunatique et dur à suivre, mais quelqu'un de bien.

Mon téléphone bipe pour m'annoncer l'arrivée d'un texto.

— Une seconde, je dis avant d'écarter le téléphone.

Julian – *Je comprends que tu m'en veuilles. Je ne suis qu'un crétin, comme tu le dis si bien. Mais, s'il te plaît, laisse-moi te parler. S'il te plaît, joli cookie. Signé sombre crétin*

Je souris. Décidément, ce mec est déconcertant. Mais incroyable, dans le même temps.

— C'est qui ?
— Comme tout à l'heure, Julian.
— Eh bien, je te laisse avec ton chéri ! On se rappelle plus tard ? Je t'aime, mon Amy.
— Je t'aime aussi.

Sur ces mots, Elsa coupe l'appel. Je me retrouve nez à nez avec mon écran de téléphone qui n'affiche plus que le texto de Julian. Je le relis plusieurs fois en me mordillant les lèvres.

Je pianote une réponse et l'efface quand j'entends une voiture se garer en bas, devant la maison. Et je sais aussitôt qui c'est.

J'entends la portière claquer.

Finalement, je décide de répondre simplement. Allons à l'essentiel.

Moi – *OK.*

Dans les secondes qui suivent, je reçois :

Julian – *Rendez-vous là où tu sais.*

Son message est accompagné d'une multitude de smileys.

Je me retiens de lui répondre que j'y suis déjà et décide de me déplacer. Je quitte l'espace le plus plat où je suis installée pour rejoindre le sommet. Je m'assieds à cheval sur le faîte de la toiture pour bien garder l'équilibre et ainsi Julian sera obligé de se mettre face à moi. Je veux pouvoir le regarder dans les yeux et lui dire ce que j'ai au fond du cœur. Tout a été si compliqué entre nous dès notre rencontre, je ne veux plus de ça. Je veux que tout s'éclaircisse et, quoi qu'il advienne ensuite entre nous, je veux que Julian sache ce que je ressens pour lui.

Quand je le vois sortir par la fenêtre, mon estomac fait un bond, exactement de la même façon que le jour où j'ai découvert ce visage ténébreux. Avec sa chemise noire et son jean de la même couleur, il est beau à se damner, mes yeux le dévorent. Il me sourit et vient se positionner face à moi, comme je le souhaitais.

— Bienvenue au sommet, s'exclame-t-on en même temps.

Nos regards se croisent et nous sourions.

— Les grands esprits se rencontrent, me dit Julian avant de jeter un coup d'œil à droite, puis à gauche, les mains fermement accrochées au faîtage. On est *vraiment* au sommet ici ! On domine tout. Il n'y a plus que toi, moi et Paris !

Je promène un lent regard circulaire alentour en repensant à notre cohabitation houleuse, nos moments sur ce toit, nos disputes et mon départ. L'espace d'un instant, mes pensées divaguent vers ma mère qui est si loin, mon père si distant, puis c'est ce manipulateur de Dan qui vient faire planer son ombre.

— Et tout le reste, je complète d'une voix lasse.

Julian se penche alors vers moi, ses yeux plantés dans les miens et le coin de ses lèvres légèrement retroussé.

— Tout le reste, on s'en fout !

Il y a quelque chose qui me fait me sentir spéciale dans cette façon qu'il a à chaque fois de me regarder. Et ça me réchauffe le cœur.

— Tout le reste, on s'en fout, je répète à voix basse, mon regard toujours rivé au sien.

Son visage devient sérieux tandis qu'il passe une main sur ses cheveux coupés court.

— Je suis désolé d'avoir agi comme un connard hier. J'ai un peu de mal à gérer le trop-plein d'émotions.

Il a l'air peiné, ça me fend le cœur.

— Je sais que tu vis des moments difficiles avec l'anniversaire du décès de ton père.

— J'ai été con de te laisser de côté. Je ne réfléchis pas quand j'ai trop mal.

Sa voix laisse transparaître sa peine et un éclair de douleur traverse ses yeux. Ce garçon brisé, dont le quotidien a été soudainement dévasté, a pris une telle importance dans ma vie que j'ai envie de faire tout ce qui est en mon pouvoir pour ressouder les débris de son cœur en miettes. J'ai envie d'être la fille qui saura le guérir. Celle qui pourra lui rendre confiance en lui, le rendre sûr de tout ce qu'il peut accomplir et certain que l'avenir nous réserve de belles surprises. Je veux être celle qui l'aidera à panser ses profondes blessures et à se souvenir de son père d'une manière qui ne l'anéantisse pas.

— Je veux être là pour toi, je lui dis.

Julian me fixe avant de s'approcher lentement de moi. Sa façon de se déplacer est tout sauf sexy et je pouffe. Il me fait un clin d'œil et continue d'avancer. Nos corps ne sont bientôt plus séparés que par quelques centimètres. Il pose ses mains de part et d'autre de mon visage. Un frisson me parcourt. Comme à chaque fois que sa peau rentre en contact avec la mienne.

— Je serai là pour toi aussi.

Le silence s'installe.

— J'ai appris que tu voyais Ben, je lâche. Au sujet de Dan.

Il n'a pas l'air surpris et plonge son regard dans le mien. J'y décèle tant de douceur et de tendresse que mon ventre se serre.

— Il faut l'arrêter, l'empêcher de faire d'autres victimes.

Je marque mon accord d'un signe de tête. Avec ou sans l'aide de Julian, c'est bien ce que j'ai l'intention de faire.

En sentant les larmes affluer, je me mords la langue.

— Tu es une sacrée nana, Amanda Gauthier, murmure-t-il.

— Tu es un sacré luron, Julian Dumont.

Il éclate d'un rire franc.

— *Luron ?* Je préfère ça à « crétin » !

Il appuie son front contre le mien, ses yeux s'illuminent et un sourire radieux éclaire son visage.

— Ces fossettes, bon sang, je dis tout bas.

— Craquantes, n'est-ce pas ?

Ce petit air faussement vaniteux le rend encore plus irrésistible.

— Tu n'imagines même pas à quel point, je lui rétorque, en me mordant la lèvre.

— Comme tes petites pépites.

Il fait doucement glisser ses pouces sur mes joues, caressant à certains endroits mes grains de beauté.

— Je crois que je suis dingue de toi, cookie, me confie-t-il, le regard dardé sur mes lèvres.

Mon cœur se gonfle en entendant ça. Je n'ai pas besoin de réfléchir une seule seconde avant de murmurer :

— Je crois que je suis dingue de toi, fossette.

Il plaque une main sur ma nuque, m'attire à lui et m'embrasse si fort, avec tant de besoin et de passion, qu'il m'en ôte le souffle. À l'intérieur de moi, un volcan d'émotions entre en éruption. Et à cet instant, rien d'autre que nous n'a d'importance. Seul compte le présent. Et il me comble.

DANS LE. DISCMAN

d'Amanda

Alliance Ethnik – *Respect*

Arrested Development – *People Everyday*

Assassin – *Touche d'espoir*

De La Soul – *Ring Ring Ring (Ha Ha Hey)*

Dilated Peoples – *Worst Comes To Worst*

Gang Starr – *Full Clip*

Jurassic 5 – *Quality Control*

La Rumeur – *L'Ombre sur la mesure*

M.O.P. – *Ante Up*

Mos Def feat. Pharoahe Monch & Nate Dogg – *Oh No*

Oxmo Puccino – *J'ai mal au mic*

Scred Connexion – *Partis de rien*

Suprême NTM – *That's My People*

The Beatnuts – *Watch Out Now*

The Fugees – *Ooh La La La*

REMERCIEMENTS

Je tiens à remercier celles et ceux qui ont permis à ce roman de voir le jour :

Tout le monde chez Hachette Romans, et en particulier Isabel, Louise et Lucie pour m'avoir accueillie et accompagnée avec bienveillance et prodigué de précieux conseils.

Maryne, ma complice de toujours. Peu de gens ont la chance de connaître une amitié comme la nôtre. De la crèche à la maison de retraite, on garde le cap !

Victor, mon conseiller artistique, coach de vie et expert en rigolade, qui m'a aidée, épaulée mais aussi permis d'écrire en paix (entre deux fous rire !).

Et enfin, la base de la base : mon père, ma mère et ma sœur, dont la présence (même longue distance !), le soutien et les encouragements me portent chaque jour. Si je crois en moi, c'est parce que vous le faites en premier.

hachette s'engage pour l'environnement en réduisant l'empreinte carbone de ses livres. Celle de cet exemplaire est de : **500 g éq. CO₂** Rendez-vous sur www.hachette-durable.fr

PAPIER À BASE DE FIBRES CERTIFIÉES

« Pour l'éditeur, le principe est d'utiliser des papiers composés de fibres naturelles, renouvelables, recyclables et fabriquées à partir de bois issus de forêts qui adoptent un système d'aménagement durable. En outre, l'éditeur attend de ses fournisseurs de papier qu'ils s'inscrivent dans une démarche de certification environnementale reconnue. »

Composition PCA
Achevé d'imprimer en Espagne par Industria Grafica Cayfosa
Dépôt légal 1ʳᵉ publication Août 2018
39.3802.3 / 01 - ISBN : 978-2-01-626911-4
Loi n° 49-956 du 16 juillet 1949 sur les publications destinées à la jeunesse
Dépôt légal : août 2018